珍藏版

豪放词
全鉴

东篱子◎编译

中国纺织出版社有限公司 | 国家一级出版社
全国百佳图书出版单位

内 容 提 要

豪放词是我国古典诗词中的文化瑰宝，其视野广阔，气势恢宏，喜用诗文的手法、句法和字法写词。尤其是写于时代巨变时期的作品，悲壮慷慨、豪气干云，让人从豪迈悲壮中体会百味人生，于跌宕起伏中寻找人生真谛。

《豪放词全鉴》精选了中国历代优秀豪放词，对其进行了注释、翻译与赏析，通俗易懂，明白晓畅。本书不仅是一本词集，更是一本激励情志、催人奋发、拓展胸怀的豪迈励志之书。

图书在版编目（CIP）数据

豪放词全鉴 ：珍藏版 / 东篱子编译 . -- 北京 ： 中国纺织出版社有限公司，2020. 7

ISBN 978-7-5180-7535-5

Ⅰ . ①豪… Ⅱ . ①东… Ⅲ . ①豪放派－词（文学）－诗歌欣赏－中国－古代 Ⅳ . ① I207.23

中国版本图书馆 CIP 数据核字（2020）第 107823 号

责任编辑：段子君　责任校对：韩雪丽　责任印制：储志伟

中国纺织出版社有限公司出版发行
地址：北京市朝阳区百子湾东里A407号楼　邮政编码：100124
销售电话：010—67004422　传真：010—87155801
http://www.c-textilep.com
中国纺织出版社天猫旗舰店
官方微博 http://weibo.com/2119887771
北京华联印刷有限公司印刷　各地新华书店经销
2020年7月第 1 版第 1 次印刷
开本：710×1000　1/16　印张：20
字数：296千字　定价：68.00元

前言

在隋、唐至五代时期，民间流传一种新兴的抒情诗体，是配合音乐可以歌唱的乐府诗，被称作"曲子"。这种曲子可以填词歌唱，所填的歌词就被称作"曲子词"，简称"词"。词至宋代达到顶峰，故俗称"宋词"。

词的流派主要有两种，一种是婉约派，另一种是豪放派。宋朝之前的词也有一些风格豪放之作，但在那时，作为新文体的词还没有确立自己的地位，更无所谓"豪放""婉约"之说。直至北宋初期，词的地位虽然有所上升，但内容仍然以抒写日常生活的情感为主，表现手法比较委婉，脂粉气浓烈，给人一种"婉约"为词坛正宗的印象。

后来，以苏轼为首的一批诗文革新派彻底改变了人们对词的看法。他们作词视野广阔，题材广泛，喜用诗文的手法、句法和字法写词，语词宏博，用典较多，不拘音律，崇尚直率，汪洋恣意，气势恢宏雄放，给人以阳刚之美感，在传统的婉约词外又开豪放旷达词风。

到了南宋，由于时代巨变，悲壮慷慨的高亢之调蔚然成风，辛弃疾更将豪迈奔放的爱国词推向高峰，成为创作豪放词的一代巨擘和领袖。当时的文人已明确地把苏轼、辛弃疾作为豪放派的代表，以后遂相沿用，直到近代标举豪放旗帜者仍不绝如缕。

古人写词，今人赏词，最终总离不开解读和品鉴。本书汇集了自唐朝至清代的优秀豪放词，添加注释、译文、赏析等，力求详尽浅易，以助读者深入理解。相信您读了此书后，不仅能从这些豪放词中得到艺术享受，还可从中体会人生的真谛，拥有乐观豪迈、积极向上的心态，从而以更广阔的视角和更豁达的胸襟看待人生。

本书在编写过程中参考了一些专家学者的著作和观点，在此特申明致谢。由于笔者水平有限，书中若有偏颇及错谬之处，敬请斧正。

《豪放词全鉴》（典藏版）平装本自出版以来，广受读者欢迎和喜爱。为满足大家的收藏、馈赠需要，现特以精装形式推出，敬请品鉴。

解译者

2019 年 7 月

目录

卷一 唐词

卷二　五代词

卷三　宋词

卷四　金词

卷五　元词

卷六　明词

卷七　清词

卷一　唐词

敦煌曲子词

生查子

三尺龙泉剑^①，匣里无人见。一张落雁弓^②，百支金花箭。

为国竭忠贞，苦处曾征战。先望立功勋，后见君王面。

【注释】

①龙泉剑：古代传说中的宝剑。《太平寰宇记》载，有人用龙泉（今属浙江丽水）的水铸成宝剑，剑化龙飞去，故称。又《晋书·张华传》记，晋人雷焕曾在江西丰城监狱一屋基下掘得双剑，上刻文字，一名"龙泉"，一名"太阿"。

②落雁弓：与下句之"金花箭"都是弓箭的美称。

【译文】

我有一把三尺长的龙泉宝剑，在剑匣里未曾让人看见它的锋芒。我有一张能射落大雁的良弓，又配百支雕着金花的箭。

我期待着带着这些武器为国尽忠捐躯，到艰苦的沙场几番征战。我要先立下显赫的功勋，然后再去觐见君王。

【赏析】

词最初广泛流传于民间，数量极多。但遗憾的是，由于种种原因，民间词绝大多数都已亡佚了。清光绪二十六年（1900），甘肃敦煌莫高窟（又称千佛洞），偶然被人打开，沉埋于此千年之久的两万余卷珍贵文献从此重见天日，其中有几百首抄写的民间词，作者众多，题材广泛。作者很多出于社会下层，并不限于乐工、文士。这就是敦煌曲子词，或称为"敦煌歌辞"。

作为词的初期形态，敦煌曲子词在字数、句法、谐韵等方面还相当自由，甚至显得粗糙，不如后来词的精密与整齐，但它却是千年词史的椎轮大辂，具有鲜明的个性特征和浓郁的生活气息，反映了词兴起于民间时的原始形态。敦煌曲子词在中国词曲的发展史上构成了重要的一环，是乐府诗过渡到词曲的桥梁，中唐以后的文人词就是在它的基础上逐渐发展起来的。

在敦煌曲子词里，酒席宴前或花前月下之浅斟低唱的"艳情词"占比例最大，但也有少量风格豪放词存在，《生查子·三尺龙泉剑》即是一个典型的代表。这首词的作者不详，是赞颂戍边爱国将领的，语言通俗易懂，风格朴素自然，字里行间洋溢着一种爱国主义的乐观情调，充满了想要建功立业和报效国家的豪情壮志。

摊破浣溪沙

五里滩①头风欲平，张帆举棹②觉船轻。柔橹③不施停却棹，是船行。
满眼风波多闪灼，看山恰似走来迎。子细④看山山不动，是船行。

【注释】

①五里滩：地名。

②棹（zhào）：摇船的桨板。

③柔橹：形容摇橹得心应手。

④子细：仔细。

【译文】

船开到五里滩头的时候风势将要平息了，张好船帆举桨摇船觉得船身很轻，不用举棹也不用摇橹，船都在前行。

举目四望，河面上波光闪烁，山看上去就像正在走过来欢迎大家。仔细看看，山没有动，而是因为船行得快使人产生了错觉。

【赏析】

这首敦煌曲子词没有署名，写的是船夫水上生活的情形。狂风过后，船夫驾驶帆船顺风前行，无须举棹摇橹，顺水漂流的时候欣赏着船外的美景，行舟看山，潇洒自如，多么舒畅惬意！此词浅显易懂，亲切自然，描写生动，读起来很有船夫曲的味道。

菩萨蛮

枕前发尽千般愿，要休且待青山烂。水面上秤锤浮，直待黄河彻底枯。
白日参辰①现，北斗回南面。休即未能休，且待三更见日头。

【注释】

①参辰：参星和辰星。它们不会在白天出现。

【译文】

在枕边发尽了千百种的誓愿，想要断绝关系，除非等到青山溃烂，秤锤能在水面上漂浮，黄河水彻底枯竭。

就算参辰二星在白天同时出现在天空，北斗星回到南面，即使分开了也永远不能停止我对你的情谊，除非是半夜三更出现了太阳。

【赏析】

这首不知作者为何人的敦煌曲子词，虽然写的是爱情，却并非软语缠绵，而是激情倾诉，泼辣直露，用词有力。作者在词中用一连串极为奇妙的不可能发生的事情来说明一种不可能，夸张地强调了爱情永固，但又不觉得过分，充满了磐石般的信念和火焰般的热情，表现了抒情主人公对爱情的坚贞不渝。

李 白

菩萨蛮

平林①漠漠烟如织，寒山一带伤心碧②。暝色③入高楼，有人楼上愁。
玉阶④空伫立⑤，宿鸟归⑥飞急。何处是归程？长亭更短亭⑦。

【注释】

①平林：平展的树林，指登高远眺所见之树林。漠漠：迷蒙貌。烟如织：

暮烟浓密。

②伤心碧：使人伤心的碧绿色。一说表示"伤心"程度，"碧"与"极"同义。

③暝色：夜色。

④玉阶：阶之美称。一作"玉梯"。

⑤伫立：长时间地站着。

⑥归：一作"回"。

⑦短亭：亭，古代设在路边供行人休歇的亭舍。庾信《哀江南赋》云："十里五里，长亭短亭。"说明当时每隔十里设一长亭，五里设一短亭。

【译文】

一片平展的树林之上，烟雾漾漾，好像蒙了纱一般，秋天的山峦还留下一派惹人伤感的翠绿苍碧。暮色映入高高的闺楼，有人正在楼上独自忧愁。

玉石的台阶上，她徒然地久久凝眸站立。那回巢的鸟儿，在归心催促下急飞。什么地方是你返回的路程？过了长亭接着短亭。

【赏析】

此词是唐词中的最为脍炙人口的作品之一，宋初《尊前集》及稍后的文莹《湘山野录》、杨绘《时贤本事曲子集》，都载有传为李白（701—762，字太白，号青莲居士）所作，《唐宋诸贤绝妙词选》且将此词推为"百代词典之祖"。不过也有人提出质疑，认为它是晚唐五代人所作。

李白是唐代伟大的浪漫主义诗人，

被后人誉为"诗仙""谪仙人"（意为谪居世间的仙人）。与杜甫并称为"李杜"。其人爽朗豪迈，热爱祖国山河，游踪遍及南北各地，写出了大量赞美名山大川的壮丽诗篇，以"豪放飘逸"而成为唐诗中不可企及的典范。但他也有词留了下来，而且他的词在词史上也享有极为崇高的地位。虽然他只有很少几首著作权受到质疑的词作，但从五代《花间集》以来，所有的唐宋词选集、总集，在具体操作中，都不会忘记李白，至少也要在序跋题记中提上一句这位文学史上的第一位大词人。

这首词可看作是一首怀人之作，写思妇盼望远方行人久候而不归的心情；也有学者认为这是一首游子思乡词，刻画的是游子思乡的惆怅情怀；还有人认为二者兼有，以"游子思归乡"和"思妇盼归人"相互渲染，传达了"一种相思，两处闲愁"的情思。

此词的上阕偏于客观景物的渲染，下阕着重主观心理的描绘。景物的渲染中带有浓厚的主观色彩，主观心理的描绘又糅合在客观景物之中。因而从整体上来说，情与景、主观与客观，融成一片，词风雄奇豪放，想象丰富，语言流转自然，达到了很高的艺术境界。可以说，此词不会因为是李白所作而增值，也不会因为不是李白所作而减价。

忆秦娥

箫声咽①，秦娥梦断②秦楼③月。秦楼月，年年柳色，灞陵④伤别。

乐游原⑤上清秋节⑥，咸阳古道音尘绝。音尘绝⑦，西风残照，汉家陵阙⑧。

【注释】

①咽：呜咽，形容箫管吹出的曲调低沉而悲凉，呜呜咽咽，如泣如诉。

②梦断：梦被打断，即梦醒。

③秦楼：传说春秋时期，秦穆公的女儿弄玉和她的爱人萧史所住的楼。

④灞陵：在今陕西省西安市东，是汉文帝的陵墓所在地。当地有一座桥，为通往华北、东北和东南各地必经之处。

⑤乐游原：又叫"乐游园"，在长安东南郊，是汉宣帝乐游苑的故址，地势高，可以远望，在唐代是游览之地。

⑥清秋节：指农历九月九日的重阳节，是当时人们登高的节日。

⑦音尘绝：音信断绝。音尘一般指消息，这里是指车行走时发出的声音和扬起的尘土。

⑧汉家陵阙：汉朝帝王的陵墓。

【译文】

萧声呜咽，秦娥从梦中惊醒，空对着楼头一弦明月。秦楼上的明月，每年在杨柳青青的时节，曾经看见多少人在灞陵桥头伤心地折柳送别。

在重阳佳节登上乐游原，遥望通往咸阳的古道，音信早已断绝。音讯断绝啊，只有秋风轻拂着夕阳余晖映照着一片汉朝留下的坟墓和宫阙。

【赏析】

这首词气势雄浑，意境高远，与《菩萨蛮·平林漠漠烟如织》一同被誉为"百代词曲之祖"。

词的上阕柔和，下阕雄浑。上阕写春天的清晨，女主人公在秦楼上闻萧声悲咽而醒来，望明月而怀远，见垂柳而忆别；接着作者把秦娥个人的伤别念远，扩大到人所共有的离情别绪之中，境界顿时为之开阔，从而过渡到下阕，并从伤今转入怀古。下阕通过对秦、汉赫赫王朝的遗迹，进行了历史的反思。古道悠悠，音尘杳然，繁华、奢侈、纵欲，一切都被埋葬了，反思历史和现实，不禁让人想到天宝后期那种古罗马式的穷奢极欲和狂欢极乐，进而从中体会那潜在的危机感。

此词意境博大开阔，风格宏妙浑厚，句句自然，字字锤炼，沉声切响，掷地真作金石声，不愧为豪放派之先声。

结袜子

燕南壮士^①吴门豪^②，筑中置铅^③鱼藏刀^④。

感君恩重许君命，太山^⑤一掷轻鸿毛。

【注释】

①燕南壮士：指战国时燕国人高渐离，荆轲的好友。

②吴门豪：指专诸，春秋时吴国人，中国古代"四大刺客"（一说五大刺客）之一。

③筑中置铅：高渐离在筑（古代一种打击乐器）中藏上铅块，击杀秦王未成而被杀。

④鱼藏刀：专诸刺死吴王僚的故事。他在鱼的肚子里藏了匕首，并借此刺杀了吴王。

⑤太山：即泰山，比喻性命。

【译文】

战国时燕南的壮士高渐离与春秋时吴国的豪侠专诸，一个用藏了铅的筑去击杀秦始皇，一个用鱼腹中的匕首刺杀了吴王僚。

他们都是为了报答深深的恩情以命相许，生命应当如泰山之重，必要时也不惜一掷，把自己的宝贵生命看得轻如鸿毛。

【赏析】

本词虽然只有短短四句，但格调高绝，气象阔大。作者借古题咏历史人物高渐离刺杀秦始皇、专诸刺杀吴王僚之事。作者指出高渐离、专诸之所以置个人生死于不顾，以命相许，是为了实践"士为知己者死"的人生信条，是一种自觉的自我价值的实现，是人格力量的自我完成。词的最后化用太史公司马迁《报任安书》的话"人固有一死，或重于泰山，或轻于鸿毛"来表明自己的生死观，指出为知己而死，死得其所。

张志和

渔歌子

霅溪①湾里钓鱼翁，舴艋②为家西复东。

江上雪，浦③边风，笑着荷衣④不叹穷。

【注释】

①霅（zhà）溪：水名，在浙江吴兴。因境内东苕溪、西苕溪等水流至吴兴城内汇合称为霅溪而得名。

②舴艋：一种状似蚱蜢的小船。

③浦：水边，岸边。

④荷衣：用荷叶做的衣服，此处指隐士的衣服。

【译文】

在霅溪湾里，有一个以钓鱼为生的渔翁，他把蚱蜢一样的小舟当作自己的家，往来于东苕溪、西苕溪之间。

因为有江上的白雪和水滨的清风做伴，渔翁总是面带笑容，尽管只穿着荷叶做的衣服，他也不觉得自己贫穷。

【赏析】

张志和（732—774，字子同）是唐代较早填词并有很大影响的词人之一，他的《渔歌子》（又名《渔歌曲》《渔父》《渔父乐》《渔夫辞》）词源于吴地吴歌中的渔歌，境高韵远，富有艺术魅力，因此广为传诵，对后世的词人影响很大，并传到了日本，开启了日本填词历史的先河。

张志和十六岁及第，先后任翰林待诏、左金吾卫录事参军、南浦县尉等职。后有感于宦海风波和人生无常，在母亲和妻子相继故去的情况下，弃官弃家，浪迹江湖。唐肃宗曾赐给他奴、婢各一，称"渔童"和"樵青"，张志和遂偕婢隐居于太湖流域的东西苕溪与雪溪一带，从此不再从政，泛舟垂钓，漫游于三山五湖之间，自称"烟波钓徒"。

本词主要写词人泊舟雪溪，往来苕、雪之间，以渔舟为家，任意西东的自由生活。渔隐的生活虽然艰苦，小舟难以遮风避雨，更不能挡雪御寒，但是作者自甘于粗衣淡食，与渔夫为伍，笑迎清风，吟赏江雪，自得其乐。结尾句"笑着荷衣不叹穷"直接点明了作者的高洁情怀，表达了超然尘世之外，对悠闲自在的隐逸生活的满足感。

渔歌子

西塞山①前白鹭②飞，桃花流水鳜鱼③肥。
青箬笠④，绿蓑衣⑤，斜风细雨不须归。

【注释】

①西塞山：在今浙江省湖州市西面。一说在湖北省黄石市。
②白鹭：一种水鸟，头颈和腿都很长，羽毛白色。
③鳜鱼：江南又称桂鱼，肉质鲜美，十分可口。
④箬笠：用箬竹叶制作的斗笠。
⑤蓑衣：用草或棕麻编织的雨衣。

【译文】

西塞山前的白鹭在自由自在地飞翔，桃花夹岸的江水中，鳜鱼肥美。
渔翁头戴青色的箬笠，身披绿色的蓑衣，在斜风细雨中乐而忘归。

【赏析】

张志和因与世俗相忤，归隐之后，长期徜徉于太湖之上，到大自然中寻求心灵的安慰，并陶醉其中。这首词就是描绘春汛期的景物，反映了太湖流域水乡的可爱。苍岩，白鹭，鲜艳的桃林，清澈的流水，黄褐色的鳜鱼，青色的斗笠，绿色的蓑衣，色彩鲜明，构思巧妙，意境优美，使读者仿佛是在看一幅出色的水乡春汛图，体现了作者的艺术匠心，成为一首千古流传、脍炙人口的词作。

这首词在秀丽的水乡风光和理想化的渔人生活中，寄托了作者崇尚自由、热爱自然的情怀。《新唐书》说他"每垂钓，不设饵，志不在鱼也"。说明张志和是借渔家生活写隐居江湖之乐，表现出他豪放、高远、悠然脱俗的意趣。

渔歌子

钓台①渔父褐②为裘，两两三三舴艋舟。

能纵棹，惯乘流，长江白浪不曾忧。

【注释】

①钓台：湖州城南杼山脚下，妙西港边，有钓台遗址，与西塞山隔山相望，相距仅几里之遥。

②褐：粗毛或粗麻织的短衣。

【译文】

钓台的渔父，身披粗布的短衣却把它当作裘皮大衣，在渔父的周围，朋友们三三两两架着几艘如蚱蜢一样的小船与之结伴同行。

渔父能熟练地使用船桨，习惯了乘风破浪，即便有如长江里的大浪，也不会让他感到担忧。

【赏析】

此词首句写渔父衣着简朴的同时，表露了渔父对生活的态度：把粗布衣服当作是裘皮大衣，可见其心境坦然。次句的"两两三三"，见渔父邀朋引伴，同行而乐之况。"能""惯"两句，可知渔父踏波弄潮技艺之高，也由此看出其游刃其间的闲淡之情，遂有即或遇"长江白浪"之险，渔父亦看惯不惊，笑而处之之态。由此可见，渔父在大自然的怀抱里，远离尘嚣，与名利无争，逍遥自在的高远情怀。

渔歌子

松江①蟹舍②主人欢，菰饭③莼羹④亦共餐。

枫叶落，荻⑤花干，醉宿渔舟不觉寒。

【注释】

①松江：古时的松江在今江苏吴江松陵镇附近，太湖的出口处，盛产蟹，是今上海吴淞江的源头。

②蟹舍：渔家。亦指渔村水乡。

③菰饭：菰，即茭白。菰饭即菰米饭，茭白籽做的饭。

④莼羹：莼菜做的羹。

⑤荻：一种生长在水边的多年生草本植物，形状像芦苇。

【译文】

应渔友之邀，我去松江之畔的一户渔家做客，屋子的主人见了我非常欢喜，我们共尝肥蟹，还吃了松江的土产——菰米饭与莼菜做的美羹。

在冷风袭人的深秋时节，枫叶飘落，荻花干枯，不知不觉，我们酩酊大醉，以至于在江上的渔船里睡了一夜也没觉得寒冷。

【赏析】

此词写的是秋冬时节食蟹饮酒后醉卧舟中的酣畅。作者与友人共尝美味，主客之情谊，非为酒肉利益之系，乃由素心相投之故，因此对着野菜做出的饭菜，也能津津有味，欣然相得。当时已至深秋，然而在灯火昏黄的小舟中，主客欢然对酌，不觉酒醉而卧，哪还感觉到舟外的秋寒呢？

渔歌子

青草湖①中月正圆，巴陵②渔父棹歌③连。

钓车子④，橛头船⑤，乐在风波不用仙。

【注释】

①青草湖：此指西塞山旁的泛雪湖，俗称青草湖，府县志称凡常湖，今称樊漾湖。

②巴陵：今湖南岳阳。

③棹歌：摇船时唱的歌。

④钓车子：一种钓具。

⑤橛头船：小木船。

【译文】

青草湖中倒映着圆圆的月亮，不由得想起屈原这位巴陵渔父所唱之歌。

此时我手持钓车、驾着小木船在湖光风波中垂钓，真是比做神仙都惬意。

【赏析】

此词写青草湖赏月垂钓之乐。时逢月半，月儿正圆，作者泛舟于青草湖中，天上的圆月与湖中的月影相映成趣。在江流与风波中来往的张志和，感到此时此景正与屈原《渔父》篇中渔父所唱之棹歌相似。屈原流放湖湘之间，行吟泽畔，有渔父劝其不如归隐，曾唱渔歌曰："沧浪之水清兮，可以濯我缨；沧浪之水浊兮，可以濯我足。"对比挣扎于尘嚣之中的屈原，再想想自己现在的生活，作者更加珍惜眼前的美好与宁静，觉得真是比做神仙都快乐。

戴叔伦

调笑令

边草①，边草，边草尽来兵老②。

山南山北雪晴，千里万里月明。

明月，明月，胡笳③一声愁绝。

【注释】

①边草：边塞之草。此草秋天干枯变白，为牛马所食。

②边草尽来兵老：另有版本作"边草尽来共老"。

③胡笳：一种流行于北方游牧民族地区的管乐器，汉魏鼓吹乐常用之。

【译文】

边塞的草啊，边塞的草！边塞的草年复一年地变白干枯，戍边的兵士们逐渐变老。

山南山北雪后放晴，皎洁的月光照耀着边塞的千里万里。

明月啊，明月！远处一声胡笳划过，使人愁肠百结。

【赏析】

唐朝时期，政府在边地设立都护府，管理边地事务。很多士兵驻扎在边地，边地战事不断，士兵生活悲苦。这是一首反映边塞乡愁的小令，这类题材在唐诗中不胜枚举，但在词中却很少见。盛唐时期的诗人们都向往到边塞建功立业，所以岑参等人笔下的边塞风光无比壮丽，充满乐观的情调。但到了"安史之乱"以后的中唐，边塞诗就有一种思乡怀归和哀怨。戴叔伦（约732—约789，字幼公）的这首边塞词就抒发了久戍边陲的士兵冬夜对月思乡望归的心情。

《调笑令》原来是酒席上的酒令，作者用它来写边事，开了边塞词的先声。这首词借助草、雪、月、笳等景物来写戍卒的心情，也表达了作者对戍卒的深切同情，情在景中，言简意深，爽朗明快，情韵兼胜，蕴藉有味。

韦应物

调笑令

胡马①，胡马，远放燕支山②下。

跑③沙跑雪独嘶，东望西望路迷。

迷路，迷路，边草无穷日暮。

【注释】

①胡马：古代对北方和西方所产的马的统称。西北地区所产的马素以优

良著称，写骏马而云"胡马"，是为了显示其品种的优良。

②燕支山：即焉支山，在今甘肃省张掖市山丹县境内，是古时边防要地。

③跑：同"刨"。指兽蹄刨地。

【译文】

胡马啊，胡马，被远放在荒凉的燕支山下。

一匹失群的胡马在沙地上、雪地上来回地用蹄子刨，独自奔跑嘶鸣，它东张西望，一时却又辨不清来时的路。

迷路啊，迷路，广阔的边草茫茫无边，暮色笼罩着山头。

【赏析】

这首词写的是草原上的骏马。本来马是极具灵性的动物，从来都说"老马识途"，但韦应物（737—792）却将此反常情事通过具体景象写得极为可信：沙雪无垠，边草连天，空旷而迷茫，即使是马也不免"东望西望路迷"。这就通过骏马的困惑，表达了对大草原的惊叹赞美，境界阒寂而苍凉，豪迈而壮丽。

前面戴叔伦的《调笑令》抒发征人的愁苦心理，意境悲苦低沉；而韦应物的这首词通过刻画一匹焦躁不安的胡马的形象，暗示了边塞的严酷，悲凉中不失雄浑，其语言清新，气象旷大，风格质朴，大有《敕勒歌》的豪放气势与韵味。

刘禹锡

杨柳枝

塞北梅花①羌笛吹，淮南桂树②小山词。

请君莫奏前朝曲，听唱新翻杨柳枝。

【注释】

①梅花：指汉乐府横吹曲中的《梅花落》曲，用笛子吹奏（羌笛是笛的

一种），其曲调流行于后世，南朝以至唐代一些文人都有《梅花落》歌词，内容都与梅花有关。

②桂树：指代《楚辞》中的《招隐士》篇。相传西汉淮南王刘安门客小山之徒作《招隐士》篇来表现对屈原的哀悼，其中屡屡咏及桂树。

【译文】

用羌笛吹奏的塞北《梅花落》，淮南《招隐士》的小山词。

不要再奏这些前朝之曲了，现在还是听我改旧翻新的《杨柳枝》吧！

【赏析】

这是唐代文学家、哲学家刘禹锡（772 — 842，字梦得）所作的一首词。《杨柳枝》一称《杨柳枝词》，乐府"近代曲辞"，旧名《折杨柳》或《折柳枝》。形式似七绝。刘禹锡曾与白居易在洛阳唱和此曲。

《梅花落》《招隐士》都是产生于西汉的作品，长久流传后世，到唐朝仍为人们所吟唱传诵。刘禹锡固然也重视这两个作品的历史地位和长远影响，但他本着文学必须创新的原则，向时人提出："请君莫奏前朝曲，听唱新翻杨柳枝。"这两句不仅概括了他的创作精神，而且对后世那些致力于推陈出新的人们，也都可以借用它们来抒发自己的胸怀，因此可以说含蕴丰富，饶有启发意义。

杨柳枝

炀帝①行宫汴水②滨，数株残柳不胜③春。

晚来风起花④如雪，飞入宫墙不见人。

【注释】

①炀帝：隋炀帝（589 — 618），即杨广。

②汴水：唐人习指隋炀帝所开的通济渠的东段，即运河从板渚（今河南荥阳北）到盱眙入淮的一段。

③不胜：受不住。

④花：这里指柳絮。

【译文】

在濒临汴水那一所隋炀帝的行宫，周围的数株残柳已柔弱得经不起晚春时节劲风的荡漾。

晚风乍起，杨花柳絮飘飞，宛如冬日漫天飞雪，飘扬洒落到宫墙之中，但宫内冷落，早已无人。

【赏析】

这首词是对隋宫表示黍离麦秀之悲。隋炀帝荒淫无道，国亡身丧。他留下的汴水之滨的行宫，到刘禹锡生活的时代已有二百年左右了，其衰败可想而知。此时，往日的繁华全然不见，唯见数株残柳在风中摇曳。出语平淡，但故宫离黍之思，兴亡浮沉之感，亡国荒凉之态，齐现于笔端，字里行间也寓有对隋炀帝逸乐生活的批判。

浪淘沙

九曲①黄河万里沙②，浪淘③风簸④自天涯。

如今直上银河去，同到牵牛织女⑤家。

【注释】

①九曲：相传黄河有九道弯。

②万里沙：黄河在流经各地时裹带大量泥沙。

③浪淘：波浪淘洗。

④簸：掀翻，掀起。

⑤牵牛织女：张骞为武帝寻找河源和牛郎织女相隔银河的传说。

【译文】

弯弯曲曲的黄河一路万里裹挟着黄沙，波涛滚滚掀起巨浪从天边奔腾而来。

如今可以沿着黄河直上银河去，让我们一起去牛郎织女的家做客吧。

【赏析】

这首词写于夔州，是民歌体的政治抒怀诗。刘禹锡性格刚毅，饶有豪猛之气，因触怒当朝权贵而一再被贬，但他没有沉沦，而是以乐观的态度面对世事的变迁。作者以黄河的风狂浪激和泥沙万里暗喻朝廷的黑暗腐败，以"银河"和"牛郎织女"比喻政治清明的理想境界，而以"浪淘风簸"比喻自己屡遭贬谪的坎坷生涯，把人间与天上、混浊与光明、险恶与平静巧妙地交织在一起，寄托了他心底对宁静的田园牧歌生活的憧憬。这种浪漫的理想，以豪迈之词倾吐出来，可谓构思奇特，含意深刻。

浪淘沙

八月涛声①吼地来，头高数丈触山回②。
须臾③却入海门④去，卷起沙堆似雪堆。

【注释】

①八月涛声：指钱塘江口的潮声。据传每年农历八月十八，钱塘海潮最盛。

②触山回：波浪碰着了高山，又折了回来。

③须臾：指极短的时间。

④海门：江海汇合之处。

【译文】

八月的钱塘江海潮咆哮地从地面卷来，高达数丈的浪头拍触山崖，又被撞击回来。

顷刻间潮水退向江海汇合处回归大海，但它卷起的沙堆像雪堆一样堆积在江岸边。

【赏析】

这是一首描写农历八月十八的钱塘江大潮涨落的壮观景象的词，可谓气

象万千，气势恢宏，具有豪放词之特色。前两句描写涨潮情形，后两句描写退潮情形，写涨潮固然写出其势，写退潮时亦写出其力，显得形象生动、丰满多姿，暗示人间事物瞬息万变。全词自然流畅、简练爽利，骨力豪劲，气韵沉雄。

杨柳枝

城外①春风吹酒旗②，行人挥袂③日西时。
长安陌上无穷树，唯有垂杨管别离。

【注释】

①城外：古长安东灞城门，俗称青门，青门外有灞桥，汉人送行至此，折柳赠别。

②酒旗：酒馆的旗帜。

③挥袂：挥动衣袖告别。

【译文】

城外的春风轻轻地吹拂着酒家的旌旗，行人们在傍晚时分挥动衣袖告别。

长安郊外的树木林立无穷无尽，可是只有杨柳在为离别而伤怀。

【赏析】

《杨柳枝》一称《杨柳枝词》，乐府"近代曲辞"，旧名《折杨柳》或《折柳枝》。形式似七绝，而唐人多用以歌唱。刘禹锡曾与白居易在洛阳唱和此曲。

此词为刘禹锡晚年所作，主要以春风写离别，描写杨柳最知人间别离之事，写出了作者与友人分别的依依不舍之情。在咏叹别离的表面意义之外，作者还有更深层的含义：在得势时，趋炎附势之人很多；一旦失势，不相背负者却很少，正如"无穷树"中只有杨柳才"管别离"一样，真可谓人情冷暖、世态炎凉。

白居易

浪淘沙

白浪茫茫①与海连，平沙浩浩②四无边。

暮去朝来淘不住，遂令东海变桑田③。

【注释】

①茫茫：一望无边的样子。

②浩浩：广阔的样子。

③东海变桑田：道教神话中的仙人麻姑（又称寿仙娘娘、虚寂冲应真人），自谓"已见东海三次变为桑田"。后来指世事发生很大的变化。

【译文】

白色的浪花一望无际与大海连成一片，一望无际的沙滩与四周的天空相连。

海浪日复一日、年复一年地淘着，于是就这样使沧海变成了桑田。

【赏析】

白居易（772—846，字乐天）的诗词题材广泛，形式多样，语言通俗，境界开阔。这首词就是如此。他在此词中深入浅出地指出了潮汐涨落的规律和巨大力量。"遂令东海变桑田"是全词的点睛之笔，它告诫我们：世间万物变化无常，在这样大浪淘沙的时代里，洪涛变平野、绿岛成桑田都在不知不觉地发生着，又何况其他事物。

忆江南

江南好，风景旧曾谙①。

日出江花②红胜火，春来江水绿如③蓝④。

能不忆江南？

【注释】

①谙：熟悉。

②江花：江边的花朵。一说指江中的浪花。

③如：用法犹"于"，有胜过的意思。

④蓝：蓝草，其叶可制青绿染料。

【译文】

江南的风景多么美好，那儿的景色，我过去很熟悉。

春天到来时，太阳从江面升起，把江边的花照得比火还红，碧绿的江水绿得胜过蓝草。

我怎能不回忆、不爱恋江南呢？

【赏析】

这首词描写江南春色。要用十几个字来概括江南春景，实属不易，白居易却巧妙地做到了。他没有从描写江南惯用的"花""莺"着手，而是别出心裁地以"江"为中心下笔，又通过"红胜火"和"绿如蓝"，异色相衬，形成了人们想象中的图画，色彩绚丽耀眼，层次丰富，几乎无须更多联想，江南春景已跃然眼前。篇尾以"能不忆江南"收束全词，一个"忆"字既道出身在洛阳的作者对江南春色的无限怀念之情，又顿生出一种蓬蓬勃勃的韵致，把读者带入美不胜收的境界之中。

柳宗元

欸乃曲

渔　翁

渔翁夜傍①西岩②宿，晓汲③清湘④燃楚⑤竹。
烟销⑥日出不见人，欸乃⑦一声山水绿。
回看天际下中流⑧，岩上无心⑨云相逐。

【注释】

①傍：靠近。

②西岩：当指永州境内的西山，可参作者《始得西山宴游记》。

③汲：取水。

④湘：湘江之水。

⑤楚：西山古属楚地。

⑥销：消散。亦可作"消"。

⑦欸乃：象声词，一说指桨声，一说是人长呼之声。

⑧下中流：由中流而下。

⑨无心：借用陶渊明《归去来兮辞》"云无心而出岫"中的"无心"，一般表示那种物我两忘的心灵境界。

【译文】

夜幕降临，渔翁停船靠在西山脚下歇宿，清晨醒来时，他取来清澈的湘江水，以楚竹为柴燃火做饭。

旭日东升，缭绕的烟雾渐渐消散，四周悄然寂无人声，只闻得桨声荡漾在青山绿水之中。

回望江面，渔舟早已由中流而下，唯有山岩顶上的白云在忘我地随意飘浮、互相追逐。

【赏析】

这首寄情山水的小词，暗含了作者因贬谪的境遇而产生的寄情山水的理想。唐永贞年间，柳宗元（773—819，字子厚）参与了王叔文政治集团的改革，改革失败后，柳宗元被贬为永州司马。永州僻处湘南一隅，司马又是个闲职，不得过问吏治，一腔抱负化为烟云。他承受着政治上的沉重打击，寄情于异乡山水，聊遣愁怀。因此这一时期他写出了许多极为优秀的作品，《渔翁》便是其中之一。

此词旷远豪放，富有奇趣，它通过渔翁在山水间获得内心宁静的描写，表达了作者在政治失意后寻求超脱的心境。全诗就像一幅飘逸的风情画，充满了色彩和动感，境界奇妙动人。其中，"烟销日出不见人，欸乃一声山水绿"两句尤为后人所称道。

杨白花

杨白花①，风吹渡江水②。
坐令③宫树无颜色，摇荡春光千万里。
茫茫晓日下长秋④，哀歌未断城鸦起。

【注释】

①杨白花：乐府杂曲歌辞名；此处的"杨白花"指白色的杨柳花絮，亦喻指薄幸之人。

②风吹渡江水：化用北魏胡太后歌辞中"春风一夜入闺闼，杨花飘落入南家"。

③坐令：致使。

④长秋：汉代皇后宫名。《后汉书·马皇后记》李贤注："皇后所居宫也。长者，久也；秋者，万物成熟之初也，故以名焉。"

【译文】

杨柳花絮，被风吹到江南去了。

致使宫中的花草树木失去了春色，你却摇荡着万里春光。

模糊的朝阳刚刚照进长秋宫，通宵达旦的哀歌尚未结束，又闻城头乌鸦哀啼。

【赏析】

《南史》载：南北朝的北魏有个胡太后，爱上一位勇武强壮、容貌雄伟的年轻将军杨白花，逼他私通。事后杨白花惧祸，带领部队投奔了南方的梁朝，改名杨华。胡太后追思不已，便写了《杨白花》歌，教宫女昼夜连臂踏足歌之，声甚凄断。

这首词是柳宗元仿照北魏胡太后《杨白花歌》而作。封建社会的女子，即使地位尊贵，一旦有了私情，也为礼法所不容，为世人所不齿，以致情人惧祸远走他方。作者显然把同情心倾注在她的身上，并代她立言，为她抒发了内心的失落与惆怅。

作者在词中也表达了自己对朝廷怨而不恨、悲而不怒的复杂情感。这首词写于柳宗元在永州的后期，回乡无望，他做好了在永州长期待下去的思想准备，因而也改变了他刚到永州时仅对个人命运的悲叹，从更广阔的角度，认为朝廷大贬有识之士，又哪来的勃勃生机，又怎么能改变中唐业已颓败的形势呢？

姚 合

杨柳枝

江上东西①离别饶②，旧条折尽折新条。

亦知春色人将去，犹胜狂风取次飘。

【注释】

①东西：东方与西方。

②饶：增多。

【译文】

在江面上各奔东西的离别场面增多了，人们分别时都折柳相赠，以至于旧的柳条被折光了，只得又折新长出来的柳条。

沐浴在春色中的柳条似乎也能感受到人们将要远去的离别之情，虽然被人折去是件痛苦的事，但却胜过被狂风暴雨无情地吹打飘落的结局。

【赏析】

这首词是唐代著名诗人姚合（约776—约854，字大凝）所作。古人诗词里的杨柳大多都有伤别的意味，"柳"是"留"的谐音，所以作别之际，折柳表现挽留不舍之情。程大昌《雍录》里说："汉世凡东出函关，必自灞陵始，故赠行者于此折柳为别。"到了唐朝，折柳送别才更为风行。此词就反映了当时"折柳为别"的风潮。同时，作者用拟人化的写法表达了杨柳的内心感受，说柳枝宁愿被人折去也不愿随风飘落，表达了他不甘寂寞的心境，颇有一些豪纵之气。

杜　牧

江南春

千里莺啼绿映红，水村山郭①酒旗②风。
南朝③四百八十寺④，多少楼台⑤烟雨⑥中。

【注释】

①山郭：靠山的城墙。

②酒旗：酒店门前悬挂的小旗。

③南朝：南北朝时期，南方宋、齐、梁、陈四个王朝总称"南朝"，当时佛教盛行，寺院广布。

④四百八十寺：是虚数，指很多寺院。

⑤楼台：楼阁亭台。此处指寺院建筑。

⑥烟雨：如烟的细雨。

【译文】

辽阔的千里江南，到处莺歌燕舞、桃红柳绿，在临水的村庄，依山的城郭，处处酒旗飘动。

南朝遗留下的四百八十多座古寺院，有多少亭台楼阁矗立在如烟如雾的蒙蒙细雨之中。

【赏析】

杜牧（803—约852，字牧之）生活的晚唐时期，唐王朝已成大厦将倾之势，藩镇割据、宦官专权、牛李党争，一点点地侵蚀着这个巨人的身体。而另一方面，宪宗当政后，醉心于自己平淮西等一点点成就，飘飘然地做起了长生不老的春秋大梦，一心事佛。宪宗被太监杀死后，后继的穆宗、敬宗、文宗照例提倡佛教，僧尼数量继续上升，寺院经济持续发展，大大削弱了政府的实力，加重了国家的负担。

杜牧这年来到江南（江苏江阴），不禁想起当年南朝，尤其是梁朝事佛的虔诚，到头来终是一场空，不仅没有求得长生，反而误国害民。杜牧此词借写景咏史怀古，表达了对唐王朝统治者委婉的劝诫。后来武宗发动"会昌灭佛"运动，从一定程度上缓和了矛盾。

作者在寥寥四句二十八字中，从大处落笔，描绘了一幅幅绚丽动人的图画，呈现了一种深邃幽美的意境，既写出了江南春景的丰富多彩，又写出了它的广阔、深邃和迷离。真可谓视野开阔，尺幅千里，大气旋转，词风豪迈，在峭健之中又有风华流美之致，是他千百年来素负盛誉的一篇代表作。

杜秋娘

金缕曲

劝君莫惜金缕衣^①，劝君惜取少年时。

花开堪^②折直须^③折，莫待无花空折枝。

【注释】

①金缕衣：用金线制成的华丽衣裳。

②堪：可。

③直须：指不必犹豫。

【译文】

我劝你不必爱惜金缕衣的华贵，我劝你要珍惜青春年少的时光。

就像那可以攀折的鲜花要及时采摘，不要等到花儿萎谢凋落了只折了个空枝。

【赏析】

杜秋（约791—?），《资治通鉴》称杜仲阳，后世多称为"杜秋娘"，润州（今江苏镇江）人，常唱《金缕曲》劝酒。她初为浙西观察使李锜的姬侍，李锜造反失败后，她被纳入宫中，后深受唐宪宗宠爱。唐穆宗即位，任命她为儿子李凑的傅姆。后来李凑被废去漳王之位，杜秋赐归故乡。杜牧经过金陵（今江苏南京）时，作了《杜秋娘诗》，其序简述了杜秋娘的身世。

金缕曲以七言入乐歌。此词并非艺术上最上乘之作，然却也不让须眉，可诵可传。其意可理解为惜阴，亦可理解为及时行乐，但主题似为劝人积极进取，不要"白了少年头，空悲切"。作者以她独特的视角表达了对青春的珍惜和对生命的热爱，虽短短二十八字，却内含深刻的人生哲理，词气明爽，感情豪放；感情层层递增、跌宕有致。

皇甫松

浪淘沙

滩头细草接疏林①，浪恶罾②船半欲沉。

宿鹭眠鸥③飞④旧浦⑤，去年沙觜⑥是江心。

【注释】

①疏林：稀疏的树林。

②罾：用竹竿作支架的方形鱼网。这里作动词。

③宿鹭眠鸥：指傍晚归来的水鸟。

④飞：一作"非"。

⑤浦：水滨。

⑥沙觜：岸沙与水相接处。觜，通"嘴"。

【译文】

江滩上细弱的小草连接着稀疏的林木，渔船在像网一样的恶浪里摇摇欲坠。

夜幕降临时，南归的沙鸥和白鹭还在寻找原来的水滨去宿眠，岂知去年的沙嘴今年已成了浩荡的江心。

【赏析】

皇甫松（生卒年不详）在晚唐词史上具有重要地位和深远影响。词如《浪淘沙》《采莲子》等形式同七言诗，其《采莲子》《摘得新》等词，为时人所称许。陈廷焯《白雨斋词话》说："皇甫子奇词，宏丽不及飞卿，而措辞闲雅，犹存古诗遗意。唐词于飞卿而外，出其右者鲜矣。五代而后，更不复见此笔墨。"

《浪淘沙》内容多借江水流沙以抒发人生感慨，属于"本意"（调名等于

28

词题）一类。皇甫松此词由观景而引出了沧海桑田、世事变迁的感慨，表现得相当蕴藉。"去年沙觜是江心"为全词的灵魂所在，道出世事变幻、物是人非的感慨，令人思索玩味。

摘得新

酌一卮①，须教②玉笛吹。

锦筵③红蜡烛，莫来迟。

繁红④一夜经风雨，是空枝。

【注释】

①卮：古代盛酒的器具。

②教：让。

③锦筵：豪华的筵席。

④繁红：指开得烂漫的各种鲜花。

【译文】

饮一卮美酒，应让玉笛来伴奏。

红烛映照着豪华的盛宴，不要来迟。

满枝盛开的鲜花，在一夜的风雨过后全部凋零，只留下一树空枝。

【赏析】

花开花落，是最常见的现象，也最容易激起人们的感悟。此词写人生应当及时行乐，作者抒发了对人生的感慨，时不待我，好景难留，繁华消歇，盛筵难再，莫使落红遍地，一树空枝，徒有惆怅。本词语直意尽，言浅意深，感慨良深，颇具豪气。

采莲子

船动湖光滟滟①秋（举棹②），贪看年少③信船流④（年少）。

无端⑤隔水抛莲子（举棹），遥被人知半日羞（年少）。

【注释】

①滟滟：水面闪光的样子。

②举棹：举起船桨。括号里的
"举棹""年少"，均为和声。

③年少：年轻男子。

④信船流：任船随波逐流。

⑤无端：没有缘由。

【译文】

波光粼粼的湖面上，采莲少女荡着小船。她任凭小船随波漂流，原来是看到岸上风度翩翩的迷人少年而忘情出神。

少女没缘由地抓起一把莲子，向那少年抛掷过去。猛然觉得被远处的人看透了她心中的秘密，顿时羞得半天抬不起头来。

【赏析】

《采莲子》本是唐教坊曲名，为七言四句带有和声的诗，后用为词牌。这首词清新爽朗的《采莲子》为读者描绘了一幅江南水乡的风物人情画，由衷地赞美了少女憨痴的情态和纯真的爱情。"莲"谐音"怜"，有表示爱恋之意，作者采用了传统的谐音包含的双关隐语，饶有情趣，富有江南民歌的特色。每句之后加以"举棹""年少"的和音，更具民歌风味。

温庭筠

清平乐

洛阳愁绝，杨柳花飘雪。终日行人恣①攀折，桥下水流呜咽。

上马争劝离觞②，南浦③莺声断肠。愁杀平原年少④，回首挥泪千行。

【注释】

①恣：放纵，无拘束。一作"争"。

②觞：古代酒器。

③南浦：地名，在福建省。语出江淹《别赋》"送君南浦，伤如之何"，后来南浦用来代指送别之处。

④平原年少：出自"我本平原儿，少年事远行"，这里指远行的人。平原，古地名，战国时赵国都邑。

【译文】

洛阳城愁思至极，暮春的杨花柳絮如雪飞舞。从早到晚来往的行人都在随意折枝惜别，送别桥下的流水也像在为人们的别离而伤感呜咽。

在上马远行时，人们争着劝酒送别，分别之地的莺啼声听了更加伤怀。面对离别，远行的少年悲伤不已，他依依不舍地回首相顾，回首之间已泪流满面。

【赏析】

温庭筠（约812—约866，字飞卿）是晚唐时期诗人、词人，被尊为"花间词派"之鼻祖。不过，他的词作中也有少数能够脱去浓腻的脂粉气，具有较为开阔的生活内容。本篇即为其一，乃惜别之作。一般送别之作多写得凄凄切切，但此词与其他送别之词风格迥异，并无儿女之态，脂粉之气。有人称赞"此词悲壮而有风骨"，因此猜测可能"作于被贬之时"。

杨柳枝

馆娃宫①外邺城②西，远映征帆近拂堤。

系③得王孙④归意切，不同⑤芳草绿萋萋⑥。

【注释】

①馆娃宫：春秋时代吴王夫差为西施所建，故址在今江苏苏州西南灵岩山上。娃，吴地方言，称美女为娃。

②邺城：今河北临漳县东南。邺城有铜雀台，曹操姬妾歌女都住在此地。

③系：牵系。

④王孙：王公的后裔，泛指富贵人家的子弟。这里指游子。

⑤不同：一作"不关"。

⑥萋萋：草木茂盛的样子。

【译文】

在馆娃宫之外、邺城之西这两个多柳的地方，杨柳多姿，近看在堤岸上轻拂，远望与江中船帆相映衬。

袅袅柳条足以牵住游子，使他思归更切，不同于古人见绿萋萋春草而思归。

【赏析】

这是一首咏物词。起句作者选择了一南一北两个临水而多柳的著名古都，在纤柔的杨柳意象中既反映出凄艳故事，又蕴含着兴亡盛衰之意和离别相思之情。后两句推开青草，为杨柳立门户，写柳条也似乎懂得女子的心意，说能"系得"王孙归意的不是萋萋绿草，而是依依垂柳，奇意奇调，不落俗套，特别用一"系"字，使杨柳这一无情之物化为有情之物，使全篇神采飞动。难怪古人评曰："构语闲旷，结趣萧散，豪纵自然。"（宋臣语）

韦 庄

菩萨蛮

洛阳城里春光①好，洛阳才子②他乡老。柳暗魏王堤③，此时心转迷。

桃花春水渌④，水上鸳鸯浴。凝⑤恨对残晖，忆君君不知。

【注释】

①春光：一作"风光"。

②洛阳才子：西汉的贾谊是洛阳人，时称洛阳才子。这里暗指韦庄本人，他早年曾寓居洛阳。

③魏王堤：又称魏王池，因唐太宗赐给魏王李泰而得名，是洛阳胜景之一。

④渌：一作"绿"。

⑤凝：聚集。

【译文】

洛阳城里春光灿烂，然而我就像洛阳才子贾谊那样只能在他乡老去。遥想使魏王堤都变暗的浓荫杨柳，我满怀凄迷和惆怅。

那嫣红的桃花和碧绿的春水，那水上出双入对的鸳鸯相依共浴。此时的我，只能把心中聚集的悲恨化解到西沉的余晖中，因为虽然我在远方思念你，但你却并不知晓。

【赏析】

韦庄（约836—约910，字端己）是晚唐诗人、词人，五代时前蜀宰相。在蜀时，他曾于成都浣花溪畔杜甫旧居重建草堂作为住所，这一时期的创作主要是词。今存韦词大部分作于后期。韦庄的词多写自身的生活体验和上层社会之冶游享乐生活及离情别绪，善用白描手法，在当时颇负盛名。

这首词是韦庄在唐僖宗中和年间的作品，当时国家战乱频仍，民不聊生。作者虽是长安杜陵人，但寓居洛阳较久，洛阳又有家园，留恋之情怀可想而知。此词是韦庄异乡为客的一种想象之辞，也是代他在洛阳的妻子写的一首怀念词人的词章。全词从春日触景生情写出，表明浪迹天涯、漂泊异地、至老难归的隐痛，从中透露出一种历史与人生的迷蒙感，语淡意浓，语近意远，力度极大，具有很强的感染力。

喜迁莺

街鼓动，禁城①开，天上②探人③回。凤衔金榜④出云来，平地一声雷。

莺已迁，龙已化⑤，一夜满城车马。家家楼上簇神仙⑥，争看鹤冲天⑦。

【注释】

①禁城：皇城。

②天上：朝廷。

③探人：一作"探春"，指科举考试。

④凤衔金榜：凤鸟衔着金榜，比喻天子授金榜。

⑤"莺已迁"两句：莺迁、龙化都比喻中举。

⑥簇神仙：聚集着美女。

⑦鹤冲天：比喻登科中举的人。

【译文】

街头鼓声响起，皇城的大门开放，赴朝廷参加科举的学子回来了。凤鸟衔着金榜从云彩中出来，这喜讯恰如一声春雷，顷刻间喜从天降。

中举升擢就像莺迁龙化，使人一步登天，他披红挂花，走马扬鞭，一夜之间满城车响马喧。家家户户神仙般的美人都聚在楼阁上，争着看那登科中榜、如同仙鹤要凌云冲天的人。

【赏析】

这首词是韦庄述及他五十九岁高中进士时的喜悦之情。韦庄虽然出身京兆韦氏东眷逍遥公房，为文昌右相韦待价七世孙、苏州刺史韦应物四世孙，但其家族至韦庄时已衰败，他父母早亡，家境寒微。乾宁元年（894），年近六十的韦庄终于得中进士，被朝廷任命为"草诏"的校书郎，开始了他的仕途生涯。本词就是写他科举后及第的场景，气氛热烈，心情舒畅，神采飞扬，意境开阔，气势豪放。

卷二　五代词

李珣

定风波

志在烟霞①慕隐沦②，功成③归看五湖春。一叶舟中吟复醉，云水。此时方识自由身。

花岛为邻鸥作侣，深处④。经年不见市朝⑤人。已得希夷⑥微妙旨⑦，潜喜。荷衣蕙带⑧绝纤尘。

【注释】

①烟霞：山水之间的烟雾云霞，这里指归隐之所。

②隐沦：隐姓埋名。沦意为"没"。

③功成：指范蠡辅佐越王勾践灭吴后功成身退、隐迹五湖（即太湖）。

④深处（chǔ）：深居简出。

⑤市朝：指争权夺利的场所。

⑥希夷：语出《老子》"视之不见名曰夷，听之不闻名曰希"，这里指虚寂玄妙。

⑦微妙旨：精微玄妙的义旨。

⑧荷衣蕙带：指隐者的服饰。

【译文】

我很是美慕当年的范蠡，他的志向本就是山水之间的烟雾云霞，在功成名就后他隐姓埋名，归隐于太湖。驾一叶扁舟在云水之间看湖光春色，把酒吟诵，陶醉其间。此时才懂得自由身是多么惬意。

深居简出，和开满鲜花的小岛为邻，与纯洁无瑕的鸥鸟做伴，多年不再目睹那些官商流俗之辈的争权夺利，已经达到虚寂玄妙的微妙境界，真是暗自庆幸选择了逍遥似神仙的隐逸生活。

【赏析】

五代词人李珣（约855—约930，字德润）的词大多是婉约风格，也有少量作品具有豪放风格。李珣的祖先为波斯人，后易居梓州（今四川省三台县）。在前蜀为臣，李珣未能立功，而遭亡国之痛。国亡不仕，感慨良多，写了5首《定风波》，多描写他在亡国后的隐居生活，抒发怀恋故国、孤洁自守的情怀，这是其中一首。

此词用典很多，"功成归看五湖春"引用范蠡助越灭吴后乘舟泛于五湖的故事；"希夷"语出《老子》"视而不见名曰夷，听而不闻名曰希"之语；"荷衣蕙带"则语出屈原《九歌·少司命》："荷衣兮蕙带，倏而来兮忽而逝。"原是说少司命的装束，这里借指词人超脱尘俗、高洁不染的精神品质。全词纯用白描，直抒胸臆，与作者所写的风土词不一样，颇有豪放之风。

渔歌子

荻①花秋，潇湘夜，橘洲②佳景如屏画。碧烟中，明月下，小艇垂纶③初罢。

水为乡，篷作舍，鱼羹稻饭常餐也。酒盈杯，书满架，名利不将心挂。

【注释】

①荻：多年生草本植物。形状像芦苇，地下茎蔓延，叶子长形，紫色花穗，生长在路边和水旁。

②橘洲：在今湖南省长沙市西湘江中，是湘江下游众多冲积沙洲之一。

③纶：这里指钓鱼线。

【译文】

在潇湘橘子洲的秋夜，荻花随着秋风摇摆，真是风景美如画。澄碧的云烟之中，皎洁的月光之下，小船上的渔翁刚刚垂钓完毕。

把云水作为家乡，把篷舍作为住所，鱼羹稻米饭是经常吃的家常饭。面对杯中斟满的美酒，架上摆满的书籍，我已心满意足，再不牵挂名利。

【赏析】

李珣在蜀亡之后，矢志隐逸，词作多写南方风云、山水之美和隐逸生活的乐趣。这首词也是其中之一。此词是以楚山湘水为背景，描写隐逸生活的小词。上阕写景，如诗如画，如梦如幻。下阕写人事，主要写词人的隐逸生活及其乐趣。全词作者借渔翁生活抒发淡泊名利、宁静致远、寄情山水的雅趣。清新洒脱、旷达豪放、余韵悠悠，颇有张志和《渔歌子》之风。

欧阳炯

江城子

晚日金陵岸草平，落霞明，水无情。
六代①繁华，暗逐逝波声。
空有姑苏台②上月，如西子镜③照江城④。

【注释】

①六代：指东吴、东晋、宋、齐、梁、陈六朝，均建都于金陵（今南京）。

②姑苏台：在苏州市西南姑苏山上。春秋时吴王夫差曾耗费三年筑成此台，将越王勾践所献西施藏在台上。

③西子镜：西施的妆镜。

④江城：指金陵，古属吴地。

【译文】

傍晚的落日斜照着金陵城，长江之岸与江边的春草连平，美丽的晚霞照亮江面，江水却无情地东去。

这座六朝古都当年的繁华，默默地随江水东流的声音消逝了。

此时，只有姑苏台上的明月，就像西施的妆镜，照尽金陵的千年兴衰。

【赏析】

《江城子》为唐词单调，始见《花间集》韦庄词，欧阳炯（896 — 971）将结尾两个三字句加一衬字成为七言句，开宋词衬字之法。后蜀尹鹗单调词将起首七言句改作三字两句，开宋词减字、摊破之法。宋代晁补之曾将其改名为《江神子》。至北宋苏轼始变为双调。

在诗歌中，怀古题材屡现名篇佳作，但在词里，尤其是前期的小令里，却是屈指可数。此词是五代词中写怀古题材较早的一首，花间派的欧阳炯所作的这首怀古词更显得特别引人注目。这首词凭吊的是六代繁华的消逝，寄寓的则是对现实的感慨。全词把金陵的景象与词人眼见古都兴衰而慨然兴叹的悲凉情感，形象地描绘并抒写出来，内涵丰富、语言清新、风格苍凉豪放，深含借古鉴今的现实意义。

冯延巳

谒金门

风乍起，吹皱一池春水。闲引①鸳鸯香径里，手挼②红杏蕊。

斗鸭阑③干独倚，碧玉搔头④斜坠。终日望君君不至，举头闻鹊喜。

【注释】

①闲引：无聊地逗引着玩。

②挼（ruó）：捻揉。

③斗鸭阑：类似于斗鸡台，是官僚显贵取乐的场所。

④搔头：即碧玉簪。

【译文】

突起一阵风，把一池碧水吹起了一层层涟漪。我在充满花香的小径里闲逛，逗引着池里的鸳鸯，手里捻揉着杏花蕊。

独自倚靠在斗鸭阑的栏杆上看着斗鸭，碧玉簪从头上斜垂下来。终日思念的人一直不见来，正在愁闷时，忽然听到头顶上喜鹊的鸣叫。

【赏析】

冯延巳（903—960，字正中）是五代十国时期南唐著名词人，也是南唐词坛存词最多的一个，他的词多写闲情逸致，文人的气息很浓，对北宋初期的词人影响较大。这首脍炙人口的小词，在当时很为人称道。尤其"风乍起，吹皱一池春水"，是传诵古今的名句。此词写贵族女子在春天里愁苦无法排遣和希望心上人到来的情景，虽是花间词，但也不失旷达、豪放。

李 璟

摊破浣溪沙

菡萏①香销翠叶残，西风愁起绿波间。还与韶光②共憔悴，不堪看。
细雨梦回鸡塞③远，小楼吹彻④玉笙寒。多少泪珠何限恨⑤，倚阑干。

【注释】

①菡萏（hàn dàn）：荷花的别称。

②韶光：指春光。

③鸡塞：鸡鹿塞，故址在今内蒙古磴口西北哈隆格乃峡谷口。此处泛指边塞。

④吹彻：吹到最后一遍。

⑤何限恨：一作"无限恨"。

【译文】

池塘里的荷花香气消散，翠绿的荷叶也已凋零。深秋的西风吹起绿色的波纹，使人愁绪满怀。美好的人生年华不断消逝，与春光一同憔悴的人，自然不忍去看这满眼萧瑟的景象。

夜里细雨绵绵，梦中再现缈远的边塞战事，小楼上充满寒意的幽怨玉笙声已吹完。有多少饱含愁苦怨恨的泪珠，只能倚着栏杆让风吹干。

【赏析】

这首词的作者李璟（916—961，字伯玉）是五代十国时期南唐烈祖李昇长子，南唐后主李煜的父亲，为南唐中主。他在位十九年，因受北周的威胁，迁都南昌，抑郁而死。李璟好读书，多才艺，常与冯延巳等饮宴赋诗。他流传下来的词作不多，所传几首词中，最脍炙人口的就是这首。此词上阕着重写景，笼罩了一层浓重的萧瑟气氛；下阕着重抒情，映衬了词人的寂寞孤清。全词布景生思，情景交融，语虽平淡，但质朴而有力，明白而深沉，有很强的艺术感染力。

鹿虔扆

临江仙

金锁重门荒苑静，绮窗①愁对秋空。翠华②一去寂无踪。玉楼歌吹，声断已随风。

烟月③不知人事改，夜阑④还照深宫。藕花相向野塘中。暗伤亡国，清露泣香红⑤。

【注释】

①绮窗：饰有彩绘花纹的窗户。这里指华美的窗户。

②翠华："翠羽华盖"的省语，指皇帝仪仗中用翠鸟羽毛装饰的旗，此用以代指皇帝。

③烟月：在淡云中的月亮。

④夜阑：夜深。

⑤香红：代指藕花。

【译文】

金锁锁住了层层宫门，荒凉的皇家园林无比寂静，华美的窗户就像含愁的眼眸凝望着秋天的夜空。自从皇帝离开后，这里便一片寂静。宫殿里歌声乐声，早已在风中断绝飘散。

淡云之中的月儿似乎不知人事的改变，直到夜将尽时还像往常一样照着深宫。野塘中，荷花正相对哭泣，在哀泣亡国的伤痛，那颗颗清露如同泪珠，从荷花上往下滴。

【赏析】

这是一首感伤亡国的词。作者鹿虔扆生卒年、籍贯、字号均不详。他是后蜀进士，广政间曾任永泰军节度使，进检校太尉，加太保，人称鹿太保，后蜀亡国后终身不仕。五代十国时期，是中国的乱世，朝代更迭频繁。前蜀被后唐所灭，后蜀被宋所灭，两个王朝加在一起还不到六十年时间。此词暗伤亡国，一片荒凉凄清，笔下全是景，景中全是情，融情于景，景真情深，让人在衰败中体味历史之凝重。

李　煜

破阵子

四十年①来家国，三千里地山河。凤阁龙楼②连霄汉③，玉树琼枝作烟萝。几曾识干戈④？

一旦归为臣虏，沈腰潘鬓⑤消磨。最是仓皇辞庙日，教坊犹奏别离歌。垂泪对宫娥。

【注释】

①四十年：南唐自建国到李煜作此词，共三十九年，此处四十年为概数。

②凤阁龙楼：指帝王的居所。

③霄汉：天上的银河。

④识干戈：经历战争。

⑤沈腰潘鬓：沈腰，《梁书·沈约传》载沈约与徐勉书："百日数旬，革带常应移孔。"后用沈腰指代人日渐消瘦。潘指潘岳，他曾在《秋兴赋》序中云："余春秋三十二，始见二毛。"后人遂以潘鬓作为中年白发的代称。

【译文】

自烈祖开国四十来年，拥有三千里的江山。我住着高大雄伟的皇宫与天河相连接，皇宫里奇花异草如罩在烟雾里的梦境。那时哪里会想到经历战争呢？

自从做了俘虏，我腰肢减瘦、两鬓斑白。最让人刻骨铭心的是仓皇离开宗庙之时，当时宫里教坊还演奏着别离的曲子。这又增伤感，令我不禁面对宫女恸哭垂泪。

【赏析】

此词是南唐最后一位国君李煜（937 — 978，字重光）所作。李煜是李璟的第六子，他精书法、工绘画、通音律，诗文均有一定造诣，尤以词的成就最高。李煜的词主要可分作两类：第一类为降宋之前所写，主要反映宫廷生活和男女情爱，这使他成为婉约派四大旗帜之一；第二类为降宋后，李煜以亡国的悲痛，附以自身感情而作，此时期的作品成就远远超过前期，凄怆悲壮可与项羽《垓下歌》相提并论。

此词作于李煜降宋之后，全篇追忆往事，写南唐从立国到亡国，词人从帝王到囚徒的情景和感受。上阕写繁华下阕写亡国，由建国写到亡国，极盛转而极衰，极喜而后极悲。中间用"几曾""一旦"两词贯穿转折，转得不露痕迹，却有千钧之力，悔恨之情溢于言表。前后对比鲜明，背景广阔，气势跌宕，含意深沉。

乌夜啼

昨夜风兼雨，帘帏①飒飒秋声。烛残漏②断频欹枕③，起坐不能平。

世事漫④随流水，算来一梦浮生。醉乡⑤路稳宜频到，此外不堪行。

【注释】

①帘帏：帘子和帐子。

②漏：漏壶，古代计时的器具。

③欹枕：头斜靠在枕头上。

④漫：枉然，徒然。

⑤醉乡：醉中境界。出自杜牧《华清宫三十韵》："雨露偏金穴，乾坤入醉乡"。

【译文】

昨夜风雨交加，帘子和帐子在秋风之下发出飒飒之声。蜡烛已经快燃尽，漏壶中的水也要断流了，我不停地起来又斜靠在枕头上，坐卧都不能使我平静。

世间之事枉然如流水，算起来一生沉浮恍如梦境。还是醉后的梦乡道路平坦，可以经常去，除此之外哪里都不能去。

【赏析】

这首词是李煜亡国入宋后的作品，表达了囚居生活中的故国情思和现实痛楚。全词由景入情，写人生之烦闷，比较鲜明地体现了李煜后期作品的特色：情感真实，清新自然。尤其是这首词，作者对自己的苦痛直抒胸臆、直吐心声，自然而工，虽然思想情调不高，但却气象开阔，堂庑广大。

虞美人

春花秋月何时了？往事知多少。小楼昨夜又东风，故国不堪回首月明中。雕栏玉砌①应犹在，只是朱颜改。问君②能有几多愁？恰似一江春水向东流。

【注释】

①砌：台阶。

②君：词人自称。

【译文】

春花秋月来回轮换什么时候才能了结？又有多少往事在心头缠绕。昨夜，春风如往年一样吹过小楼，在明月之下我陷入回忆故国的伤痛之中。

精美的栏杆、玉砌的台阶应该还在金陵的南唐故宫里，只是当年的倾城颜色已现沧桑。若问我心中有多少哀愁，就像滔滔东流的春水长流不断，无穷无尽。

【赏析】

此词是李煜的代表作，也是他的绝命词。据说他于自己生日之夜（"七夕"），在寓所命歌伎作乐，唱新作《虞美人》词，词中流露了不加掩饰的故国之思。宋太宗闻之大怒，下令毒死了他。

全词以问起，以答结；由问天、问人而到自问，传达出一个亡国之君的无穷的哀怨，逼真地传达出词人心灵上的波涛起伏和忧思难平，意境深远，感情真挚，结构精妙，语言清新。尤其是最后两句富有感染力和象征性的比喻，将愁思写得既形象化又抽象化，写得自然而一气流注，显得阔大雄伟。难怪此词能千古传诵。

孙光宪

酒泉子

空碛①无边，万里阳关②道路。马萧萧，人去去，陇③云愁。
香貂旧制④戎衣窄⑤，胡霜千里白。绮罗⑥心，魂梦隔，上高楼。

【注释】

①空碛：空旷的沙漠。

②阳关：古西北边防要地，今甘肃敦煌县西南。

③陇：即陇山，古代防御吐蕃等族侵扰的军事要地。

④香貂旧制：出阵前妻子用貂皮制作的征袍。香貂，本意是贵重的貂皮，这里指征袍。

⑤窄：使变窄，裹紧。

⑥绮罗：有花纹或图案的丝织品。此指妻子。

【译文】

在一望无际的沙漠上，古道远在万里之外。马儿萧萧地嘶鸣，人们一程又一程向远处走去，这情景连陇山的云彩都犯了愁。

征人把妻子临行前做的征袍戎衣裹紧，来对抗胡地上如雪的千里白霜的寒意。远方妻子的思念之心，连梦魂也被万水千山所阻隔，只能登上高楼眺望征人是否归来。

【赏析】

这是一首抒发征人怀乡思亲的边塞词。作者孙光宪（901—968，字孟文）是花间派中较有个性和成就的词人，他的词题材多样，写景真切，偶有词作境界开阔，笔力苍劲，颇具豪放之风。

此词开首就大笔如椽，勾勒出一幅万里长征图。"空碛""无边""万里"暗示征人"西出阳关无故人"的悲凉心情；用征夫的所闻、所见、所感来描写边塞行军情景和征途上的悲凉气氛，进一步烘托征夫的悲凉心情。下阕转入抒情，用茫茫无际的千里胡霜，衬托出征人戍边之艰苦，征人愁肠百结，不时地回忆起使他刻骨难忘的离别。在孤独寂寞、凄凉的煎熬下，词人以"上高楼"三字作结，登楼念远，遥寄心怀。全词感情深沉，风格遒劲，气氛悲壮，豪放飒爽。

定西番

鸡禄山①前游骑②，边草白，朔③天明，马蹄轻。

鹊面弓④离短韔⑤，弯⑥来月欲成。一只鸣髇⑦云外，晓鸿惊。

【注释】

①鸡禄山：山名，在今内蒙古自治区杭锦后旗西北部，古时属边塞地区。

②游骑：流动的骑兵。

③朔：指北方。

④鹊面弓：弓背上饰有鹊形的弓。

⑤韔：盛弓的口袋。

⑥弯：拉开。

⑦鸣髇（xiāo）：响箭。

【译文】

在鸡禄山前，流动的骑兵正在巡哨，深秋的边塞野草已经干枯变白，北塞的天已见亮，骑兵的马蹄轻快。

骑兵从装弓的袋子拿出鹊面弓，把弓拉满，似将要圆的月亮。一只响箭飞向云空，使清晨正在天空飞翔的鸿雁受惊。

【赏析】

本词写边塞生活，风格雄健，节奏紧凑，色调明朗，展示的是一望无际的霜雪草原，草原的人物是勇武强悍的游骑正在巡哨拉弓。"白"字，可见原野的荒凉冷落；"轻"字，描绘了游骑骑在马身上的飒爽英姿，身轻马捷，矫健机警；随后写骑兵拉弓如满月，一箭晓鸿惊，流露出了一种保家卫国的自豪感，充满了豪放的精神。

卷三　宋词

寇 准

阳关引

塞草烟光阔，渭水波声咽。春朝雨霁①，轻尘歇，征鞍发。指青青杨柳，又是轻攀折。动黯然，知有后会，甚时节？

更尽一杯酒，歌一阕。叹人生，最难欢聚，易离别。且莫辞②沉醉，听取阳关彻③。念故人，千里自此共明月④。

【注释】

①霁：雨雪停止，天放晴。

②辞：推辞，拒绝。

③听取阳关彻：白居易《对酒五首》（其四）云："相逢且莫推辞醉，听唱《阳关》第四声！"寇准此句是"听唱《阳关》第四声"之意。

④"念故人"两句：从谢庄《月赋》"美人迈兮音尘阙，隔千里兮共明月"两句中脱出。

【译文】

边塞的草原在云烟和光照中显得非常辽阔，渭水波涛低吟。刚停雨的春晨，尘土不扬，行者跨上征鞍即将出发。见柳色青青，轻轻地攀折以赠行者。激动之余又黯然神伤，尽管知道后会有期，可究竟是什么时节呢？

饯别席上，一杯更一杯、一阕更一阕地延宕下去。感叹人生过程中离别易、相聚难。请不要拒绝一醉方休，听唱《阳关》第四声，从今以后彼此只能远隔千里对着明月思念远方的朋友了。

【赏析】

这是一首离别词。在诗赋中，咏离别的作品可谓不计其数，宋词中这类题材尤多，但寇准（961—1023，字平仲）此词，通篇写离情，却不用悲切字眼，丝毫没有儿女沾巾之态。篇中虽黯然心动，篇末终寄意于明月。因此至今读来，仍觉得它悲而壮，豪而婉。难怪胡仔《苕溪渔隐丛话·后集》卷九说："寇莱公《阳关引》，其语豪壮。送别之曲当为第一。"

王禹偁

点绛唇

雨恨云愁，江南依旧称佳丽①。水村渔市，一缕孤烟②细。

天际征鸿，遥认行如缀③。平生事，此时凝睇④，谁会⑤凭栏意。

【注释】

①佳丽：指景色秀美。

②孤烟：炊烟。

③行如缀：行列整齐，像是连缀在一起。

④凝睇（dì）：凝视。

⑤会：会意，理解。

【译文】

雨多云密给人们带来愁闷，但江南的景色依旧能称得上秀美。水边的村落，湖畔的渔市，一缕孤细的炊烟袅袅升起。

与水相连的天际飞过一行征鸿，远远望去，好似列队首尾连缀。回想平生事业，此时凝视搏击长空的鸿雁，何人能懂得我凭栏远眺的深意。

【赏析】

这首词是王禹偁（954—1001，字元之）被贬长洲（今苏州）知县时所作，也是他传世的唯一词作。王禹偁是北宋白体诗人、散文家、史学家，北宋诗文革新运动的先驱。敢于直言讽谏，因此屡受贬谪。

词中描绘了江南水乡的风物景色，寄寓了词人积极用世、渴望有所作为的政治理想和怀才不遇的苦闷情怀。在艺术风格上，此词一改宋初小令雍容典雅、柔靡无力的格局，语言清新自然，不事雕饰，格调深沉，雄浑有力，读来令人心旷神怡。从思想内容看，此词对于改变北宋初年词坛上流行的"秉笔多艳冶"的风气起了重要作用，常被视为开北宋词坛创作风气的重要词篇。

潘 阆

酒泉子

长①忆观潮，满郭②人争江上望。来疑沧海尽成空，万面鼓声中。

弄潮儿向涛头立，手把红旗旗不湿。别来几向梦中看，梦觉③尚心寒④。

【注释】

①长：通"常"。

②郭：外城。

③觉：睡醒。

④心寒：令人心惊胆寒。

【译文】

常常想起那观潮时的壮观情景，满城的人争相抢着向江面上望。潮水涌来时，似乎大海都空了，潮声像万面鼓齐声擂动。

涛头浪尖踏潮献技的人站在波涛上表演，手里举着的红旗却始终不湿。离杭以后几次梦到观潮的奇伟的景象，梦醒时还觉得心惊胆寒。

【赏析】

潘阆（？—1009，字梦空）是宋初著名隐士、文人。他性格疏狂，欲成大事，早年参与谋立魏王赵廷美为帝，后又谋立太祖之孙赵惟吉为帝，均事败逃亡而被宽释。晚年遨游于大江南北，放怀湖山。潘阆曾与寇准、钱易、王禹偁、林逋、许洞等交游唱和，著《逍遥词》，文风倾向于自然真率，闲逸疏放。

　　这首词从观潮和弄潮两个方面描写了钱塘潮的奇异和弄潮儿的勇敢精神。上阕回忆观潮，描绘了钱塘江的宏伟壮观；下阕回忆弄潮，表现了弄潮儿敢于和大自然搏斗的大无畏的精神面貌；词的最后说梦醒后尚心有余悸，更深化了潮水的雄壮意象。此词对于钱江涌潮的描绘，气势豪迈、笔触劲健，具有很强的艺术感染力。

柳　永

鹤冲天

　　黄金榜上。偶失龙头①望。明代②暂遗贤③，如何向。未遂风云便④，争⑤不恣狂荡。何须论得丧？才子词人，自是白衣卿相。

　　烟花巷陌⑥，依约丹青屏障⑦。幸有意中人，堪寻访。且恁⑧偎红倚翠，风流事，平生畅。青春都一饷。忍把浮名，换了浅斟低唱！

【注释】

①龙头：意为"鳌头"，这里指状元。

②明代：圣明的时代。一作"千古"。

③遗贤：抛弃了贤能之士，指自己为仕途所弃。

④风云便：指好的际遇。

⑤争：怎么，如何。

⑥烟花巷陌：旧时烟花女子的街巷。

⑦丹青屏障：彩绘的屏风。

⑧恁：如此。

【译文】

在录取进士的金榜上，我偶然失去取得状元的机会。即使在圣明时代，君王也会一时错失贤能之才。我以后要何去何从呢？既然没有得到好的机遇，那何不索性纵情狂荡，何必为功名患得患失。我本才子词人，就算身穿百姓的白衣，也不亚于公卿将相。

在歌伎居住的街巷中，丹青屏风隐约可见。幸有意中佳人最值得我寻访。就这样与她们依偎，这样的风流韵事，才是我平生最大的欢乐。青春都是转瞬即逝，我宁愿把金榜虚名换成手中浅浅的一杯酒和低徊婉转的歌唱。

【赏析】

柳永（约984—约1053，字耆卿）是第一位对宋词进行全面革新的词人，两宋词坛上创用词调最多的词人。他是婉约派的代表人物之一，同时也是宋代豪放词创作的先驱。柳词在词调的创用、章法的铺叙、景物的描写、意象的组合和题材的开拓上都开北宋豪放词创作之先河，为宋代豪放词创作绘制出了写作模板典范。

这首词是柳永早期的作品，是他初次进士科考落第之后的一纸"牢骚言"，它表现了作者的思想性格，也关系到作者的生活道路，是一篇重要的作品。据说，后来柳永本来已中进士，宋仁宗临轩放榜时想起柳永这首词中那句"忍把浮名，换了浅斟低唱"，就说道："且去浅斟低唱，何要浮名。"就这样黜落了他。从此，柳永便自称"奉旨填词柳三变"而长期流连于坊曲之间、花柳丛中寻找生活的方向、精神的寄托。

在整个封建社会，哪怕是所谓"圣明"时期，科举考试也不可能没有营私舞弊、遗落贤才。此词直抒胸臆，直率地、赤裸裸地鼓吹知识分子与统治集团分离，与娼伎一类下层人民结合，可见柳永狂傲自负的性格。全词直抒胸臆，铺排有序，回环呼应，条理清晰，语言自然流畅，颇具豪放之风。

传花枝

平生自负，风流才调。口儿里、道①知张陈赵。唱新词，改难令②，总知颠倒。解刷扮，能哝嗽③，表里都峭。每遇着、饮席歌筵，人人尽道。可惜许老了。

阎罗大伯曾教来，道人生、但不须烦恼。遇良辰，当美景，追欢买笑。剩④活取百十年，只恁厮好。若限⑤满、鬼使来追，待倩⑥个、掩⑦通⑧著到。

【注释】

①道：指"拆白道字"，是宋元时盛行的一种用拆字法说话表意的文字游戏。

②令：指曲调。

③哝嗽：即喷嗽。指吐出和吸入，语出《西京杂记》，是谈养生的术语。宋人盛行修炼延年之方，哝嗽是其中之一，类似于今天说的气功。

④剩：尽，多。

⑤限：大限。指人的寿命期限。

⑥倩：请求别人做事。

⑦掩：捕，捕者。

⑧通：到达。

【译文】

我一贯为自己的风流倜傥和才调而自恃。口头表达方面，我能"拆白道字"知张陈赵；文字表达和艺术方面，我能创作新词，改很难的曲子，均知顺序；在时尚和养生方面，我擅长化妆，深谙气功，身体健美，称得上表里都俏。每当遇到吟诗论道、饮席歌筵，总免不了人言汹汹，他们惋惜地说：可惜就这样老了！

人们敬畏的阎罗大伯曾经跟我说：人生在世，不要忧愁烦恼。碰上良辰美景，你就尽情地去享受。人生不过百十年，我对你只能这样好了。当你大限到了的时候，小鬼无常来捉拿你，你就干脆利索地到我这里来报到。

【赏析】

这首词是《鹤冲天》的姐妹篇。《鹤冲天》中流露出的轻视功名利禄和对封建统治者的不满情绪给柳永带来了不幸，已经考中进士却被无理除名。这使他对现有的封建秩序和封建统治阶级的本质有了更为深刻的认识，使他产生了怀疑性的思考。长期与乐工歌伎等下层人民接触，又使他找到了生命的价值。这首词就体现了他的生活信念，体现了他自我价值意识的强化。词中有他乐观顽强的性格力量，有他坚持自己生活道路至死不渝的意志，当然也有知识分子在封建社会中失意的辛酸。但这种辛酸已为他的乐观所化解，追求个人精神中的自由、满足，已成为他的新取向。全词笔调狂放，乐观奔放，雄浑浩大，语言俚俗浅近。

望海潮

东南形胜，三吴①都会，钱塘②自古繁华。烟柳画桥，风帘翠幕，参差十万人家。云树③绕堤沙，怒涛卷霜雪，天堑无涯。市列珠玑，户盈罗绮，竞豪奢。

重湖④叠巘⑤清嘉。有三秋⑥桂子，十里荷花。羌管弄晴，菱歌泛夜，嬉嬉钓叟莲娃。千骑拥高牙⑦，乘醉听箫鼓，吟赏烟霞。异日图将好景，归去凤池⑧夸。

【注释】

①三吴：多指《水经注》之说，指吴兴（浙江吴兴）、吴郡（江苏苏州）、会稽（浙江绍兴）。

②钱塘：指杭州。

③云树：树木如云。

④重湖：西湖以白堤为界分为里湖和外湖，因此也叫重湖。

⑤巘：山峦，山峰。

⑥三秋：这里泛指秋季。

⑦高牙：本意为高蠹的旗杆上以象牙饰之的将军之旗，这里指高官孙何。

⑧风池：指宫苑中的池子，这里指朝廷。

【译文】

杭州是东南的战略要地而且风景优美，是三吴的都会，自古以来就非常繁华。如云烟的杨柳、彩绘的桥梁，如翠绿帐幕的挡风帘子，参差住着十万户人家。像云海的树林环绕着沙堤，钱塘江的怒涛卷起霜雪一样白的浪花，天然的江面一望无涯。市场上摆满了珍贵的商品，户户存满了绫罗绸缎，争相比奢华。

西湖山峦相映真是风景秀美，秋季桂花飘香，夏季十里荷花。羌笛在晴天欢快地吹奏，采菱的歌声在夜晚响起，还有喜笑颜开的渔夫和采莲的女子。千名骑兵的仪仗队簇拥着将军，乘醉酒听吹箫击鼓，吟唱烟霞风光。他日把这美好的景致画下来，回京觐见时向人们展示。

【赏析】

望海潮是词牌名，系柳永创制。

柳永一直不得志，到处漂泊流浪，寻求入仕之路。到杭州后，得知老友孙何正任两浙转运使，于是写了这首词请当地一位著名的歌女在孙何面前唱。可惜孙何只请柳永吃了一顿饭，并没有提拔他。

这虽是一首干谒词，但并无阿谀吹捧的庸俗之气，从艺术角度看，此词在构思上匠心独具，作者以大开大阖、波澜起伏的笔法，浓墨重彩地展现了杭州繁荣、壮丽的景象，铿锵有力，壮伟激越，形容得体，体现了柳永的豪放词风。

双声子

晚天萧索，断蓬踪迹，乘兴兰棹①东游。三吴风景，姑苏台榭，牢落②暮霭初收。夫差旧国，香径③没、徒有荒丘。繁华处，悄无睹，惟闻麋鹿呦呦。

想当年、空运筹决战，图王取霸无休。江山如画，云涛烟浪，翻输范蠡扁舟。验前经旧史，嗟漫载、当日风流。斜阳暮草茫茫，尽成万古遗愁。

【注释】

①兰棹：装饰华美的游船。

②牢落：稀疏。

③香径：指采香径，语出《吴郡志·古迹一》"采香径，在香山之傍小溪也。吴王种香于香山，使美人泛舟于溪以采香"。

【译文】

在萧条的傍晚，我不知往何处行走，便乘兴上了华美的游船向东游览。三吴的风景，姑苏山上的姑苏台，在暮霭刚消的黄昏显得零落稀疏。旧时吴王夫差的国都苏州，当年吴国美人集花草所走之路，都已不见踪影，只剩下荒芜的山丘。往日的繁华之地，已悄无人迹，只听见呦呦的麋鹿叫声。

想当年，夫差在这里为当吴王和称霸运筹帷幄，征战无休，到头来还不是一场空。在如画的江山中和似云涛的烟浪里空寻烦恼，倒不如范蠡泛舟太湖之闲适。考查史书典籍，嗟叹记载了多少昔日的风流人物，都在这西斜的夕阳之下的茫茫荒草中成为历史的遗愁。

【赏析】

《双声子》词牌由柳永首创。此词以"晚秋"作为背景，展开了历史与现实、繁华与荒凉、图王取霸与江湖隐者之间错综的对比，豪放地抒发了词人吊古伤今的历史感慨，表现出一种傲视公卿、轻蔑名利的思想。柳永的这首词所表现的主题内容，所流露出的繁杂心绪、自我解脱的思想以及"郁怀"的情结，对词的沿革与发展产生了重大影响，无论从苏东坡的几经贬谪的失意与悲苦，还是陆游的郁郁不得志，还有辛弃疾的生不逢时与壮志难酬，都可以看到柳永《双声子》的影子。

满江红

暮雨初收，长川静、征帆夜落。临岛屿、蓼①烟疏淡，苇风萧索。几许渔人飞短艇，尽载灯火归村落。遣行客②、当此念回程，伤漂泊。

桐江③好，烟漠漠。波似染，山如削。绕严陵滩④畔，鹭飞鱼跃。游宦⑤

58

区区成底事⑥，平生况有云泉约⑦。归去来、一曲仲宣⑧吟，从军乐⑨。

卷三 宋词

【注释】

①蓼：水蓼，一种生长在水边的植物。

②行客：柳永自称。

③桐江：即长川，钱塘江中游自严州至桐庐一段的别称，又名富春江，在今浙江桐庐县北。

④严陵滩：在桐江畔，又名严滩、严陵濑。

⑤游宦：离乡求官。

⑥底事：何事。

⑦云泉约：和美景相约，这里指隐居。

⑧仲宣：三国时王粲的字，曾作《登楼赋》抒写因怀才不遇而产生的思乡之情。建安七子之一。

⑨从军乐：指王粲的《从军行》。

【译文】

天将暮时，落雨刚刚停止，桐江一片寂静，夜幕降临，远征的帆船停泊江边。对面的岛屿上，水蓼疏淡如烟，秋风吹拂芦苇萧索作响。此时很多渔人驾着小舟，渔船上的灯火飞快地回归村落。这情景令我思念起回归的路程，为自己的漂泊而忧伤。

清晨的桐江景色格外美丽，晨雾广漠浓密。江中碧波似染，岸边峰峦如削。白鹭和鱼儿围绕严陵濑飞翔跳跃。离乡求官既是如此辛苦又一事无成，况早有归隐云山泉石之愿，那就像陶渊明那样归去吧，唱一曲王粲的《登楼赋》和《从军行》，这种想法更加强烈。

【赏析】

柳永首创《满江红》调名，此调全用仄韵，宜抒悲壮情怀。柳永在这首词中，写的就是厌倦仕途、渴望归隐的悲愤之情。柳永一生，政治上不得志，只做过余杭县令、盐场大使、屯田员外郎一类的小官。作此词时，柳永初入仕途，已届五十，及第已老，游宦已倦，心中充满抑塞无聊之感，自然产生了归隐思想。全词抑扬有致的节奏中表现出激越的情绪，从泊舟写到当时的心绪，再从忆舟行写到日后的打算，情景相融，脉络清晰多变，感情愈演愈烈，于抑扬有致的节奏中表现出激越的情感和悲壮的情怀，读来倍觉委婉曲折、荡气回肠。

范仲淹

渔家傲

秋 思

塞下秋来风景异，衡阳雁去①无留意。四面边声②连角起。千嶂③里，长烟落日孤城闭。

浊酒一杯家万里，燃然未勒④归无计。羌管悠悠霜满地。人不寐，将军白发征夫泪。

【注释】

①衡阳雁去：即"雁去衡阳"。湖南衡阳县南有回雁峰，相传雁至此不再南飞。

②边声：边塞特有的声音，如大风、号角、羌笛、马啸等声音。

③嶂：像屏障一样并列的山峰。

④燃然未勒：指边患未平、功业未成。东汉窦宪追击北匈奴，出塞三千多里，至燃然山刻石记功而还。

【译文】

边塞秋天的风景与南方截然不同，雁行阵阵向衡阳飞去，毫无留恋的情意。军号和着四面的边地悲声响起。崇山峻岭之间，荒漠上长烟直上，落日斜照，孤城紧闭。

饮一杯浊酒更加思念相隔万里的家乡，可是功业未建，归期无法预计。悠悠的羌笛声在寒霜的夜空回荡。征人不能入睡，将军头发花白，士卒泪流不尽。

【赏析】

范仲淹（989—1052，字希文）是北宋著名的思想家、政治家、军事家、文学家。他政绩卓著，文学成就突出，他倡导的"先天下之忧而忧，后天下之乐而乐"思想和仁人志士节操，对后世影响深远。范仲淹词作数量较少，存世仅五首。

1040 年至 1043 年间，范仲淹任陕西经略副使兼延州知州，承担起北宋西北边疆抵御西夏的重任，在边城的防御上起了很大的作用；但朝廷重内轻外，只能坚守以稳定大局。这首词当作于此时期。

此词反映了边塞生活的艰苦，表现将军的英雄气概及征夫的艰苦生活，反映出作者耳闻目睹、亲身经历的场景，也暗寓对宋王朝重内轻外政策的不满，浓重乡思，兼而有之，构成了将军与征夫复杂而又矛盾的情绪。

在范仲淹之前，很少有人用词的形式来描写边塞生活，唐人韦应物的《调笑令·胡马》虽有"边草无穷日暮"之句，但没有展开，也缺乏真实的生活基础，因而，范词对边塞词而言有里程碑的意义。而且，这首词的内容和风格还直接影响到宋代豪放词和爱国词的创作，为词坛开辟了崭新的审美境界，也开启了宋词贴近社会生活和现实人生的创作方向。

苏幕遮

碧云天，黄叶地，秋色连波，波上寒烟翠。山映斜阳天接水，芳草无情，更在斜阳外。

黯乡魂①，追旅思②，夜夜除非，好梦留人睡。明月楼高休独倚，酒入愁肠，化作相思泪。

【注释】

①黯乡魂：因思念家乡而黯然神伤。

②追旅思：撇不开羁旅的愁思。

【译文】

碧蓝的天空飘浮着流云，金黄的落叶铺满大地。秋天的景色同远处的江水碧波相连接，水波上弥漫着略带寒意的秋烟。远山沐浴着夕阳，天空连接着江水，岸边的芳草不谙人情，向远处延伸着，直到斜阳之外的天际。

思乡的情怀令我黯然神伤，旅居塞外更加使愁思缠绕不休。除非在回乡的好梦中得到暂时的慰藉。当明月映照高楼之时，我不想独自依倚望远，还是让美酒进入愁肠，再化作相思泪吧。

【赏析】

这是一首描写羁旅乡愁的词，但它不是普通的游子秋思之作，而是边关统帅写的征人思家之作。作此词时，范仲淹正出任陕西四路宣抚使，主持防御西夏的军事。在边关防务前线，当秋寒肃飒之际，将士们不禁思亲念乡，于是有这首借秋景来抒发怀抱的绝唱。全词借助对秋色的描写，真切地吐露了征人的"旅思"之情。其主要特点在于能以沉郁雄健之笔力抒写低回婉转的愁思，声情并茂，意境宏深，别有悲壮之气。

苏舜钦

水调歌头

沧浪亭

潇洒太湖岸，淡伫洞庭山①。鱼龙隐处，烟雾深锁渺弥间。方念陶朱②张翰③，忽有扁舟急桨，撇浪载鲈还。落日暴风雨，归路绕汀湾。

丈夫志，当景盛，耻疏闲。壮年何事憔悴，华发改朱颜？拟借寒潭④垂钓，又恐鸥鸟相猜⑤，不肯傍青纶⑥。刺棹⑦穿芦荻，无语看波澜。

【注释】

①洞庭山：太湖中的岛屿，有东洞庭、西洞庭之分。

②陶朱：范蠡，人称陶朱公。他辅佐勾践灭吴后，归隐江湖。

③张翰：西晋文学家。曾在齐王（司马冏）手下当东曹椽（法官），"八王之乱"时归隐故乡。

④寒潭：指在丹阳的小潭。此时苏舜钦在苏州。

⑤鸥鸟相猜：据《列子·黄帝篇》载，有人与鸥鸟亲近，但当他有了不正当的心术后，鸥鸟便不信任他，飞得很远。此反用其意，借鸥鸟指别有用心的人。

⑥青纶：钓鱼用的线。

⑦刺棹：撑船。

【译文】

太湖岸边的景物凄清幽雅，洞庭山安静地伫立着。明净的湖水中不见鱼龙的踪影，好像弥漫无际的烟雾锁住了它们。此时我正思索范蠡和张翰归隐之事，突然有一叶扁舟急速驶来，搏击风浪，载鲈鱼而归。落日时分，暴风雨来袭，只好沿着湖中的港湾回航。

怀有远大志向的大丈夫，身强力壮时必然耻于无所事事。我正当壮年为何就面容憔悴，两鬓斑白，容颜变老？本想在丹阳的小潭垂钓，却担心那里的鸥鸟猜忌，使鱼儿都不敢靠近。还是撑一叶小舟穿过芦荻，默默地看世间的波涛吧。

【赏析】

本词是苏舜钦（1008—1048，字子美）的仅存之词，写被贬谪而壮志难酬的彷徨和忧心。北宋庆历四年（1044），范仲淹、杜衍等人推行"庆历新政"。苏舜钦是"庆历新政"的骁将，被保守派打击，壮年（37岁）被斥退出官场，个人志向不得施展。本词就是苏舜钦免官居苏州时的抒愤之作。

词的上阕写隐逸于太湖旖旎风光的乐趣，实则借景写出作者遭贬，个人政治抱负无法施展的心头郁闷。词的下阕作者直抒胸臆，写出了他的无奈。宋代文人士大夫皆有"先忧后乐"的济世精神，轻易不言退隐。即使言及隐逸，或者是故作姿态，或者是出于无奈。在这首词中，苏舜钦由忧谗畏讥转为愤世嫉俗，进而转为疏狂再到退隐的心路历程交代得清楚明白，让人真切地感受到作者身处逆境、不甘沉沦、奋力抗争的积极人生观。苏舜钦此词为政治题材，而且风格雄健，感情奔放，叙写直率自然，在开拓之后北宋词坛的词境上功不可没。

尹 洙

水调歌头

和苏子美

万顷太湖上，朝暮浸寒光。吴王去后，台榭千古锁悲凉。谁信蓬山仙子①，天与经纶才器，等闲厌名缰。敛翼②下霄汉③，雅意在沧浪。

晚秋里，烟寂静，雨微凉。危亭④好景，佳树修竹绕回塘⑤。不用移舟酌酒，自有青山渌水，掩映似潇湘⑥。莫问平生意，别有好思量。

【注释】

①蓬山仙子：指苏舜钦。

②敛翼：本指鸟收翅落地，这里指苏舜钦退居苏州。

③霄汉：喻高位。

④危亭：耸立于高处的亭子。此指沧浪亭。苏舜钦流寓苏州时筑沧浪亭。

⑤回塘：亭边之水。

⑥潇湘：潇湘二水，水清竹美，风景极佳。一般指风景优美之地或隐居之地。

【译文】

在宽广的太湖上，早晚都泛着寒冷的光。吴王夫差的显赫繁华烟消云散后，留下的台榭千百年来只徒余悲凉。谁能相信，你苏舜钦才华横溢、满腹经纶却视功名利禄如缰绳。放下高位退居苏州，雅意在沧浪隐居。

晚秋的季节，云烟寂静，小雨微凉。站在高处的沧浪亭上欣赏大好风光，美丽的树木和修长的翠竹环绕在亭子周围的水边。不必移舟到别处酌酒，就能饱览青山绿水，这绿树翠竹掩映犹如潇湘之地。不要问此中真意，妙处只有你我明白。

【赏析】

这是尹洙（1001—1047，字师鲁）唱和苏舜钦《水调歌头·沧浪亭》而作的一首词，读起来豪放明快，含义丰厚。尹洙是北宋散文家，曾任河南府户曹参军等职，后充馆阁校勘，迁太子中允。时值范仲淹因指责丞相而贬饶州，尹洙上疏自言与仲淹义兼师友，当同获罪，于是被贬。陕西用兵时，尹洙被起用为经略判官，累迁至右司谏，知渭州，兼领泾原路经略公事。为其部吏诬讼，再次被贬。尹洙一生喜谈兵事，又精于史学，提倡古文，反对浮靡的文风。

尹洙与苏舜钦都是丈夫之志患难于宦海沉浮，有惺惺相惜之叹。二人相知甚深，志趣相投，遭遇也相似，故而极理解苏舜钦的感受。通过和苏舜钦的词，尹洙一方面表现了对苏抛弃功名利禄表示支持，另一方面也表现了作者自己在宦海风浪、怀古伤今中领悟到的人生启示。可以看出作者不愿随波逐流，而想退居山林，尽享林泉之美的闲情雅趣。

欧阳修

采桑子

轻舟短棹西湖①好，绿水逶迤②，芳草长堤，隐隐笙歌处处随。

无风水面琉璃③滑，不觉船移，微动涟漪，惊起沙禽④掠岸飞。

【注释】

①西湖：指颍州西湖。在今安徽省阜阳市西北。

②逶迤：绵延曲折的样子。

③琉璃：古法琉璃，采用琉璃石加入琉璃母烧制而成。这里形容水面光滑。

④沙禽：沙洲或沙滩上的水鸟。

【译文】

在风景美丽的颍州西湖，驾轻舟划短桨多么逍遥。碧绿的湖水绵延曲折，岸边长堤上的花草弥漫着芳香。合笙之歌隐约传来，像是随船而行。

无风的湖面，水光滑得如琉璃，不觉得船儿在前行，只见船边的涟漪微动，沙滩上的水鸟被船儿惊起，掠过湖岸向远处飞去。

【赏析】

欧阳修（1007—1072，字永叔，号醉翁）是北宋政治家、文学家，"唐宋八大家"之一，宋代文坛领袖。尽管他作词是以余力而作，固守着词传统的创作观念，但作为开创风气的一代文宗，他对词作也有所革新，扩大了词的抒情功能，改变了词的审美趣味，朝着通俗化的方向开拓，而与柳永词相互呼应。其词多写缠绵悱恻，伤春怨别，风格接近于婉约派的晏殊和晏几道，但也偶有豪放之作，此词即其中之一。

欧阳修在仕途上，刚劲正直，见义勇为，又因参与范仲淹的改革，曾被贬至颍州（今安徽阜阳），晚年又归隐于此，对此处情有独钟，并有十首《采桑子》写颍州西湖四季的不同景色，本篇是第一首。

这首词写的是春色中的颍州西湖，绿水蜿蜒曲折，长堤芳草青青，春风中隐隐传来柔和的笙歌声。水面波平如镜，不待风助，小船已在平滑的春波上移动。风景与心情，动感与静态，视觉与听觉，两两对应而结合，形成了一道流动中的风景。全词色调清丽，寄意深远，景色淡雅，意境开阔，读来令人心旷神怡。

玉楼春

尊^①前拟把归期说，欲语春容先惨咽。人生自是有情痴，此恨不关风与月。

离歌且莫翻新阕^②，一曲能教肠寸结。直须看尽洛城花，始共春风容易别。

【注释】

①尊：通"樽"，指酒具。

②翻新阕：按旧曲填新词。

【译文】

在饯别的酒宴前准备把一个虚拟的归期说出，可是还没张口已凄哀低咽。人生在世自是逃不脱痴情，此时的离别之痛并非因风花雪月。

唱离歌的人不要再换新的曲子了，仅一曲就使人肝肠寸断。此时只需把洛阳城里城外的牡丹看个遍，人就容易同洛阳的春风分别了。

【赏析】

欧阳修在离开洛阳的时候，写了几首词，表示对洛阳的惜别之情。这是其中比较著名的一首，作于景祐元年（1034）春三月。

此词咏叹离别，于伤别中蕴含平易而深刻的人生体验。开头是对眼前情事的直接叙写，接着写对眼前情事的一种理念上的反省和思考，再由理念中的情事重新返回到樽前话别的情事，最后写出了遣玩的豪兴。全词明明蕴含有很深重的离别的哀伤与春归的惆怅，然而写得却豪宕有力，当然豪宕之中也隐含着沉重的悲慨。所以王国维《人间词话》中论及欧词此数句时，乃谓其"于豪放之中有沉着之致，所以尤高"。

朝中措

送刘仲原甫出守维扬

平山栏槛①倚晴空，山色有无中②。手种堂前垂柳，别来几度春风。

文章太守③，挥毫万字④，一饮千盅⑤。行乐直须年少，尊前看取衰翁⑥。

【注释】

①平山栏槛：平山堂的栏槛。平山堂在扬州西北蜀岗上，为欧阳修任扬州太守时所建，由于堂的地势高，坐在堂中，南望江南远山，正与堂的栏杆相平，故名"平山堂"。

②山色有无中：借用王维《汉江临眺》"江流天地外，山色有无中"句意。

③文章太守：欧阳修当年知扬州府时，以文章名冠天下，故自称"文章太守"。

④挥毫万字：作者当年曾在平山堂挥笔赋诗作文多达万字。

⑤盅：饮酒或喝茶用的没有把儿的杯子。一作"钟"。

⑥衰翁：老翁。词人自称。当时作者已年逾五十。

【译文】

依在平山堂的栏杆上欣赏晴朗的天空，远处青山隐隐。当年我在平山堂前亲手栽种的那些杨柳，与我离别后也沐浴过几次春风了。

我这个喜作文章的太守，挥笔就多达万字，一饮酒就是千杯。应当趁着年轻的时候及时行乐，您看我这个坐在酒樽前的老翁已经不行了。

【赏析】

此词题中的"刘仲原甫"指刘敞，字原甫，一作"原父"，是欧阳修辈分稍晚的朋友。宋嘉祐元年（1056），刘敞被任命为维扬（扬州的别称）太守，欧阳修给他饯行，在告别宴会上，写了这首《朝中措》相送。

此词借酬赠友人之机，追忆起作者几年前在扬州所建的平山堂，栩栩如生地刻画了一个气度豪迈、才华横溢的"文章太守"的形象，抒发了人生的感慨，表达了意在山水之间的情感。全词豪迈之气通篇流贯，其达观豪迈、笑对人生的风范在欧词中很罕见，在当时的词坛上也不多见，为后来苏轼一派豪放词开了先路。

浪淘沙

把酒祝东风，且共从容①。垂杨紫陌②洛城东。总是当时携手处，游遍芳丛。

聚散苦匆匆，此恨无穷。今年花胜去年红。可惜明年花更好，知与谁同？

【注释】

①从容：留恋，不舍。

②紫陌：指洛阳。洛阳曾为东周、东汉之都，据说当时都用紫色土铺路。

【译文】

我端起酒杯祈愿春风再留些时日，与我相伴。在洛阳东郊垂柳依依之处，我们去年经常携手相伴，今天我们还要游遍姹紫嫣红的花丛。

欢聚和离散总是太匆匆，心中的遗恨却无尽无穷。今年的花红胜过去年，也许明年的花儿将更加艳丽，可惜不知那时谁能与我相伴呢？

【赏析】

这首词是欧阳修与友人梅尧臣在洛阳城东旧地重游有感而作。上阕由现境而忆已过之境，即由眼前美景而思去年同游之乐；下阕再由现境而思未来之境，含遗憾之情于其中，表达出对友人的深情厚谊。本词在写景抒情时，情绪转化大开大合，意境逐层深化、拓宽。语言朴素自然，感情饱满浓烈，耐人寻味。就如近人俞陛云（1868—1950，近代知名学者、诗人，并精通书法。现代著名文学家俞平伯之父）称此词"因惜花而怀友，前欢寂寂，后会悠悠，至情语以一气挥写，可谓深情如水，行气如虹矣"。

王 琪

望江南

江南岸，云树半晴阴。帆去帆来天亦老，潮生潮落日还沉。南北①别离心。

兴废事，千古一沾襟。山下孤烟渔市远，柳边疏雨酒家深。行客莫登临。

【注释】
①南北：大江南北，泛指各地。

【译文】

江南的岸上，如烟云的树木在时阴时晴中成长。江面上船来帆去，天若有情也要为之衰老，潮水时起时落，太阳仍然是日日西沉。大江南北，黄河两岸有多少因别离而伤心的人。

想想几千年来的王朝兴亡更替，不禁让人伤怀流泪。远眺山下，渔市的炊烟和杨柳林边的酒馆，在蒙蒙烟雨中显得那么遥远、缥缈。远行的游客还是不要指望去那里烹鱼饮酒了。

【赏析】

王琪，生卒年月不详，字君玉，华阳（今四川成都）人，徙居舒州（今安徽庐江）。以礼部侍郎致仕。《全宋词》收其词十一首，风格多豪放。

　　王琪有《望江南》十首，各咏一物，名标句首。本篇即以"江南岸"起句。此词通过描写岸头所见的江乡景物，借景抒怀，托物言情，咏叹人世变迁，聚散无常，沧海桑田，深含怀古之情。全词写景生动，体物精微，意境悠远，风致清丽潇洒，留给读者深长悠远的回味。

王安石

桂枝香

金陵怀古

　　登临送目，正故国①晚秋，天气初肃。千里澄江似练②，翠峰如簇。征帆去棹残阳里，背西风，酒旗斜矗。彩舟云淡，星河③鹭起，画图难足。

　　念往昔，繁华竞逐，叹门外楼头④，悲恨相续。千古凭高，对此漫嗟荣辱。六朝旧事随流水，但寒烟衰草凝绿。至今商女⑤，时时犹唱，后庭遗曲⑥。

【注释】

①故国：旧时的都城，此处指金陵（今江苏省南京市）。

②练：白色的绢。

③星河：银河，这里指长江。

④门外楼头：化用杜牧"门外韩擒虎，楼头张丽华"诗意。

⑤商女：歌女。

⑥后庭遗曲：指陈后主曲《玉树后庭花》，后指致使亡国的靡靡之音。出自杜牧《泊秦淮》："商女不知亡国恨，隔江犹唱《后庭花》。"

【译文】

　　登上高楼极目远眺，故都金陵正是深秋，天气开始变得肃杀萧索。千里长江澄澈得犹如一条白绢，青翠的山峰像箭镞一样耸立着。远行的帆船在夕阳里疾驶，西风起处，岸旁斜插的酒旗在小街飘扬。彩色缤纷的船出没在云烟中，江中洲上的白鹭飞起，这壮美的风光即使用最美的图画也难以描绘。

遥想当年，这里的人们无休止地互相竞逐奢华，可叹"门外韩擒虎，楼头张丽华"的亡国悲恨接连相续。自古多少人在此登高怀古，无不对历代荣辱喟叹感伤。六朝的往事已随流水消逝，只剩下寒冷烟雾和衰萎的野草。时至今日，歌女们还不停地吟唱《玉树后庭花》的曲子。

【赏析】

这是一首王安石（1021—1086，字介甫）作的金陵怀古之词，作者以壮丽的山河为背景，历述古今盛衰之感，通过对六朝历史教训的认识，表达了他对北宋社会现实的不满，透露出居安思危的忧患意识。上阕描绘金陵壮丽景色，下阕转入怀古，揭露六朝统治阶级"繁华竞逐"的腐朽生活，对六朝兴亡发出意味深长的感叹，表现了政治家深邃的思想和雄伟的气概，暗示在北宋这积贫积弱的现实面前，要汲取历史教训，进行改革，以免奢华靡费导致国力衰竭，重蹈六朝覆辙。全词立意高远，笔力峭劲，体气刚健，豪纵沉郁。此词同范仲淹的《渔家傲·秋思》给后来的词坛带来了深远影响。

浪淘沙令

伊吕①两衰翁，历遍穷通②。一为钓叟一耕佣。若使当时身不遇，老了英雄③。

汤武④偶相逢，风虎云龙⑤。兴王⑥只在笑谈中。直至如今千载后，谁与争功？

【注释】

①伊吕：指伊尹与吕尚（姜子牙）。

②穷通：困境与顺境。

③老了英雄：英雄白白老死。

④汤武：商汤王和周武王。

⑤风虎云龙：《易经》中有"云从龙，风从虎"，此处将风云喻贤臣，龙虎喻贤君。

⑥兴王：兴国之君。

【译文】

伊尹和吕尚两位老翁，曾经历所有的困境与顺境。他们一个是钓鱼翁，一位是耕田的农夫。如果当初不是遇到明君，他们最终也就老死山野了。

他们偶然与商汤王和周武王相遇，犹如云从龙、风从虎，汤武二帝谈笑中成了兴国之君。直到现在已几千年了，他们所建立的丰功伟业谁能与之一比高下呢？

【赏析】

王安石早立大志，要致君尧舜，但长期不得重用。直到宋神宗即位，他才有了类似"汤武相逢"的机会，可以干一番惊天动地的大事业。这首词就是用典寄志，委婉地抒写个人的理想和抱负，并抒发词人获得宋神宗的知遇，政治上大展宏图、春风得意的豪迈情怀。全词以史托今，充满了强烈的自信心和自豪感，洋溢着欢快喜悦的气氛，意境宏大，是豪放词史上的一篇力作。

张 昇

满江红

无利无名，无荣辱①，无烦无恼。夜灯前、独歌独酌，独吟独笑。况值群山初雪满，又兼明月交光好。便假饶百岁拟如何，从他老。

知富贵，谁能保。知功业，何时了。算箪②瓢金玉，所争多少。一瞬光阴何足道，便思行乐常不早。待春来携酒殢③东风，眠芳草。

【注释】

①无荣辱：《满江红》词牌要求，第二句应三字，故有的文献为"无荣辱"。但《青箱杂记》和《全宋词》则记为"无荣无辱"。

②箪：古代用来装饭的圆竹器。

③殢：滞留。

【译文】

不计名利，看穿荣辱，超越烦恼。夜幕降临时掌一盏灯，独自一人饮酒唱曲，吟诗而笑。此时正值初雪铺满群山，又有美好的月光陪伴。即使再多活一百年又如何，该老就让他老去吧。

要懂得谁都不能永保富贵，要知道争功建业是没有尽头的。是粗茶淡饭还是荣华富贵，争来争去所争的到底有多少价值。一瞬光阴似乎不足挂齿，但生命就这样流逝，应该抓住每个瞬间，及时行乐。等到春暖花开，带着酒壶，拥着东风，去芳草地上进入梦乡吧。

【赏析】

这首词为张昪（992—1077，字杲卿）所作。他经历了宋由盛到衰的时代，官至御史中丞、参知政事兼枢密使，最后以太子太师荣衔退休。今存词两首。

这首词以直抒胸臆的手法表达自己看透一切要享受生命的思想。上阕直抒自己对名利、荣辱的态度，由超然物外的心境、歌酒吟笑的生活、雪月交辉的环境，归结到如此生活比增添百岁寿命更使人感到珍贵。下阕言自己把富贵、功名、金钱都看得极淡，生命时光有限，唯趁早及时游乐，咏唱逍遥人生。全词情景相生，笔力遒劲，言浅意深，乐观奔放，境界高远。

离亭燕

一带①江山如画，风物②向秋潇洒。水浸碧天何处断③？霁色冷光④相射。蓼屿荻花洲⑤，掩映竹篱茅舍。

云际客帆高挂，烟外酒旗低亚⑥。多少六朝兴废事，尽入渔樵闲话。怅望倚层楼，寒日无言西下。

【注释】

①一带：这里指金陵一带。

②风物：风光景物。

③断：连接处。

④冷光：秋水反射出的波光。

⑤蓼屿荻花洲：长满蓼花和荻草的水中高地。

⑥低亚：低垂。

【译文】

金陵一带风光如画，晚秋的一切景物明净清爽。碧天与秋水交融，何处才是连接处呢？雨住天晴的天色与秋水闪烁的冷光相辉映。蓼草荻花掩映着竹篱茅舍的小渔村。

江面尽头客船上的白帆好像高挂在云端，烟雾笼罩的岸边，酒馆的旗帜低垂着。那些六朝的兴盛和衰亡，如今已成为渔民、樵夫茶余饭后的谈资。在高楼上独自怅望，只见凄冷的夕阳默默地西下。

【赏析】

据北宋范公偁《过庭录》所载，这首词是张昇退居江南后所作。不过也有文献说此词的作者为孙浩然。且不论它的作者究竟是谁，就这首词本身来看，可谓上乘之作。

词的上阕描绘金陵一带的山水，雨过天晴的秋色里显得分外明净而爽朗，画面层次分明，动静交映，疏淡有致，展现了金陵古都"江山如画"的特色。下阕通过怀古，寄托了词人对六朝兴亡盛衰的感慨，特别是最后一句"红日无言西下"，既写现实场景，又暗喻了北宋帝国由盛到衰、积贫积弱的政治形势，一切欲抒之情尽在不言之中，容量极大，笔法冷峻，豪气内藏，令人品味不尽。

苏 轼

水龙吟

古来云海茫茫，道山绛阙知何处。人间自有，赤城居士①，龙蟠凤举②。清净无为，坐忘遗照③，八篇奇语④。向玉霄东望，蓬莱晻霭⑤，有云驾、骖风驭。

行尽九州四海，笑纷纷、落花飞絮。临江一见，谪仙风采，无言心许。八表神游，浩然相对，酒酣箕踞⑥。待垂天赋就⑦，骑鲸⑧路稳，约相将去。

【注释】

①赤城居士：即司马承祯，唐代道都茅山宗第四代宗师。赤城在四川灌县西之青城山，一名赤城山。

②龙蟠凤举：如龙之盘卧、如凤之飘然高举。比喻有才智的人。

③坐忘遗照：庄子语。指全忘一切物我是非差别、心中不留一物的精神状态。

④八篇奇语：指司马子微著的《坐忘论》七篇、《枢》一篇。

⑤晻霭：《离骚》："扬云旗之淹衡兮。"晻，通"暗"。

⑥箕踞：坐时两脚岔开，开似簸箕，为一种轻慢态度。

⑦垂天赋就：作完了《大鹏赋》。《庄子·逍遥游》说鹏"其翼若垂天之云"，这里以"垂天"代"大鹏"。

⑧骑鲸：指成仙。

【译文】

云海自古以来就广阔无边，在云海中的道家仙山与红色宫殿不知在哪里。人间自然是有马承祯那样的有才智之人。做到清静无为，静坐达到忘我的精神境界，就如司马子微所写的八篇奇语之文所描述的那样。我向东方的天宫远眺，似乎看到蓬莱仙山上那暗淡的暮霭里，有仙人在驾驶着神车悠然来去。

走遍了九州和四海，我在落花飞絮中开怀大笑。在临江我有幸见到了谪仙的风采，在心中默默地产生了钦佩之情。我仿佛在八表以外极远的地方神游，与李太白正大豪迈地相对，毫无拘束地两脚岔开似簸箕，尽情畅饮。等到了《大鹏赋》写成，我们相约离开凡世，骑鲸鱼走上仙境的平坦大道。

【赏析】

这首词是北宋著名的豪放派词人苏轼（1037—1101，字子瞻，号东坡居士）的作品。苏轼为宋代文学最高成就的代表，在诗、词、散文、书、画等方面取得了很高的成就。其诗题材广阔，清新豪健，善用夸张比喻，独具风格，与黄庭坚并称"苏黄"；其散文著述宏富，豪放自如，与欧阳修并称"欧苏"，是"唐宋八大家"之一；词开豪放一派，提高了词的文学地位，使词从音乐的附属品转变为一种独立的抒情诗体，从根本上改变了词史的发展方向，是两宋词风转变的关键人物，后来的南渡词人和辛派词人就是沿着此路而进一步开拓发展的。

苏轼一共写了四首《水龙吟》，这是比较豪放的一首。词人在临淮见到一位仙风道骨的有道之士，十分敬佩，写了这首《水龙吟》表达他的倾慕心情。

全词充满对天上仙境的向往之情，飘逸豪放，有浓郁的浪漫气息，抒发了词人超然物外的旷达。

沁园春

赴密州，早行，马上寄子由①。

孤馆灯青，野店鸡号②，旅枕梦残。渐月华收练，晨霜耿耿③；云山摛④锦，朝露溥溥⑤。世路无穷，劳生有限，似此区区长鲜欢。微吟罢，凭征鞍无语，往事千端。

当时共客长安⑥，似二陆⑦初来俱少年。有笔头千字，胸中万卷，致君尧舜，此事何难？用舍由时，行藏在我⑧，袖手何妨闲处看。身长健，但优游卒岁，且斗尊前⑨。

【注释】

①子由：苏轼的弟弟苏辙的字。

②野店鸡号：村落的旅店鸡鸣，指走得早。野，村落。

③耿耿：明亮的样子。

④摛：形容舒展，散布。

⑤朝露溥溥：露多的样子。

⑥共客长安：苏轼与苏辙曾客居汴京应试。宋词中的长安一般指汴京（又称汴梁），下同。

⑦二陆：晋朝文学家陆云、陆机兄弟，此处喻指苏轼、苏辙。

⑧"用舍由时"两句：化用《论语·述而》"用之则行，舍之则藏"，意为任用与否在朝廷，出仕隐退在自己。

⑨且斗尊前：化用牛僧孺"休论世上升沉事，且斗尊前见在身"诗句。

【译文】

我赴密州上任，早上出发，在马上作此词表达对弟弟苏辙的思念。

旅馆孤零，灯光青冷，荒野村落里已有公鸡报晓，旅舍只有孤枕残梦。凌晨的月华已渐渐淡去了白绢似的皎洁，晨霜显出一片晶莹；山上的云雾像锦缎一样铺展，朝露与晨光齐辉。世间路程无穷，劳顿人生有限，似这平庸难欢愉的心境。我这里独自低吟罢，坐在要远行的马鞍上，我默默无语，万千往事涌上心头。

想当年我们一起客居汴梁，像陆机、陆云兄弟风华正茂、下笔千言、胸藏万卷；自以为可辅佐圣上使其成为尧舜，能有什么难度？而实际上，是否任用在于朝廷，是出仕还是隐退则在于自己。生不逢时不妨淡定地闲处袖手观风云。这样也好让我们的身体长久地康健，只需在余生中悠闲游乐，姑且在杯中寻平生的欢愉。

【赏析】

这首词是苏轼于熙宁七年（1074）七月在由杭州移守密州（今山东诸城）的早行途中寄给其弟苏辙的作品。

苏轼是怀着矛盾复杂的心情前往密州的。由于与新法派的矛盾，在朝中难以立足。赴密州途中，触景伤情，凭鞍沉思，思绪万千，不禁感慨唏嘘，通过词作，表达了作者人生遭遇的不幸和壮志难酬的苦闷。全词集写景、抒情、议论为一体，融诗、文、经、史于一炉，由景入情，由今入昔，逐步推进，直抒胸臆，波澜起伏，生动地传达出自己的志向与情怀，体现了作者卓绝的才情和旷达的性格。

江城子

密州出猎

老夫①聊②发少年狂，左牵黄，右擎苍③，锦帽貂裘，千骑卷平冈④。为报倾城随太守，亲射虎，看孙郎⑤。

酒酣胸胆尚⑥开张，鬓微霜，又何妨？持节云中，何日遣冯唐？会挽雕弓如满月，西北望，射天狼⑦。

【注释】

①老夫：作者自称，时年三十九。苏轼年轻时就主张抗击辽和西夏的侵扰，表示自己要"与虏试周旋"。

②聊：姑且，暂且。

③左牵黄，右擎苍：左手牵着黄狗，右臂托着苍鹰。

④平冈：指山脊平坦处。

⑤亲射虎，看孙郎：《三国志·吴书·孙权传》载，孙权乘马射虎于凌

亭，马为虎伤。权投以双戟，虎却废。

⑥尚：更。

⑦天狼：星名，又叫犬星，旧说指侵略者，这里指北宋边境的西夏。

【译文】

老夫我姑且抒发一下少年打猎的狂傲之气，左手牵着黄狗，右手托着苍鹰。戴上锦帽穿好貂皮裘，率领随从千骑尘土飞扬，把山冈像卷席子一般掠过。为了报答全城的人都来追随我这个太守，我一定要像昔日的孙权一样亲自射杀猛虎。

我尽情畅饮，胸怀更开阔，胆气更豪壮，就算两鬓微白，又有何妨？朝廷什么时候才能派人拿着符节来密州对我委以重任呢？像汉文帝派遣冯唐去云中郡赦免魏尚的罪一样。那时我定当拉满雕弓，瞄准西北，射向西夏军队。

【赏析】

此作是千古传诵的东坡豪放词代表作之一，作于神宗熙宁八年（1075）。当时作者在密州任知州，曾因干旱到常山去祈雨，归途中与同官梅户曹会猎于铁沟，作了这首词。

词中写出猎之行，抒兴国安邦之志。首三句直出会猎题意，次写围猎时的装束和盛况，然后转写自己的感想：决心亲自射杀猛虎，答谢全城军民的深情厚谊。下阕叙述猎后的开怀畅饮，并以魏尚自比，希望能够承担卫国守边的重任。结尾直抒胸臆，抒发杀敌报国的豪情。

全词具有明显的豪放特征，无论是内容还是题材，都已超越了日常生活范围，拓展境界，声势浩大，一反当时笼罩词坛的"艳科"词风，粗犷豪迈，具有极强的阳刚之美。这是宋人较早抒发爱国情怀的一首豪放词，在题材和意境方面都为词的创作开创了崭新的道路。

望江南

超然台作

春未老，风细柳斜斜。试上超然台上看，半壕①春水一城花。烟雨暗千家。寒食②后，酒醒却咨嗟③。休对故人思故国④，且将新火⑤试新茶⑥。诗酒趁年华。

【注释】

①壕：护城河。

②寒食：节令，与清明相连，是旧俗扫墓之时。古时于冬至后一百零五日，即清明前两日（亦有于清明前一日），禁火三日，谓之寒食节。

③咨嗟：叹息，慨叹。

④故国：这里指故乡、故园。

⑤新火：寒食禁火，节后再举火称新火。

⑥新茶：指清明前采摘的"雨前茶"。胡仔《苕溪渔隐丛话》前集卷四十六引《学林新编》云"茶之佳品，造在社前；其次则火前，谓寒食节前也；其下则雨前，谓谷雨前也"。

【译文】

春意尚未褪尽，和风习习，柳枝斜斜随之起舞。登上超然台远眺，这一湾护城河半满的春水微微闪动，满城皆是春花灿烂，在烟雨的笼罩下，千家万户都显得暗了。

寒食节之后，醒酒了却反而不停叹息，因为欲归不得。还是别在老朋友面前思乡了，咱们姑且燃起新火，焙制烹煮今年的新茶吧。作诗醉酒都要趁年华尚在啊。

【赏析】

苏轼的这首《望江南》描述的主体并不在江南，而是古密州。宋神宗熙宁七年（1074）九月，苏东坡赴任密州任太守。次年八月，他命人修葺城北旧台，并由其弟苏辙题名"超然"。熙宁九年（1076）暮春，苏轼登超然台，眺望春色烟雨，触动乡思，写下了这首豪迈与婉约相兼的词。此词上阕写景，下阕抒情，情由景发，情景交融。全词通过描绘春日景象和作者感情的复杂变化，寄寓了词人对有家难回、有志难酬的无奈与怅惘，同时表达了作者豁达超脱的襟怀。

水调歌头

丙辰①中秋，欢饮达旦，大醉，作此篇，兼怀子由。

明月几时有？把酒问青天。不知天上宫阙，今夕是何年②。我欲乘风归去，又恐琼楼玉宇，高处不胜③寒。起舞弄清影，何似在人间？

转朱阁，低绮户④，照无眠。不应有恨，何事长向别时圆？人有悲欢离合，月有阴晴圆缺，此事古难全。但愿人长久，千里共婵娟⑤。

【注释】

①丙辰：指宋神宗熙宁九年（1076）。

②今夕是何年：古人认为天上神仙世界的年月与人间不同，所以作者有此一问。

③不胜：忍受不住。

④绮户：刻有纹饰的门窗。

⑤婵娟：指月亮。

【译文】

丙辰年的中秋之夜，一边赏月一边饮酒，直到天亮，喝到大醉，写了这首词，同时表达对弟弟苏辙的思念。

明月从何时才有？我端起酒杯来询问苍天。不知道现在天上是何年何月。我想要乘着清风到天上去，又担心在月宫的琼楼玉宇，我忍受不了高竿九天的寒冷。我在月下起舞，身影摇曳，天上会像人间这般快乐吗？

月光转过朱红楼阁，低洒在雕花窗前，照到床上照着睡意全无的我。月亮不应对人间有什么不满吧，为何总在人们离别时才圆呢？人间免不了悲欢离合，月亮也会有阴晴圆缺，这种事自古都难以周全。只希望亲人能长久地平安健康，即便相隔千里，也能共同沐浴在这美好的月光中。

【赏析】

苏轼由于和当权的变法者政见不同，自求外放，辗转在各地为官。他既对朝廷政局深切关注，又期望重返汴京，心情复杂。他曾经要求调任到离苏辙较近的地方，直到1076年，这一愿望仍无法实现，此时兄弟二人已七年未得团聚。时逢中秋，四十岁的苏轼面对一轮明月，心潮起伏，于是乘酒兴正酣，挥笔写下了这首内容奇幻、情感深沉的不朽经典。

此词运用形象描绘手法，勾勒出一种皓月当空、亲人千里、孤高旷远的境界氛围，反衬自己遗世独立的意绪和往昔的神话传说融合一处，在月亮的阴晴圆缺当中，渗进浓厚的哲学意味。全词情感放纵奔腾，跌宕有致，结构严谨，脉络分明，情景交融，立意高远，境界壮美。全篇皆是佳句，典型地体现出词人高超的语言能力和豪放旷达的词风。

水调歌头

黄州快哉亭赠张偓佺

落日绣帘卷，亭下水连空。知君为我新作，窗户湿青红。长记平山堂上，敧枕江南烟雨，杳杳①没孤鸿。认得②醉翁语，山色有无中③。

一千顷，都镜净，倒碧峰。忽然浪起，掀舞一叶白头翁④。堪笑兰台公子⑤，未解庄生⑥天籁，刚道⑦有雌雄⑧。一点浩然气，千里快哉风。

【注释】

①杳杳：深远幽暗的样子。

②认得：体会到。

③山色有无中：出自欧阳修《朝中措·送刘仲原甫出守维扬》。

④白头翁：本为鸟名，这里指操舟的白发老人。

⑤兰台公子：指宋玉。宋玉曾侍从楚襄王游于兰台之宫。

⑥庄生：庄子。

⑦刚道：偏说，硬说。

⑧有雌雄：宋玉在《风赋》中说风有雌雄两种。

【译文】

夕阳下卷起绣帘眺望，快哉亭下的江水与碧空连接着。知道偓佺君专为我的来到而新造此亭，窗户上的青、红油漆还是湿润的。这让我想起欧阳修建造的平山堂，靠着枕席，欣赏江南烟雨景色，孤雁在缥缈朦胧色彩中隐没的情景。此时我才体会到醉翁所描绘的"山色有无中"的意境。

这千顷的水面，平静明似镜，澄江映碧峰。江面忽然卷起波浪，一个渔翁驾着小舟在风浪中翻腾。可笑兰台公子宋玉，是不可能理解庄子的风是天籁之说的，硬说风有雄雌。其实只要胸中有点浩然之气，就能在任何境遇中都处之泰然，享受到这大江之上吹来的千里浩然长风。

【赏析】

元丰三年（1080）二月，苏轼因"乌台诗案"贬谪黄州（今湖北黄冈）团练副使，此词作于被贬后，是苏轼豪放词的代表作之一。快哉亭，在黄州的江边，张梦得修建，苏轼命名。张梦得字偓佺，又字怀民，当时也贬官在黄州，与苏轼的心境相同，二人交往密切。其弟苏辙还为此亭写了《黄州快哉亭记》。

词的上阕由新建之亭及亭前景象忆及早年在扬州平山堂见到的山光水色，由此展开对先师欧阳修的怀念，对快哉亭前风景与平山堂前风光相似之观感，还隐隐透露今日词人遭厄运与当年醉翁受挫类似。下阕写亭前所见长江景观，抒发了作者旷达豪迈的处世精神。全篇写景之中抒发心志，跌宕多姿、大开大合、气魄宏大，充分体现了苏词雄奇奔放的特色。

满江红

寄鄂州朱使君寿昌

江汉西来，高楼①下、蒲萄深碧②。犹自带，岷峨雪浪，锦江春色。君是南山遗爱守③，我为剑外思归客④。对此间、风物岂无情，殷勤说。

江表传⑤，君休读；狂处士⑥，真堪惜。空洲对鹦鹉，苇花萧瑟。独笑书生争底事，曹公黄祖俱飘忽⑦。愿使君、还赋谪仙⑧诗，追黄鹤⑨。

【注释】

①高楼：此指武昌之西黄鹤矶头的黄鹤楼。

②蒲萄深碧：形容水色。化用李白《襄阳歌》"遥看汉水鸭头绿，恰似葡萄新醅"诗意。

③南山遗爱守：南山即陕西终南山。遗爱，地方官去任时，称颂他有好的政绩。朱寿昌曾任陕州通守（即通判），卓有政绩，故称南山遗爱守。

④剑外思归客：化用杜诗"江汉思归客"。苏轼故里在四川剑门山之南，故称剑外思归客。

⑤江表传：记载三国时期吴国人物事迹的史书，已不存。在陈寿《三国志》中还可间接看到它的一些内容。

⑥狂处士：指三国时的祢衡。其有才学而又恃才傲物，最终为江夏太守黄祖杀害。祢衡写过一篇《鹦鹉赋》。祢衡死后，葬在汉阳西南的沙洲上，后人因称此洲为鹦鹉洲。处士，指有才德而不出来做官的人。

⑦曹公黄祖俱飘忽：忌才的曹操、黄祖都飘然逝去。

⑧谪仙：指李白。唐贺知章看到李白文章，叹道："子，谪仙人也。"（见

《新唐书·李白传》)

⑨追黄鹤：旧传李白游黄鹤楼时，看到崔颢的题诗，曾搁笔而叹，后作《登金陵凤凰台》，而赶上了崔颢的那首诗。追，胜过，赶上。

【译文】

长江和汉江从西方滚滚而来汇集到这里，从黄鹤楼向下看，那江水的波涛如同葡萄一般一片浓绿。奔腾的大江还带着蜀地岷山、峨嵋的雪浪和锦江的春色。你是在陕州留有爱民美誉的通判，我却是思乡未归的浪子。面对这里的景色，怎能不勾起异乡思归之意，我将会殷切的述说。

请不要读《江表传》，刚直傲物的祢衡真是令人深感痛惜。为权贵所不容的他只能葬身鹦鹉洲，空对依旧萧瑟的苇花。书生何苦与这种人纠缠，以致招来祸灾。称霸一时的风云人物，如嫉妒人才的曹操、黄祖之流都已飘然逝去。希望使君和我，能像李白赶追崔颢的名作《黄鹤楼》那样，寄情于文章事业。

【赏析】

苏轼谪黄州时与友人朱寿昌（时任鄂州太守）不断翰墨往还，倾泻肺腑，本词即是其一，作于元丰四年（1081）。使君是汉时对州郡长官之称，后世如唐宋时就相当于太守或刺史。

词的上阕由景引出思归之情和怀友之思，把对壮丽景色的描写、自己对家乡的思念以及对朱寿昌的称赞融为一体；下阕由思乡转入怀古，使眼中景、意中事、胸中情有机交融在一起，字里行间流露出慷慨郁愤之气。最后通过对历史故事的回忆所下之结论，意在勉励彼此要胸襟开阔。全词写景、抒情、谈古论今，一气呵成，大开大合，境界豪放，议论纵横，显示出豪迈雄放的风格和严密的章法结构的统一。

定风波

三月七日①，沙湖②道中遇雨。雨具先去，同行皆狼狈，余独不觉，已而③遂晴，故作此词。

莫听穿林打叶声，何妨吟啸④且徐行。竹杖芒鞋⑤轻胜马，谁怕？一蓑烟雨任平生⑥。

料峭⑦春风吹酒醒，微冷，山头斜照却相迎。回首向来萧瑟⑧处，归去，也无风雨也无晴。

【注释】

①三月七日：指元丰五年（1082）农历三月七日。

②沙湖：在今湖北黄冈东南15千米处。

③已而：没多久。

④吟啸：高声吟唱。

⑤芒鞋：草鞋。

⑥一蓑烟雨任平生：穿着一身蓑衣在风雨里泰然过一生。

⑦料峭：形容春天的微寒。

⑧萧瑟：风雨吹打树叶声。

【译文】

三月七日，我在沙湖道上游玩时遇到下雨，携带雨具的仆人先前离开了，与我同行的人都觉得很狼狈，只有我不这么觉得。没多久天晴了，所以写了这首词。

不要去理会那穿林打叶的雨声，何妨放声吟唱、悠然而行。拄竹杖、穿草鞋比骑马还觉得轻捷，就算披着一身蓑衣在风雨里过一生，也没什么可怕。

微寒的春风吹醒了我的酒意，寒意初上，初晴后山头上斜阳却像在迎接我们，回头看看走过来的风雨，我信步归去，管它前面是风雨还是放晴。

【赏析】

此词作于宋神宗元丰五年（1082），苏轼贬谪黄州后的第三个春天。该词借雨中潇洒徐行之举动，表现了虽处逆境屡遭挫折而不畏惧不颓丧的倔强性格和旷达胸怀，寄寓着作者超凡脱俗的人生理想。上阕着眼于雨中，下阕着眼于雨后，全词体现出一个正直文人在坎坷人生中力求解脱之道，篇幅虽短，但意境深邃，内涵丰富，诠释着作者的人生信念，展现着作者的精神追求。纵观全篇，将一种醒醉全无、淡泊从容、旷达超脱、无喜无悲、胜败两忘的人生哲学和处世态度呈现在读者面前。读罢全词，令人心境豁然，心灵净化。

念奴娇

中　秋

凭高眺远，见长空，万里云无留迹。桂魄①飞来，光射处，冷浸一天秋碧。玉宇琼楼②，乘鸾③来去，人在清凉国④。江山如画，望中烟树历历。

我醉拍手狂歌，举杯邀月，对影成三客⑤。起舞徘徊，风露下，今夕不知何夕。便欲乘风，翻然⑥归去，何用骑鹏翼⑦。水晶宫里，一声吹断⑧横笛。

【注释】

①桂魄：月的别称，古人以月为魄，相传月中有桂树，故云。

②玉宇琼楼：传说中月宫里神仙居住的楼宇。

③鸾：仙鸟。

④清凉国：指月宫。

⑤"举杯邀月"两句：化用李白《月下独酌》"举杯邀明月，对影成三人"诗意。

⑥翻然：回飞的样子。

⑦何用骑鹏翼：典出《庄子·逍遥游》"鹏之翼，不知其几千里也，怒而飞，其翼若垂天之云"。此处说可以乘风到月宫中去，用不着乘鹏翼。

⑧吹断：尽情地吹。

【译文】

在高楼上眺望，中秋之夜的万里长空没有一丝云彩。月儿的光辉从天上飞来，所照射的地方，整个秋天的碧空都沉浸在清冷中。我仿佛看到月宫的琼楼玉宇，还有月中仙子乘着鸾鸟自由地来去，我似乎置身于月宫那清凉的国度。那边的江山秀丽如画，看过去烟雾缭绕，仙树满地。

我略带醉意地拍手狂歌，发现确如李太白所言"明月和我以及我的影子合成三人"。我们三人在风露之下一起忘情地跳舞，以至于忘记了时间。我希望乘风就能飞回月亮中去，不用骑乘庄子所说的鹏翼。在明净的月宫里，尽情地吹笛。

【赏析】

这首词是苏轼创作《水调歌头·明月几时有》六年后又作的一首中秋赏月词。其情景与前一首皆相仿，但意趣已自不同。前首之中，词人表达对月宫的向往的同时也表现出了顾虑和对人间的留恋，而此词则表现出乘长风翻然归去的愿望。

当时，苏轼谪居黄州已一年，政治处境并没有得到改善，但他是一个处于逆境而善于自我解脱的人。为了排遣个人政治上的失意的苦闷，摆脱庸俗污浊的现实，于是他越发热烈追求那超凡的清空境界。

在此词中，他融合前代的神话传说，发挥自己的艺术想象，采用浪漫主义的创作手法，描写登高望远时幻想中月宫美妙的景象，抒发了徘徊月下时乘长风翻然归去的愿望，充分表现出对精神解脱与身心自由的向往与追求。全词狂放不羁，洒脱飘逸，豪情跃于纸上，令人读之神思缥缈。

临江仙

夜归临皋

夜饮东坡①醒复醉，归来仿佛三更。家童鼻息已雷鸣。敲门都不应，倚杖听江声。

长恨此身非我有②，何时忘却营营③？夜阑④风静縠纹⑤平。小舟从此逝，江海寄余生。

【注释】

①东坡：在湖北黄冈县东。苏轼谪贬黄州时，友人马正卿助其垦辟的游息之所，筑雪堂五间。在黄冈县东边。苏轼名之曰"东坡雪堂"，并自号东坡居士。

②此身非我有：这是老庄思想，也是苏轼痛恨自己不能掌握自己命运的感叹。

③营营：来往匆忙、频繁的样子。这里指为私利奔走操劳。

④夜阑：夜尽。

⑤縠（hú）纹：比喻水波细纹。縠，绉纱。

【译文】

夜晚在东坡饮酒，醉了醒来，醒了又饮。回来的时候好像已经三更了。家童鼾声如雷，反复敲门全不回应。只好倚着挂杖聆听江水奔流的声音。

经常愤恨自己不能掌握自己的命运，什么时候才能够忘却追逐功名？夜深风静，江波坦平。真想驾起小船从此消逝，在江河湖海中了却余生。

【赏析】

这首词作于苏轼黄州之贬的第三年，即宋神宗元丰五年（1082）九月。临皋，即临皋亭，原名回车院，在黄州朝宗门外，下临长江。苏轼谪居黄州期间，初寓定慧寺，后迁居临皋亭。

此词是一首即事抒情之作。上阕写深秋之夜在东坡雪堂开怀畅饮，醉后返归临皋住所的情景，着意渲染其醉态；下阕写酒醒时的心理活动，表现了词人退避社会、厌弃世间的人生理想、生活态度和要求彻底解脱的出世意念。全词写景、叙事、抒情、议论水乳交融；语言舒展畅达，格调超逸，表现了词人痛苦解脱后的旷达、超迈。

浣溪沙

万顷风涛不记苏①，雪晴江上麦千车。但令人饱我愁无。

翠袖②倚风萦柳絮，绛唇③得酒烂樱珠④。樽前呵手镊⑤霜须。

【注释】

①苏：即江苏苏州市。苏轼在熙宁七年（1074）曾于杭州宜兴置田产。旧注云："公有薄田在苏，今岁为风涛荡尽。"这句是指自己在苏州的田地被风潮扫荡但却并不介意。

②翠袖：绿衣歌女。

③绛唇：红唇。

④烂樱珠：熟透了的樱桃。

⑤镊：夹取。

【译文】

尽管我在苏州的田地被风潮扫荡，却并不介意，看着这瑞雪放晴后的大江，想必明年每家都能收千车麦子。但愿黎民百姓能吃饱，我就不愁了。

昨日绿衣歌女伴着柳絮般的飞雪飘飘起舞，歌女喝下美酒的红唇，像熟透的樱桃一样娇艳欲滴。我在酒杯前不禁用热气呵手，捻着已经花白的胡子沉思。

【赏析】

这首词写于元丰五年（1082）冬，徐君猷过访苏轼的第二天酒醒之后，见大雪纷飞时所作。当时他已经被贬黄州两年多。

词的上阕写雪景，由此又想象到麦千车的丰收景象，并且直抒胸臆，表明只要老百姓能得到饱食，他的忧愁就没有了。境界十分开阔。但轻快的笔调不能掩盖那隐藏的忧虑。即使是瑞雪兆丰年，老百姓也未必能够丰衣足食，他们怎么能逃过朝廷的苛赋重敛呢？用"但令"二字，使丰衣足食的幻想破灭了。

下阕回叙前一天徐君猷过访时酒筵间的情景。虽然歌伎艳丽、雪舞轻盈，但酒宴上词人却未能尽欢，呵着发冻的手，捋着已经变白了的胡须，思绪万千。

全词以美景表忧思，以艳丽衬愁情，巧妙地运用相反相成的艺术手法，极大地增强了艺术的形象性，深刻地揭示了抒情主人公在谪贬中仍忧国忧民的博大胸襟和情怀。

卜算子

黄州定慧院寓居作

缺月挂疏桐，漏断人初静。谁见幽人①独往来，缥缈孤鸿影。
惊起却回头，有恨无人省②。拣尽寒枝不肯栖，寂寞沙洲冷。

【注释】

①幽人：幽居的人。

②省：理解，明白。

【译文】

残月挂在疏落的梧桐树梢，漏壶的水已滴光，人声开始安静。有谁见到幽居的人独自徘徊，还有那缥缈的孤雁身影。

它突然受到惊吓骤然飞起，又回过头来，心有怨恨却无人能懂。它拣遍了寒枝也不肯栖息，最后降落在寂寞凄冷的沙洲上。

【赏析】

定慧院，一作"定惠院"，在今湖北省黄冈县东南。苏轼初贬黄州时寓居于此。苏轼另有《游定惠院记》一文。这首词为宋神宗元丰六年（1083）初作于黄州。

苏轼被贬黄州后，虽然生活困顿，但他是乐观旷达的，能率领全家通过自身的努力来渡过生活难关。但内心深处的幽独与寂寞是他人无法理解的。

在这首词中，上阕写静夜鸿影、人影两个意象融合在同一时空；下阕写孤鸿飘零失所，惊魂未定，却仍择地而栖，不肯同流合污。作者借月夜孤鸿这一形象托物寓怀，表达了孤高自许、蔑视流俗的心境。透过"孤鸿"的形象，可以看到词人诚惶诚恐的心境以及充满自信、刚直不阿的个性。

念奴娇

赤壁怀古

大江东去，浪淘尽，千古风流人物。故垒①西边，人道是，三国周郎赤壁。乱石穿空，惊涛拍岸，卷起千堆雪。江山如画，一时多少豪杰。

遥想公瑾当年，小乔初嫁了②，雄姿英发。羽扇纶巾③，谈笑间，樯橹④灰飞烟灭。故国神游，多情应笑我，早生华发。人生如梦，一尊还酹江月⑤。

【注释】

①故垒：以前遗留下来的营垒。

②小乔初嫁了：赤壁之战时小乔已嫁给周瑜十年，此处言"初嫁"，是言周瑜少年得意，倜傥风流。

③羽扇纶巾：三国六朝时儒将常有的打扮，从肖像仪态上描绘周瑜的儒雅、风度。羽扇，羽毛制成的扇子。纶巾，青丝制成的头巾。

④樯橹：这里代指曹操的水军战船。樯，挂帆的桅杆。橹，一种摇船的桨。"樯橹"一作"强虏"。

⑤一尊还酹江月：古人祭奠持樽以酒浇在地上。这里指洒酒酬月，寄托自己的感情。

【译文】

长江之水浩浩荡荡向东流去，淘尽了那些千古风流的人物。在那久远的营垒西边，人们说是三国时周瑜打败曹军的赤壁。岸边陡峭的乱石林立，像要刺破天空，长江的惊涛骇浪猛烈地拍击着江岸，激起的白浪花好像千万堆白雪。壮美的江山如图如画，每个时代都会涌现出很多英雄豪杰。

遥想当年的周公瑾，少年得志又刚娶了绝代佳人小乔为妻，英姿勃发，神采照人。他手执羽扇，头戴纶巾，谈笑之间把八十万曹军烧得灰飞烟灭。现在我想象着当年的古战场，可笑我有如此多的怀古柔情，过早地两鬓斑白。人生犹如一场梦，还是举起酒杯奠祭这江上的明月吧。

【赏析】

这首词也是苏轼谪居黄州时所写，当时他四十七岁，已被贬黄州两年多。题中的赤壁，指黄州城外的赤壁（也叫赤鼻矶），并非三国时孙刘破曹时的赤壁，苏轼只不过是借题发挥而已。

此词以怀古为题，抒发了作者热爱祖国山河、羡慕古代英雄豪杰、希望建功立业的思想感情。词的上阕着重写景，带出了对古人的怀念，将时间与空间的距离紧缩集中到三国时代的风云人物身上。下阕转入对赤壁之战的中心人物周瑜的歌颂。然而，眼前的被贬的处境，却同他振兴王朝的祈望和有志报国的壮怀大相径庭，所以当词人一旦从"神游故国"跌入现实，就不免思绪深沉、顿生感慨，而情不自禁地发出自笑多情、还不如放眼大江、举酒赏月的叹惋了。

从总体来看，全词气魄宏伟、视野阔大、格调雄浑、高唱入云，其境界之宏大，是前所未有的。据俞文豹《吹剑录》记载，当时有人认为此词须关西大汉手持铜琵琶、铁绰板进行演唱。虽然他们囿于传统观念，对东坡词新风不免微带讥讽，但也从另一方面说明，这首词的出现，对于仍然盛行缠绵悱恻之调的北宋词坛，无疑开拓了一个新的世界。事实证明，这首词成为宋词中流传最广、影响最大的作品，也是豪放词最杰出的代表。

满庭芳

元丰七年四月一日，余将去黄移汝①，留别雪堂邻里二三君子，会仲览②自江东来别，遂书以遗之。

归去来兮，吾归何处？万里家在岷峨。百年强半，来日苦无多。坐见黄州再闰③，儿童尽楚语吴歌④。山中友，鸡豚社酒⑤，相劝老东坡。

云何，当此去，人生底事，来往如梭。待闲看秋风，洛水⑥清波。好在堂前细柳，应念我，莫剪柔柯⑦。仍传语，江南父老，时与晒渔蓑。

【注释】

①去黄移汝：离开黄州，改任汝州。

②仲览：指李翔，字仲览，苏轼友人。

③坐见黄州再闰：在黄州空过了两次闰年。阴历三年一闰，作者自元丰

二年贬黄州，元丰三年闰九月，六年闰六月，故云再闰。

④儿童尽楚语吴歌：黄州在春秋战国时属楚地，三国时期属吴地，故称。此言孩子已经会说当地语言。

⑤鸡豚社酒：豚，猪。社酒，祭祀神祇时所用的酒。此泛指酒宴。

⑥秋风洛水：西晋张翰在洛阳做官，见秋风起，想起故乡吴郡的菰菜、莼羹、鲈鱼脍，便弃官而归，此表示退隐还乡之志。

⑦莫剪柔柯：不要砍伐柔嫩的枝条，此处谓要珍惜彼此的友情。

【译文】

元丰七年（1084）四月一日，我要离开黄州，改任汝州（今河南临汝）了，辞别东坡雪堂邻里的几个朋友，恰好遇到李翔从江东赶来给我送行，于是写了这首词赠他。

思归不得归，我往何处归呢？我的故乡在万里之外的岷峨。我已年近半百，将来的日子不多了。在黄州空过了两次闰年，那时出生的孩子都学会了此地的语言。山中好友摆酒宴相送，都劝我留下。

临行之际说些什么呢？人生到底为什么，就像那织布梭往来不停。我马上就要到汝州去看秋风洛水荡清波了。好在这里的堂前细柳应想念我，请不要砍伐那柔弱的柳条。也请转告江南的父老，时不时为我晒晒蓑衣等我再回来。

【赏析】

此词是东坡告别黄州邻里父老所作，通过描写自己宦途的坎坷，感叹光阴的无多（这一年他已四十八岁），表达了词人依依惜别的深情和弃官归隐的愿望。该词以陶渊明《归去来兮辞》的"归去来兮"开篇，表示思归西蜀故里，但移汝乃君命，此时仍在待罪之中，不能自由归去，不禁为自己年将半百、来日无多而感叹。次言在黄州久与其地邻里友爱甚洽，不忍离去。下半阕感慨人生无定，来往如梭。末则留恋黄州的细柳和蓑衣，意思是他还要回来，实现他终老斯地的夙愿。全词语言质朴，感情真挚，意象鲜明，洒脱自如，超然旷达，那种回归大自然、向往民间乡野的质朴生活之情跃然纸上，沉郁顿挫而不掩一身豪气。

八声甘州

寄参寥子

有情风、万里卷潮来，无情送潮归。问钱塘江上，西兴①浦口，几度斜晖？不用思量今古，俯仰昔人非。谁似东坡老，白首忘机②。

记取西湖西畔，正春山好处，空翠烟霏。算诗人③相得④，如我与君稀。约他年、东还海道，愿谢公⑤、雅志莫相违。西州路⑥，不应回首，为我沾衣。

【注释】

①西兴：即西陵，在钱塘江南，今杭州市对岸。

②忘机：忘记世俗的心机。

③诗人：指参寥。

④相得：相投合。

⑤谢公：指东晋谢安的归隐之志。《晋书·谢安传》："安虽受朝寄，然东山之志，始末不渝。"

⑥西州路：《晋书·谢安传》载，谢安功业既盛，未忘归隐，结果在西州门病死，其友羊昙"辍乐弥年，行不由西州路"。一次酒醉，不觉到此，大哭而去。

【译文】

有情的风卷来万里潮水，却又无情地将这一江大潮送回。试问钱塘江上西兴浦口，曾几度映照夕阳的余晖？不要情绵绵吊古怀今，转眼间物是人非。有谁似我东坡老去，老来已忘却世俗的名利心机。

记得我们一同游西湖西岸，正值春山景色佳美，遍山空明铺翡翠，淡云轻烟一湖空漾。细想你我相知之深，像你和我这样的友情，确实稀少。我们曾约定将来还退隐东海，但愿不会违背归隐之志，像谢安那样雅志落空。不应像羊昙那样在西州路上回首恸哭，为了我泪水沾衣。

【赏析】

这是一首离别词，作于宋哲宗元祐六年（1091），是苏轼由杭州知州召为翰林学士承旨，将离杭州赴汴京时送给僧道潜（字参寥，参寥子是对僧道潜的敬称）的。

此词以钱塘江潮喻人世的聚散离合，起势不凡。中间几度转折，既有对古今人事的感喟，又有对知交离别的伤感，最后抒发超然物外、归隐山水之志。表达了作者与友人相契如一的志趣和亲密无间的感情，同时也抒写了苏轼历经坎坷后出世的玄想，表现出巨大的人生空漠之感，但却以豪迈的气势出之，音调铿锵响亮，读来气势恢宏，荡气回肠，使人唯觉其气象峥嵘，而毫无颓唐、消极之感。

李之仪

忆秦娥

用太白韵

清溪咽。霜风①洗出山头月。山头月，迎得云归，还送云别。

不知今是何时节，凌歊②望断音尘绝。音尘绝，帆来帆去，天际双阙③。

【注释】

①霜风：如霜的风，形容风寒。

②凌歊（xiāo）：即凌歊台，又作陵歊台，位于安徽省当涂县城关镇（姑孰），在黄山塔南。相传南朝宋武帝刘裕所建，南朝宋孝武帝刘骏筑避暑离宫于其上。

③双阙：古代宫门前两边供瞭望用的楼，这里代指帝王的住所。

【译文】

清而透明的溪水鸣咽着，寒风吹散了云烟，洗出山头的月亮。山头的月亮，把云迎接回来，又将云送走。

已经记不清现在是什么时节，反复在凌歊台上眺望，却毫无音信。只有帆船来往穿梭，还有远方帝王的住所。

【赏析】

李之仪（1048—1117，字端叔）为宋神宗时进士，曾从苏轼于定州为幕僚，历枢密院编修官。崇宁二年（1103）夏，李之仪因文章获罪，出狱后，词人编管太平州期间写了此词。

这首小词上阕写景，用拟人化的手法，使词表现得更为生动形象。下阕，词人触景生情，看到南朝宋武帝曾筑行宫，于是怀念帝乡之感油然而生，盼望朝廷下诏起用，但等来的只有失望与怅惘，融进了作者贬谪之愤慨和汴京之哀思，表现了李词"神锋"内藏的风格。李之仪曾从苏轼于定州为幕僚，为枢密院编修官。从此词中，可以看出他深受苏词影响，气势豪放、笔力峭劲。

黄 裳

减字木兰花

竞 渡

红旗高举，飞出深深杨柳渚①。鼓击春雷，直破烟波远远回②。
欢声震地，惊退万人争战气。金碧楼西③，衔得④锦标⑤第一归。

【注释】

①渚：水中的小洲。

②直破烟波远远回：龙舟冲破水面形成烟雾，在远处的空中回荡。

③金碧楼西：领奖处装饰得金碧辉煌。

④衔得：摘到，夺得。

⑤锦标：古时用彩缎的奖旗，赛龙舟时一般都悬挂在终点岸边的竹竿上，从龙舟上就可以摘取到。

【译文】

一条条红旗高举的龙舟，从柳荫深处的小洲边飞驶而出。鼓声像春天的

雷声，它们冲破水面激起的水雾在远处的空中回荡。

人山人海的观众欢呼声震耳欲聋，有惊退万人争战的豪气。在金碧辉煌的小阁楼西，优胜者终于抢先到达终点，从那里夺得锦标最先胜利返航。

【赏析】

黄裳（1044—1130，字冕仲）任官杭州时，在端午时节看到了划船健儿竞渡夺标热烈的场面，触发了词人的雅兴，于是写下这首豪放之词来赞扬划船健儿们勇往直前的英雄气概。此词采取白描手法，极为生动地描写了端午节龙舟竞渡的盛况，写得有声色、有层次、有气势，使人读来有身临其境之感，足见作者工于剪裁的匠心、捕捉印象的功夫和渲染气氛的笔力。

黄庭坚

念奴娇

八月十七日①，同诸生步自永安②城楼，过张宽夫③园待月。偶有名酒，因以金荷酌众客。客有孙彦立，善吹笛。援笔作乐府长短句，文不加点④。

断虹霁雨，净秋空，山染修眉新绿。桂影扶疏⑤，谁便道，今夕清辉不足？万里青天，姮娥何处，驾此一轮玉。寒光零乱，为谁偏照醽醁⑥？

年少从我追游，晚凉幽径，绕张园森木。共倒金荷，家万里，难得尊前相属。老子⑦平生，江南江北，最爱临风笛。孙郎微笑，坐来⑧声喷霜竹⑨。

【注释】

①八月十七日：指宋哲宗元符二年（1099）八月十七日。

②永安：即白帝城，在今四川奉节县西长江边上。

③张宽夫：黄庭坚之友人，生平不详。

④文不加点：指不用修改。

⑤桂影扶疏：月亮上的桂树繁茂纷披。相传月中有桂树，因称月中阴影

为桂影。

⑥醽醁(líng lù)：酒名，又名酃渌。湖南衡阳县东十千米处有酃湖，其水湛然绿色，取以酿酒。

⑦老子：老夫，作者自称。

⑧坐来：很快，马上。

⑨霜竹：指笛子。

【译文】

八月十七日，和一群年轻人从白帝城楼到张宽夫的庭园里等待月亮升起。主人偶然发现还藏有名酒，于是就以金质莲花杯请大家共饮。众人中有一个叫孙彦立的客人，善于吹笛。我便提笔作了此词，并未修改。

被云遮断的彩虹，挂在雨后放晴的天空，万里秋空一片澄明。如秀眉的山峦经过雨水的冲刷，仿佛披上了新绿衣。月中的桂树还很茂密，怎么能说今夜清辉不足？万里的晴天，嫦娥在哪里？她驾驶着这一轮圆月，驰骋长空。月光寒冷零乱，为谁照射在这坛美酒上？

一群年轻人随我在微凉的晚风中踏着幽寂的小径，走进长满林木的张家小园。让我们开怀畅饮吧，虽然离家万里，可是酒杯前的相互交心实在难得。老夫我一生漂泊江南海北，最喜欢听临风的霜笛。孙彦立听后微笑着，马上坐下来吹出了更加动听的笛声。

【赏析】

黄庭坚（1045—1105，字鲁直）是北宋著名文学家、书法家，曾任秘书省校书郎，并参加修撰《神宗实录》。晚年两次受贬，崇宁四年（1105）死于西南荒僻的贬所。他与张耒、晁补之、秦观都游学于苏轼门下，合称为"苏门四学士"。为盛极一时的江西诗派开山之祖。词与秦观齐名，艺术成就不如秦观。晚年近苏轼，词风疏宕，深于感慨，豪放秀逸，时有高妙。

宋哲宗绍圣年间，黄庭坚被贬涪州（今重庆涪陵）别驾黔州（今四川彭水）安置，后改移地处西南的戎州（今四川宜宾）安置。此词写于元符二年（1099）。

词的上阕写众人赏月的情景，下阕抒写月下游园、欢饮和听曲之乐。全词以豪健的笔力，展示出作者面对人生磨难时旷达、倔强、伟岸的襟怀，表达了荣辱不萦于怀、浮沉不系于心的人生态度。整首词笔墨酣畅淋漓，洋溢着豪迈乐观的情绪。充分显示了作者不惧人生坎坷、世事艰险的旷达胸怀，反映出其宠辱不惊、坐看风云的人生态度。作者自诩此篇"或可继东坡赤壁之歌"，确乎道出了此词的风格。

水调歌头

游　览

瑶草①一何碧，春入武陵溪②。溪上桃花无数，枝上有黄鹂。我欲穿花寻路，直入白云深处，浩气展虹霓。只恐花深里，红露③湿人衣。

坐玉石，倚玉枕，拂金徽④。谪仙何处？无人伴我白螺杯。我为灵芝仙草，不为朱唇丹脸，长啸亦何为？醉舞下山去，明月逐人归⑤。

【注释】

①瑶草：指仙草。

②武陵溪：为陶渊明桃源的典故，在今湖南常德，在后代诗词中指代幽美清净、远离尘嚣之地。

③红露：桃花上的露水。

④金徽：金饰的琴徽，用来定琴声高下之节。这里指琴。

⑤"醉舞"两句：化用李白《下终南山过斛斯山人宿置酒》"暮从碧山下，山月随人归"诗句。

【译文】

溪边的仙草多么碧绿，原来是春天来到了世外仙境武陵溪。溪水上有无数桃花，花的上面有自由自在的黄鹂。我想要穿过花丛寻找仙境之路，走向白云深处，在彩虹之巅展现浩气。只怕花深处，桃花上的露水湿了衣服。

坐在美石之上，斜倚玉枕，轻抚琴弦。谪仙李白在哪里？没有人陪我用白螺杯畅饮。我为了寻找山中不同凡俗的灵芝仙草，不为涂脂抹粉随俗媚世之人，长叹为了什么？喝醉了手舞足蹈地下山，明月仿佛在追逐着我一起回家。

【赏析】

此词为黄庭坚春行纪游之作，通过抒发一次春游的感受，表现了鄙弃世俗的清高。上阕描绘溪山美丽的春景；下阕描述主人公高蹈遗世之情态，大有放浪形骸之外的飘逸和潇洒。全词情景交融，反映了他出世、入世交相冲撞的心理，表现了他对污浊的现实社会的不满以及不愿媚世求荣、与世同流合污的品德，虽然也流露了词人徘徊在入世与出世之间的矛盾心情，但仍不失豪纵之气。

定风波

次高左藏使君韵

万里黔中①一漏天②，屋居终日似乘船。及至重阳天也霁，催醉，鬼门关③外蜀江前。

莫笑老翁犹气岸④，君看，几人黄菊上华颠⑤？戏马台⑥南追两谢⑦，驰射，风流犹拍古人肩。

【注释】

①黔中：即黔州（今四川彭水）。

②漏天：连阴下雨，像天漏了一样。

③鬼门关：这里指石门关，在今重庆市奉节县东。

④气岸：气度傲岸。

⑤华颠：白头。

⑥戏马台：一名掠马台，项羽所筑，今江苏徐州城南。

⑦两谢：指谢瞻和谢灵运。此二人曾在重阳节戏马台前的群僚聚会上，赋诗为乐。

【译文】

黔州秋来阴雨连绵，像天漏了一样，遍地都是水，终日被困居室内，犹如待在船上。等到了重阳，天气居然放晴了，于是登石门关畅饮狂欢。

请不要笑我，虽年迈但气概仍在。试问老翁头上插菊花者有几人呢？我照样还能骑马射箭，吟诗填词，堪比戏马台南赋诗的谢瞻和谢灵运，我的风流气魄可与古人比肩。

【赏析】

宋哲宗绍圣二年（1095），黄庭坚以修《神宗实录》不实的罪名，被贬为涪州（今重庆涪陵）别驾，遣黔州安置，开始他生平最艰难困苦的一段生活。这首词就是他贬官期间所作。

此词主要通过对重阳节的描述，抒发了一种老当益壮、穷且益坚的乐观奋发精神，显示了作者身处逆境而宠辱不惊的旷达胸襟。全词结构一抑三扬，笔力豪迈，铸词造句形象生动，用典自然贴切，抒发了作者虽被贬黔州、身居恶劣环境，却穷且益坚、老当益壮，不屈于命运的摆布的乐观精神和博大胸怀。

虞美人

宜州见梅作

天涯也有江南信①，梅破②知春近。夜阑风细得香迟，不道③晓来开遍向南枝。

玉台④弄粉⑤花应妒，飘到眉心住⑥。平生个里⑦愿杯深，去国十年老尽少年心。

【注释】

①江南信：春之信使。

②破：绽破花蕾。

③不道：不知不觉，没料到。

④玉台：传说中天神的居处，也指朝廷的宫室。

⑤弄粉：把梅花的开放比作天宫"弄粉"。

⑥飘到眉心住：只好移到美人的眉心停住。《岁华纪丽》载，南朝宋寿阳公主人日卧于含章殿檐下，梅花落其额上，成五出之花，拂之不去，自后有梅花妆。

⑦个里：个中，此中。

【译文】

即使在天涯海角仍能发现春天的信使，宜州的梅花绽放时春天也就临近了。夜深时微风迟迟没吹来梅花的香味，不料早晨起来向阳的枝条上已开满了梅花。

梅花的开放犹如天宫"弄粉"，引起群花的妒忌，只好住到美人眉心。我一生唯愿与酒交深，可离开京城十年来，年少时的那种情怀已经不存在了。

【赏析】

本词作于宋徽宗崇宁三年（1104）作者到达宜州（今广西宜山县一带）的当年冬天。黄庭坚初次被贬是宋哲宗绍圣元年（1094），至此恰好十年。

全词以咏梅为中心，把天涯与江南、垂老与少年、去国十年与平生作了一个对比性总结，既表现出天涯见梅的喜悦，朝花夕拾的欣慰，又抒写自己在朝廷受到小人的排挤毁谤、远谪天涯，表现出作者十年的迁客生活，终使少年的欢洽化为沦落天涯、不胜今昔的落寞情怀。全词由景入手，以情收结，直抒胸臆，风格疏宕，耐人咀嚼。

减字木兰花

涟水登楼寄赵伯山

云间皓月。光照银淮①来万折。海岱②楼中。拂袖雄披楚岸③风。
醉余清夜。羽扇纶巾人入画。江远淮长。举首宗英④醒更狂。

【注释】

①银淮：月光照射下的淮河。

②海岱：东海和泰山之间的区域。

③楚岸：涟水，古属楚地。

④宗英：英杰。此指赵伯山，因他与皇帝同姓，故称为宗室中的英杰。

【译文】

皎洁的月光透过云层，洒落淮水，江面银光闪闪，波纹粼粼。登上海岱间涟水岸边的高楼，拂袖迎着宋玉《风赋》中的雄风。

在这略带醉意的夜晚，手执羽扇，头戴丝巾的人，也成为如画风景的一部分。面对远去绵长的淮河，在思念赵伯山时酒醒了，我更加狂放不羁。

【赏析】

这是一首怀友之作，作者米芾（1051—1107，字元章）。米芾性格怪异，举止癫狂，遇石称"兄"，膜拜不已，因而人称"米颠"。宋徽宗诏为书画学博士，又称"米襄阳""米南宫"。米芾造诣全面，主要体现在书法、绘画与收藏三个方面，与蔡襄、苏轼、黄庭坚合称"宋四家"。

此词的上阕首先描写了淮河的夜晚，从天空到江面，雄浑粗放，气象开阔；词人登上海岱间涟水（今江苏北部淮河以北）岸边的高楼之上，拂袖迎风，雄姿勃发，心情十分舒畅。下阕转入怀人，开头先写词人的自我形象，当作者独自享受这良辰美景时，不由得想起了远方的友人，于是即景抒情，让这绵长的淮河，带去对远在异地的赵伯山的思念吧！末句直言不讳地说自己酒醉狂放，酒醒更为狂放。

这首词虽然只有短短的八句，但很好地体现了米芾豪放的风格和性格。这位才华盖世的词人兼书画家一生并不得意，所以他不满现实，内心苦闷，行为狂放不羁，放浪形骸。宋神宗元丰五年（1082）三月，米芾曾去黄州访苏轼，酒过三巡，二人还合撰了一副对联，苏轼上联：竹本无心，节外偏生枝叶。米芾下联：藕虽有孔，心中不染垢尘。可见二人有相似境遇，相互同情劝慰。

贺　铸

行路难

缚虎手，悬河口①，车如鸡栖马如狗②。白纶巾，扑黄尘，不知我辈可是蓬蒿人？衰兰送客咸阳道，天若有情天亦老③。作雷颠，不论钱，谁问旗亭④美酒斗十千？

酌大斗，更为寿，青鬓长青古无有。笑嫣然，舞翩然，当垆秦女十五语如弦⑤。遗音能记秋风曲⑥，事去千年犹恨促。揽流光，系扶桑⑦，争奈愁来一日却为长。

【注释】

①缚虎手，悬河口：能徒手打虎，言辞如河水倾泻。意为能武能文。

②车如鸡栖马如狗：车盖如鸡栖之所，骏马奔如狗。

③"衰兰"两句：借用李贺《金铜仙人辞汉歌》中的诗句。此处的"咸阳"指京城。

④旗亭：带旗子的亭子，指酒馆。

⑤"当垆秦女"句：胡姬的笑语像琵琶弦上的歌声。"当垆秦女"用辛延年《羽林郎》诗："胡姬年十五，春日独当垆。""语如弦"用韦庄词《菩萨蛮》："琵琶金翠羽，弦上黄莺语。"

⑥秋风曲：指《秋风辞》曲，汉武帝刘彻所写，结尾云："欢乐极兮哀情多，少壮几时兮奈老何！"

⑦系扶桑：要留住时光，与"揽流光"意同。扶桑为神话中神树，古谓为日出处。《淮南子》："日出于旸谷，浴于咸池，拂于扶桑。"

【译文】

徒手能擒猛虎，辩论口若悬河，车盖如鸡栖之所，驰马如狗蹿。头戴白丝头巾，飞马奔走处卷起黄尘。不知道我们这些人都是来自蓬篱草的民间豪侠？路边已老的秋兰送我出京城，苍天有情也会因伤感而衰老。睡如雷鸣行如颠，酒楼送别，谁管一杯值万金，我要痛快淋漓倾酒坛。

大杯饮酒，更能健康长寿，鬓发常青的事自古都未有。卖酒的女子嫣然甜笑，翩翩起舞，胡姬的笑语像琵琶弦上的歌声。还记得汉武帝《秋风辞》曲，千年过去，至今犹恨人生苦短。仅仅抓住流逝的时光，怎奈忧愁袭来一天都嫌长。

【赏析】

贺铸（1052—1125，字方回）出身贵族，是宋太祖贺皇后族孙，所娶亦宗室之女。自称远祖本居山阴，是唐代贺知章后裔，以知章居庆湖（即镜湖），故自号"庆湖遗老"。贺铸为人豪侠尚气，才兼文武、秉性刚直，喜论当世之事，晚年退居苏州，杜门校书。他不附权贵，喜论天下事。能诗文，尤长于词。其词风格多样，题材丰富，兼有豪放、婉约两派之长。其爱国忧时之作，悲壮激昂，又近苏轼。南宋爱国词人辛弃疾等对其词均有续作。

此词"行路难"调寄《小梅花》，"行路难"实即词题，它原系乐府诗题，多写志士失意的悲愤（概括内容或节取词语制题放在调名前，乃贺词惯例）。

史载贺铸既是一位豪爽的侠士，也是一位多情的诗人；既是一位严肃苦学的书生，也是一位处理政事的能手。虽然出身尊贵，却得不到重用，雄才大略无法实现，失意不遇，满腹牢骚。

这首词以雄健之笔，抒发胸中块垒，倾诉自己怀才不遇的无限感慨。全词皆融前人诗句而成，标新立异，独树一帜。词意激越，节短而韵长，调高而音凄。作者将古语运用入化，借他人酒杯，浇自己块垒，杂糅历代诸家各类典籍不同文体而浑然无迹。宋人赵闻礼说："其间语义联属，飘飘然有豪纵高举之气。酒酣耳热，浩歌数过，亦一快也。"赞叹贺铸此词不但形式结构完美，而且气象豪迈，配得上关西大汉的铁板。

六州歌头

少年侠气，交结五都①雄。肝胆洞，毛发耸。立谈中，死生同。一诺千金重。推翘勇，矜豪纵。轻盖拥，联飞鞚，斗城东②。轰饮酒垆，春色浮寒瓮，吸海垂虹。闲呼鹰嗾③犬，白羽摘雕弓，狡穴俄空。乐匆匆。

似黄粱梦，辞丹凤；明月共，漾孤篷。官冗从④，怀倥偬；落尘笼，簿书丛。鹖弁⑤如云众，供粗用，忽奇功。笳鼓动，渔阳⑥弄。思悲翁，不请长缨，系取天骄种，剑吼西风。恨登山临水⑦，手寄七弦桐⑧，目送归鸿。

【注释】

①五都：泛指北宋的各大城市。

②"轻盖拥"三句：轻车簇拥联镳驰逐，出游京郊。盖，车盖，代指车。飞，飞驰的马。斗城，汉长安故城，这里借指汴梁。

③嗾：指使犬的声音。

④冗从：散职侍从官。

⑤鹖弁：本义指武将的官帽，代指武官。

⑥渔阳：安禄山起兵叛乱之地。此指侵扰北宋的少数民族发动了战争。

⑦恨登山临水：怅恨不得志，只能游山临水。

⑧桐：琴。

【译文】

我在年少时一股侠气，结交了各大城市的英雄豪杰。他们都待人坦诚，肝胆相照，路见不平怒发冲冠。我与这些侠士们即使只是站立而谈，都能生死与共。我们推崇的是出众的勇敢，不拘小节。轻车簇拥联镳驰逐，出游京郊。在酒馆里豪饮，就算酒坛很寒酸也满面春光，像长鲸吸海水和彩虹垂下来那样一饮而尽。闲暇时我们带着鹰犬去打猎，拉弓射箭，顷刻间便使狡兔的巢穴变空。只可惜这种欢快太匆匆。

犹如卢生的黄粱一梦，我和豪友们被迫离开了京城到外地供职，驾孤舟远行，唯有明月与共。我这散职侍从官品位卑微，却终日劳碌，陷入了污浊的官场仕途，忙于案牍文书。像我这样如云的武士，都被支派到地方上去打杂，不能驰骋疆场建奇功。战场上的笳鼓轰鸣，战争爆发了，想我这悲愤的老翁啊，却不能请缨出战，不能生擒西夏首帅，不能使我的宝剑在西风中发出吼声。怅恨不得志，只能游山临水，抚瑟寄情，目送归鸿。

【赏析】

此词作于北宋哲宗元祐三年（1088）秋，当时西夏屡犯边界，贺铸以侍卫武官之阶出任和州（今安徽和县一带）管界巡检（负责地方上训治甲兵，巡逻州邑，捕捉盗贼等的武官），目睹朝廷对西夏所抱的屈辱态度，他十分不满，但人微言轻，不可能铮铮于朝廷之上，只能将一股抑塞悲愤之气发之为声。于是他写下这首感情充沛、题材重大、在北宋词中不多见的、闪耀着爱国主义思想光辉的豪放名作。

词中回忆了作者少年时代的豪侠生活，抒发了自己仕途失意、爱国壮志难得一酬的愤激之情。词中塑造的游侠壮士形象，在唐诗中屡见不鲜，但在宋词中则是前所未有的，是宋词中最早出现的真正称得上抨击投降派、歌颂杀敌将士的爱国诗篇，起到了上继苏词、下启南宋爱国词的过渡作用。全词熔叙事、议论和抒情于一炉，配以短小的句式，急促的音节，雄姿装彩，读来令人有神采飞扬、雄健警拔、苍凉悲壮之感，充分表现了他继承苏词雄姿壮采风格的一面。

天门谣

登采石蛾眉亭

牛渚天门①险，限②南北、七雄豪占③。清雾敛，与闲人登览。

待月上潮平波滟滟，塞管④轻吹新《阿滥》⑤。风满槛，历历数，西州⑥

更点⑦。

【注释】

①天门：牛渚西南方有两山夹江对峙，谓之天门。状若蛾眉。

②限：隔断。

③七雄豪占：指六朝及南唐都曾雄踞于此。

④塞管：羌笛的别称。

⑤《阿滥》：笛曲，即《阿滥堆》。

⑥西州：西州城，在金陵西。

⑦更点：报更的鼓声。

【译文】

牛渚矶、天门山地势险峻，凭恃长江天堑将南北隔断，六朝及南唐就是凭此天险而雄踞金陵。清雾渐渐消散，像有意让人登采石矶游览。

等到明月升起，江面波光潋滟，羌笛悠悠地吹着《阿滥堆》曲。夜更深了，江风吹着蛾眉亭的栏槛，我又清晰地听到西州城传来的打更鼓声。

【赏析】

这是贺铸登采石峨眉亭时所写的一首怀古之作。《天门谣》之所以称为宋词的一种调名，就是因为贺铸此词中"牛渚天门险"句。据宋王灼《碧鸡漫志》，此篇应为《朝天子》词牌，《天门谣》是作者依据此篇内容改题的新名。

题中的采石矶又称牛渚矶，位于今安徽省马鞍山市，形势险要，古代为江防要地。宋神宗熙宁间，太平州（今安徽当涂）知州张瑰在牛渚山上筑亭，名"蛾眉亭"。

这首词的起首两句先交代采石镇地理位置的险要以及在历史上的重要作用。下阕紧承上阕"登览"展开而写，却写的是词人想象中的与六朝时相仿佛的游赏，由此而联想到六朝更替、生发出兴亡之慨。全词笔势雄健，视野宏阔，气势苍莽，时而轻裘缓带，情趣萧闲，整首词写得大起大落，大气磅礴，有尺幅千里之势，读之令人荡气回肠。

贺铸的好友李之仪为和此词，作了一首《天门谣·次韵贺方回登采石蛾眉亭》："天堑休论险，尽远目、与天俱占。山水敛。称霜晴披览。正风静云闲、平潋滟。想见高吟名不滥。频扣槛。杳杳落、沙鸥数点。"李的这首词也颇为豪放，写得苍劲、深沉，可资共赏。

将进酒

城下路，凄风露，今人犁田古人墓。岸头沙，带蒹葭，漫漫昔时流水今人家①。黄埃赤日长安道，倦客无浆马无草②。开函关，掩函关，千古如何不见一人闲？

六国扰，三秦扫，初谓商山遗四老③。驰单车，致缄书④，裂荷焚芰、接武曳长裾⑤。高流⑥端得酒中趣，深入醉乡安稳处。生忘形，死忘名⑦。谁论二豪初不数刘伶⑧？

【注释】

①"城下路"六句：化用顾况《悲歌》（一作《短歌行》）："边城路，今人犁田昔人墓；岸上沙，昔时流水今人家。"蒹葭，一种像芦苇的草，无穗。

②"黄埃"两句：化用顾况《长安道》"长安道，人无衣，马无草"。

③商山遗四老：汉高祖时商山的四位隐士。

④"驰单车"两句：刘邦欲废太子，张良为吕后出谋，让太子卑辞修书派人请四皓。单车指使者。

⑤"裂荷焚芰"两句：南齐周彦伦隐居钟山，后应诏出来做官，孔稚珪作《北山移文》来讥讽他，中有"焚芰制而裂荷衣，抗尘容而走俗状"之语。又汉邹阳《上吴王书》中句："何王之门不可曳长裾乎？"芰荷制衣为高士之象征。接武，犹言接踵。武，足迹。曳长裾，指依附于王侯权贵。裾，衣服的前襟。

⑥高流：指阮籍、陶渊明、刘伶、王绩等。

⑦生忘形，死忘名：化用杜甫《醉时歌》："忘形到尔汝，痛饮真吾师。"及《世说新语·任诞篇》载晋张翰语："使我有身后名，不如即时一杯酒。"

⑧"谁论"句：指贵介公子、缙绅处士。见晋刘伶《酒德颂》。刘伶，"竹林七贤"之一，嗜酒。

【译文】

城下的路，在凄风冷露中蜿蜒，古人的坟墓现在已经变成了耕田。岸边沙滩头上的蒹葭，如长长的带子。昔日的河流已干涸，变成能居住人家的陆地。在通往京城的大道上，烟尘迷茫，烈日炎炎，人无水饮、马无料草地奔忙着。函谷关时开时关，朝代更迭，千百年来怎见不到一人有空闲？

从七雄争霸到秦朝统一，从秦末动乱到刘邦建汉，本以为世风转好，出了超然尘世之外的商山四皓。谁知派一介使臣，送一封邀请书，他们便把他们用荷叶、菱叶制成的隐士服装撕毁烧掉，一个接一个地出去做官。只有阮籍、陶渊明、刘伶、王绩等人才能真正领会酒的情趣，沉入醉乡睡到安稳宁静之处。活着放浪忘形，死后无须留名。谁也不去计较开始反对刘伶的两位公子处士了。

【赏析】

这首词的词牌实为《小梅花》，《将进酒》是作者改题的新名。之前的《将进酒》是汉乐府短箫铙歌的曲调，属汉乐府《鼓吹曲·铙歌》旧题。李白沿用乐府古体写的《将进酒》影响最大，属于古体诗，非词。

此词是一篇以怀古伤今的作品，但不是就某一历史事件、某一历史人物而生感慨，而是一种在古代社会中带有普遍性的历史现象，与多数的咏史即咏怀的作品的格局、命意都有所不同。作者在词中以愤慨、嘲弄的笔调来描写历史上那些追名逐利、蝇营狗苟、热衷权势、贪得无厌之徒，表达了自己超然物外、淡泊名利的襟怀。词中那居高临下的对历史的俯瞰，超然物外的潇洒情怀，以及物转星移、沧海桑田人事变更的悲壮情调，都使这首词涂上了一层豪壮的色彩。

水调歌头

台城游

南国本潇洒，六代浸豪奢。台城游冶，襞笺能赋属宫娃①。云观登临清夏，璧月留连长夜②，吟醉送年华。回首飞鸳瓦③，却羡井中蛙④。

访乌衣⑤，成白社⑥，不容车。旧时王谢，堂前双燕过谁家？楼外河横斗挂，淮上潮平霜下，樯影落寒沙。商女篷窗罅，犹唱《后庭花》！

【注释】

①襞笺能赋属宫娃：陈后主不理朝政，日夜与妃嫔、文臣游宴，制作艳词。他常先令八女子折彩笺作诗，十客赓和，文思稍慢，便要罚酒，常通宵达旦。

②璧月留连长夜：陈后主常和宠姬、狎客赋艳诗，配乐歌唱，其中有

"璧月夜夜满，琼树朝朝新"之句。

③飞鸳瓦：喻陈宫门被毁。鸳瓦，华丽建筑物上覆瓦的美称。

④井中蛙：陈宫城破后，后主偕二妃躲入井中。这里用来讽刺后主欲为井蛙而不能。

⑤乌衣：即乌衣巷，位于南京市秦淮区秦淮河上文德桥旁的南岸，三国时是吴国戍守石头城部队营房所在地。晋南渡后，王、谢两家豪门大族居于此。两族子弟都喜欢穿乌衣以显身份尊贵，因此得名。

⑥白社：地名，在今河南省洛阳市东。晋高士董京常宿于白社，以乞讨度日。这里泛指贫民区。

【译文】

南方一带风景疏爽秀丽，而偏安江南的六朝君主一个比一个奢侈豪华。他们整日在台城游乐，尤其是陈后主与妃嫔、狎客通宵达旦地制作艳词，饮酒作乐。清和的初夏，他们登上宫廷中高大的楼台，唱着"璧月夜夜满，琼树朝朝新"，吟诗醉酒虚度年华。回首当年被隋所灭时，陈宫门被毁，欲为井蛙而不能。

再去看当年豪奢的乌衣巷，如今已成了贫民区，路窄得连马车也过不去。往昔王、谢两大家族堂前的燕子，究竟飞过谁家？秋天夜深时，楼外天空中银河横斜，北斗悬挂，秦淮河上，潮平霜下，月光把船桅的影子投射在岸边的沙地上。歌女的声音从窗缝断断续续随风传来，仍然在唱着亡国的《后庭花》。

【赏析】

这是一首金陵怀古之作。题中的台城是东晋至南朝时期的台省（中央政府）和皇宫所在地，位于国都建康（今南京）城内。"台"指当时以尚书台为主体的中央政府，因尚书台位于宫城之内，因此宫城又被称作"台城"。

写这首词的时候，贺铸正在历阳石碛戍任管界巡检，实际就是一个供人驱遣的武弁而已。当时的北宋积贫积弱、国势日衰，统治者却如六朝之君一样骄奢淫逸。词人关心国事，空怀壮志，报国无门，只能把自己抑塞磊落的吊古伤今之情融入这凄清冷寂的画面之中。

词中通过对六朝旧都金陵的咏怀，针砭时弊，借古讽今，抒发了作者对宋朝廷奢侈腐化的不满情绪，气象苍凉浑莽，情绪沉郁悲壮。全词化用古人诗句天衣无缝，辞情俱佳，声情激越，慷慨豪爽，充分显示了词人抑塞磊落、纵恣不可一世之气概，读之令人感奋。

晁补之

摸鱼儿

东皋寓居

买陂塘、旋栽杨柳，依稀淮岸湘浦。东皋①嘉雨新痕涨，沙觜鹭来鸥聚。堪爱处，最好是，一川夜月光流渚。无人独舞。任翠幄张天②，柔茵藉③地，酒尽未能去。

青绫被④，莫忆金闺⑤故步。儒冠曾把身误⑥。弓刀千骑成何事？荒了邵平瓜圃⑦。君试觑，满青镜、星星鬓影今如许。功名浪语⑧。便似得班超，封侯万里，归计恐迟暮⑨。

【注释】

①东皋：指晁补之晚年居住的金乡（今属山东）归去来园。

②翠幄张天：绿柳遮天。翠幄即绿色帐幕，指树荫浓密。

③藉：铺，垫。

④青绫被：汉朝时，尚书郎值班，官供新青缣白绫被或棉被。

⑤金闺：汉朝宫门的名称，又叫金马门，是学士们著作和草拟文稿的地方。此指朝廷。

⑥儒冠曾把身误：借用杜甫《奉赠韦左丞丈二十二韵》诗句"纨袴不饿死，儒冠多误身"。意为读书求官误了自己。

⑦邵平瓜圃：邵平，秦时人，封东陵侯。秦亡后隐居长安东城外种瓜，瓜有五色，味很甜美。世称东陵瓜。

⑧浪语：空话，废话。

⑨"便似得班超"三句：像班超那样，虽然封了侯，回归故乡时已经晚了。班超在西域三十多年，立功封侯，七十多岁才回到京城洛阳，不久便死了。

【译文】

买了池塘，很快栽上杨柳，我这东山园林仿佛淮水两岸、湘江之滨。东皋刚下过雨，山涧溪水的涨痕清晰可辨，沙洲上聚集着白鹭、鸥鸟。由衷喜爱这里，月夜之下的塘水安谧清幽，皎洁的月光映照着池塘中的小洲。面对如此美景，不禁要独自翩然起舞。池岸边的垂柳，遮住了天空；池塘四周，绿草如茵，坐在池塘边上，酒喝完了还不愿离去。

曾盖过青绫被，还是不要想那些步过金马门的日子了。读书求官真的会误了自己。想我任济州太守时，有弓刀千骑的卫队，那又如何呢？反而使得田园荒芜了。你仔细看吧，镜子中的鬓发，已经有了星星白发。所有的功名不过是一句空话。就算如班超那样封侯万里，但回归故乡时也已经晚了。

【赏析】

晁补之（1053—1110，字无咎）为"苏门四学士"之一。曾任吏部员外郎、礼部郎中。工书画，能诗词，善属文。与张耒并称"晁张"。其词格调豪爽，近苏轼。但词作伤春惜别、相思忆旧之传统题材的作品仍占半数之多。

作为苏轼的学生，晁补之自然被划入元祐党人中，在新、旧两党的争斗中，多次遭到贬谪，仕途一直不是很得意。在贬谪后退居故乡时，晁补之修葺了东山的"归去来园"，此词即作于此。

本词上阕写景，描绘出一幅冲淡平和、闲适宁静的风景画；下阕则即景抒情，以议论出之，表现了厌弃官场、急流勇退的情怀。全词情真意挚、慷慨磊落，辞气充沛，感情爽豁，词境开阔，洒脱豁达，使读者既可感到他在隐居生活中寻觅到的安宁憩息之情，又能从字里行间察见其被迫"闲居"的不平之气，与作者的恩师苏东坡在词风上一脉相承，并对辛弃疾的词作产生了重要影响。

洞仙歌

泗州中秋作

青烟幂处，碧海飞金镜。永夜闲阶卧桂影。露凉时、零乱多少寒螀[①]，神京远，唯有蓝桥[②]路近。

水晶帘不下，云母屏开[③]，冷浸佳人淡脂粉。待都将许多明，付与金尊，投晓共流霞④倾尽。更携取胡床⑤上南楼，看玉做人间，素秋千顷。

【注释】

①寒蛩：一种秋出而鸣的蝉，体小。

②蓝桥：今陕西省蓝田县西南蓝溪之上，传说唐秀才裴航在蓝桥巧遇仙女云英。

③云母屏开：化用李商隐"云母屏风烛影深"句。"开"字道出月光满透。云母是一种造岩矿物，呈现六方形的片状晶形，艳丽光泽，可作屏风。

④流霞：流动的云霞，此指美酒。

⑤胡床：古代一种可折叠的轻便坐具。此处用东晋庾亮南楼踞胡床赏月典故。

【译文】

在青色的烟云笼罩之处，碧色的海面上，一轮明月穿过云层，像一面金灿灿的明镜飞上天空。无尽的长夜里，空阶上卧着桂树的斜影。露水带来凉意时，有多少寒蝉零乱地嘶鸣。京都路远，只有与佳人相会的地方路很近。

高卷水晶帘儿，展开云母屏风，清冷的月光浸润着眼前淡敷脂粉的佳人。待我把如此之多的月光倾入金樽，天将拂晓时便将它与流霞一同喝尽。我们还要携带一张胡床登上南楼，一同观赏白玉做的世界，看那银光普照千顷清秋。

【赏析】

此为赏月词，作于徽宗大观四年（1110）中秋。作者时任泗州（今安徽泗县）知州，已五十八岁，此词为作者绝笔之作。全词以月起，以月收，从天上到人间，又从人间到天上，首尾呼应，浑然天成。作者前次辞官回家，就已修葺归来园隐居，自号"归来子"，此词对仕途坎坷微露怅恨，但主调仍然旷达豪放，境界阔大，词气雄放，颇得东坡真传。

谢 逸

西江月

送朱泮英

青锦缠条佩剑，紫丝络辔飞騘。入关意气喜生风，年少胸吞云梦①。
金阙日高露泫②，东华③尘软香红。争看荀氏第三龙④，春暖桃花浪涌。

【注释】

①云梦：古泽名。在湖北安陆县南，有云梦二泽。

②露泫：露滴闪着光彩。

③东华：东华门，是宋代东京宫墙东面之门。

④荀氏第三龙：东汉荀淑有八子，皆备德业，时称八龙。第三龙指荀靖。
此借指朱泮英。

【译文】

佩戴着以青色的锦条装饰的佩剑，手牵用紫色丝绦做成的马缰绳。入关
意气风发，满面春风，因为年少，所以有胸吞云梦的雄心壮志。

皇宫上方的太阳升起，露珠闪着光彩，东华门红毯铺地，百花飘香。大
街小巷竞相来看高中的进士，那时春暖花开，鲤鱼在波浪汹涌中跳龙门。

【赏析】

作为花间词的传人，婉约派词人谢逸（1068—1113，字无逸）的词以轻
倩婉媚为风格特色，但是此词则属例外，显得豪迈飘逸，朝气勃勃。这可能
是作者抒写壮怀宏愿的少时之作。从这首词的内容来看，当时作者自信必能
如鱼跳龙门，科举仕途一帆风顺。然而，后来的事实证明，尽管他才气横溢，
学识渊博，却屡试不第，只得以诗文自娱，少年时的金色美梦彻底幻灭了。

唐 庚

诉衷情

旅 愁

平生不会敛眉头，诸事等闲休①。元来②却到愁处，须著与他愁。
残照外，大江流，去悠悠。风悲兰杜③，烟淡沧浪，何处扁舟？

【注释】

①等闲休：不会放在心上。

②元来：即原来。

③兰杜：兰花和杜若。为《离骚》中语，指贤良之才。

【译文】

我一生不会皱眉头，无论什么事情都看得很淡。原来人生真正的愁是这样无从抗拒，躲也躲不过。

夕阳残照，大江奔流，去意悠悠。江风仿佛在为贤良而伤感，江面上淡淡的暮烟笼罩着寒浪，我到哪里去弄扁舟呢？

【赏析】

这首词作于唐庚（1070—1120，字子西）贬居惠州途中。宋哲宗绍圣元年（1094）唐庚中进士，宋徽宗大观中为宗子博士。经宰相张商英推荐，授提举京畿常平。张商英罢相，唐庚亦被贬，谪居惠州。

此词表面上抒写羁旅之愁，实则抒发了自己在品尝到人生仕宦失意苦痛以后的感慨，反映了作者内心那无所依傍、仕途难测的一种凄怆茫然的悲苦心境。全词悲愤淋漓、苍劲高远，语极淡而情至悲，以清空之笔，发寥廓之忧，峭拔苍劲，跌宕有姿，具有相当感人的艺术魅力。

惠 洪

西江月

大厦吞风吐月，小舟坐水眠空。雾窗春晓翠如葱，睡起云涛正涌。

往事回头笑处，此生弹指声中。玉笺①佳句敏惊鸿②，闻道衡阳价重。

【注释】

①玉笺：像白玉一样精美的纸张。

②惊鸿：惊飞的鸿雁，这里喻文思敏捷。

【译文】

住在大厦里可以吞风吐月，住在小船亦能尽享自然之美。春天的早晨醒来，透过舟上罩着薄雾的小窗，可以看到山岭青翠葱茏，云海在晨风中如涌动的波涛。

倘若回首往事，虽遭贬谪仍足以自慰，这一生名重当世，受人景仰。在惊鸿的瞬间就能在玉笺上作佳句，求诗索句者不绝以至于衡阳为之纸贵。

【赏析】

惠洪（1070—1128，一名德洪，字觉范）是方外僧人，俗姓喻（一作姓彭），一生多遭不幸，两度入狱。曾被发配海南岛，直到政和三年（1113）才获释回籍。

惠洪年轻时曾为县小吏，黄庭坚喜其聪慧，教之读书，后来才成为著名的诗僧。黄庭坚被贬宜州时，在长沙与惠洪相会，盘桓月余。黄买一小舟带十六人而居，惠洪甚感狭窄。黄笑道："烟波万顷，水宿小舟，与大厦千楹，醉眠一榻何所异？"乘舟离去，于衡阳作诗写字，名重一时。惠洪不以患难易节，写本词以赞颂黄庭坚的人品和诗才。全词尽豪放之致，生动有力，气魄雄浑，令人胸襟为之豁然。

吴则礼

江楼令

晚　眺

凭栏试觅红楼①句，听考考②、城头暮鼓。数骑翩翩度孤戍，尽雕弓白羽。平生正被儒冠误③，待闲看、将军射虎④。朱槛⑤潇潇过微雨，送斜阳西去。

【注释】

①红楼：指富家千金住的楼阁。

②考考：边防驻军的鼓声。

③儒冠误：化用杜甫《奉赠韦左丞丈二十二韵》诗句："纨袴不饿死，儒冠多误身。"

④将军射虎：典出《史记·李将军列传》"广出猎，见草中石，以为虎而射之。中石没镞，视之石也"。

⑤朱槛：红色油漆的栏杆。

【译文】

靠着栏杆试图写一点温馨香艳的句子，来排解苦闷。突然听到边城那戍边的"考考"暮鼓声。几个轻快的骑兵在孤零零的哨所边巡逻，雕弓白羽在斜阳下闪闪发光。

这一生真是被儒冠所误，无用武之地的我只能在无聊时想象着看李广将军射虎穿石。一阵潇潇微雨飘洒着穿过朱槛，好像是在送那斜阳落山。

【赏析】

宋朝高薪养廉，国库空虚，再加上黄袍加身的赵匡胤担心部将效仿，所以定下重文轻武的国策。这些都导致宋朝在对外关系上显得软弱可欺。吴则礼（？—1121，字子副）生活在两宋交替之际，情况更为严重，北宋统治者醉生梦死，对外岁纳银绢、委屈求和虚设边防，更不交兵。那些骁勇无敌的将士无法驰骋疆场一洒热血，实在可悲。这首词就是作者抒发词人壮志难酬的苦闷之情。全词寓情于景，情景相生，跌宕有致，闪耀着爱国主义的豪放光辉。

宋 江

西江月

自幼曾攻经史，长成亦有权谋。恰如猛虎卧荒丘^①，潜伏爪牙忍受。

不幸刺文^②双颊，那^③堪配在江州^④。他年若得报冤仇，血染浔阳^⑤江口。

【注释】

①荒丘：荒芜的山丘。

②刺文：指古代的黥刑，又叫墨刑，即以刀刺纹于犯人的面颊、额头后以墨涂之，墨生于肉，则刺文不去，留下终生的耻辱。宋江因杀阎婆惜（宋江购买的妾），被刺配江州。

③那：哪。

④江州：地名，在今江西省九江。

⑤浔阳：今江西省九江市的古称，因古时流经此处的长江一段被称为浔阳江，而县治在长江之北，即浔水之阳而得名。

【译文】

我从小就曾攻读过经史，长大以后也有韬略。就像猛虎卧在荒芜的山丘上不得志，只能暗中收敛起尖牙利爪，忍受屈辱，等待时机。

我遭到不幸两颊刺文金印，怎么能忍受被发配到江州充军。以后如果有机会报冤仇，我一定会血染浔阳江口。

【赏析】

这是宋江（1073 — 1124）在浔阳楼题的反词。历史上的宋江于宋徽宗宣和年间，领导农民起义。在《全宋词》中，宋江词存两首，一首是感伤、惆怅的《念奴娇》，另一首就是这首充满豪情的《西江月》。

宋江获罪刺配江州，郁积在心中的愤懑因酒醉喷发而出，豪情纵横地抒发了他深藏于心中的不凡抱负。词中以"猛虎"自喻，所抒发的非同寻常之志，虎为百兽之王，表达了词人有叱咤风云、改朝换代的志向。"血染浔阳江口"的想法则是他后来作为农民起义领袖的思想基础。全词语言通俗易懂，毫无文饰，没有丝毫矫揉之气，格调高昂激越，短短的几十个字，就让读者感受到他的不平、怨气和雄心壮志。

王安中

菩萨蛮

六军阅罢，犒饮兵将官

中军玉帐旌旗绕，吴钩①锦带明霜晓。铁马去追风，弓声惊塞鸿。
分兵②闲细柳③，金字④回飞奏⑤。犒饮上恩浓，燕然思勒功⑥。

【注释】

①吴钩：指精良的兵器。

②分兵：指六军阅罢，分散驻防。六军指中央军队。古时天子六军，或称六师。

③细柳：暗用"周亚夫军细柳"的故事。《史记》：西汉名将周亚夫率军防边，驻扎细柳，汉文帝亲自前往慰劳将士，至细柳营"不得驱驰"，只好"按辔徐行""以军礼见"。意指这是一支军纪严明、神圣不可侵犯的部队。

④金字：犒饮大军的圣旨。

⑤回飞奏：写谢恩表章飞报朝廷。

⑥燕然思勒功：东汉窦宪追击北匈奴三千多里，在燕然山勒功（刻石记功）而还。这里意为渴望建功立业。

【译文】

中军帐外军旗迎风招展，战士们的武器被擦得锃明发亮，在深秋的清晨闪闪发光。将士驰马可追风，拉弓射箭声可惊动天上的鸿雁。

六军阅罢将士分散驻防，虽然闲静但军纪严明，神圣不可侵犯。皇帝传旨犒饮三军，犒军完毕，长官立刻将谢恩的表章飞报朝廷。将士得"犒饮"之后感谢皇上恩重如山，决心为国建功。

【赏析】

王安中（1075—1134，字履道）是北宋末、南宋初词人。他元符三年（1100）中进士，在宦海沉浮多年，曾官至翰林学士、尚书右丞。其品行颇遭物议，而文章却可观。他擅长诗和四六文，在当时很受推重。但诗文大都失传，今存作品以词为主。其词虽有一部分是谀颂朝廷之作及描述香艳的轻佻之篇，但也时见佳构。如这首《菩萨蛮》，写阅兵场景，是王安中出镇燕山府路宣抚使时所作，颇见豪迈。

本篇是一首以边塞军营生活为题材的小令。作者通过景物的描写显示事件的过程和人物的活动，同时表露出自己的思想感情，做到了有记叙、有描写、有抒情、有议论，而且融会贯通，使人物相生，情景相融，叙议相合，浑然一体，风格豪放，表现了边防战士厉兵秣马，严阵以待，立功报国的壮志激情，也反映出词人辛劳国事，六军阅罢，踌躇满志的得意心态。

叶梦得

八声甘州

寿阳楼八公山作

故都迷岸草，望长淮、依然绕孤城。想乌衣年少，芝兰秀发①，戈戟云横②。坐看骄兵南渡，沸浪骇奔鲸③。转盼东流水，一顾功成。

千载④八公山下，尚断崖草木，遥拥峥嵘。漫云涛吞吐，无处问豪英。信劳生、空成今古，笑我来、何事怆遗情⑤？东山老⑥，可堪岁晚，独听桓筝⑦。

【注释】

①芝兰秀发：形容年轻有为的子弟正茁壮成长，英气勃发。《世说新语》中谢玄云："譬如芝兰玉树，欲使其生于阶庭耳。"

②戈戟云横：一语双关，明喻晋军的武器像云一样横列开去，暗用《世说新语》中"见钟士季（会）如观武库，但睹戈戟"的典故，赞誉谢安等足智多谋，满腹韬略。

③奔鲸：奔逃的鲸鱼，这里形容符坚兵溃如鲸鲵之窜逃。

④千载：从淝水之战到作者写作本词有七百六十多年，千载是约数。

⑤遗情：指思念往事。

⑥东山老：指谢安，他曾隐居东山。

⑦桓筝：桓伊善弹筝，曾抚筝而歌《怨歌》，以讽谏晋孝武帝猜忌谢安而不重用。其中有"推心辅王室，二叔反流言"之句，谢安听了"泣下沾襟"，孝武帝"甚有愧色"。（《晋书·桓伊传》）

【译文】

淮河支脉淝水环绕着古代的国都寿阳，城边江岸生长杂乱的野草，迷茫一片。想当年，南朝谢家子弟，意气风发，足智多谋，以逸待劳痛击前秦军，符坚百万雄师如受惊的巨鲸，在淝水中窜逃。顾盼之间，成就了大功。

时隔近千年，八公山的断崖和草木一如往昔，它们依旧簇拥着险峻的峦峰。而今山头云涛聚又散，已经没有地方能够找到谢家子弟那样的英雄豪杰了。历史上的英豪为国劳心劳力，到头来却成一场空。可笑我啊，又何必为往事而多情。叹惜谢安晚年，遭到猜忌而被疏远，不受重用。

【赏析】

叶梦得（1077—1148，字少蕴）是生活在两宋期间的著名词人。他绍圣四年（1097）登进士第，历任翰林学士、户部尚书、江东安抚大使等职。晚年隐居湖州弁山玲珑山石林，故号石林居士。叶梦得学问洽博，工文词，风格以南渡为界，早期词不出传统题材，作风婉丽；后期随着社会的巨变而学习苏轼词风，用词抒发家国之恨和抗敌之志，开拓了南宋前半期以"气"（英雄气、狂气、逸气）入词的词坛新路，在北宋末年到南宋前半期的词风变异过程中，起到先导和枢纽作用。

此词为怀古伤今之作，写于绍兴三年（1133）前后。题中的寿阳楼指寿春（今安徽寿县）的城楼，战国楚考烈王和汉淮南王刘安均都于寿阳，故词人怀古，称之为故都；东晋改名寿阳。八公山，又名北山，在寿阳西北。相传汉淮南王刘安曾同八公（八个门客）在此山炼丹，因以为名。前秦建元十九年（383）的淝水大战，就发生在寿阳和八公山一带。

叶梦得随高宗南渡，系主战派人物之一。但当时占主导地位的却是主和派。他遭受排挤而离京，心中满是愤慨，面对淝水之战的战场故址，回想那段成功驱逐异族侵犯的战争，自伤年暮岁晚，功业无成，写下了这篇词作。

词的开头写寿阳城，曾经是古代的国都，是淝水之战的地理位置，而今登临于此，纵然风景依旧，却已经人事全非。之后一个"想"字，贯穿七句，都是对淝水之战的回想。写出了谢家子弟的韬略和才能。下阕先写山河依旧，呼应上阕开头三句，并引向对现实的感喟。之后感叹"朝中无人"，抒写词人的孤独感和寂寞感，表明自己受到国君疏远冷落的孤独寂寞心情，远远超出谢安当年的遭遇。这是历史的悲剧，更是当时的政治悲剧。全词抒发了对时局的感慨以及深沉的爱国情怀，表达了作者被排挤出朝后复杂的心态。气势连贯，跌宕起伏，感情深沉，是高亢的抗争之音。

临江仙

一醉年年今夜月①，酒船聊更同浮。恨无羯鼓②打梁州③。遗声犹好在，风景一时留。

老去狂歌君勿笑，已挦双鬓成秋。会须击节溯中流。一声云外笛，惊看水明楼。

【注释】

①一醉年年今夜月：作者自注云："去岁中秋，南山台初成，与友连三日极饮其上，尝作《临江仙》三首。今岁复会诏芳亭。"

②羯鼓：古代的一种两面蒙皮、腰部很细的鼓，据说从匈奴的一个别支羯族传入中原。

③梁州：即《梁州曲》，唐明皇所制《霓裳羽衣曲》。词后作者有自注云："世传《梁州》，西凉府初进此曲，会明皇游月宫还，记《霓裳》之声适

相近，因作《霓裳羽衣曲》，以《梁州》名之。是夕，约诸君月夜泛舟，故有梁州、中流之句。"

【译文】

希望年年都能这样在月下泛舟，同游太湖，共同一醉。可惜没有《梁州曲》和粗犷的羯鼓。去年今日饮酒高歌的美好的回忆至今还留在脑海中，真是好景难留。

请不要笑我老了还发狂似的引吭高歌，虽然我双鬓已白，但还能像祖逖一样率部渡江，中流击楫。突然被一声响彻云霄的笛声惊醒，只见月光把水边楼阁照得通明。

【赏析】

宋高宗绍兴五年（1135），作者曾在南山台刚建成时，与几位友人"连三日极饮其上"，三天写了三首《临江仙》。一年后的中秋，他又与故友会于南山台，追忆"去年今日"之情景，于是又作了这首词。本篇记写他与友人月夜泛舟之事，见景生情，借景抒怀，表达了他抗金报国的雄心壮志和年老力衰不能驰骋战场的遗憾，颇有豪放之风。

点绛唇

绍兴乙卯登绝顶小亭

缥缈危①亭，笑谈独在千峰上。与谁同赏，万里横烟浪。

老去情怀，犹作天涯想②。空惆怅。少年豪放，莫学衰翁样。

【注释】

①危：高。

②天涯想：收复中原、建功立业的梦想。

【译文】

在高耸入云的山峰，隐约浮现着绝顶亭，在千峰之上我一个人独自抒发胸臆。有谁能与我共赏，这万里云烟如浪。

我虽然年事已高，但情怀仍在，有着收复失地、为朝廷建功立业的梦想。枉自惆怅啊！年轻人啊，要豪情万丈，不要学我这个老头子。

【赏析】

宋高宗绍兴五年（1135），作者闲居吴兴（今浙江湖州）。吴兴西北有弁山（又称卞山），绝顶亭建在弁山峰顶。此词即作者登临绝顶亭时有感而发之作。

叶梦得为南宋主战派人物之一，大宋南渡八年，仍未能收复中原大片失地，而朝廷却又一味向敌妥协求和，使爱国志士不能为国效力，英雄豪杰也无用武之地。此时作者虚年五十九岁，怀着复杂的心情和对时局的慨叹写下了这首词。此词虽然篇幅不长，可是翻波作浪，豪气满怀，虽有叹老之憾，却无低沉之调，充满了爱国的热情和积极向上的力量。

水调歌头

霜降碧天静，秋事①促西风。寒声隐地初听，中夜入梧桐。起瞰高城回望，寥落关河②千里，一醉与君同。叠鼓③闹清晓，飞骑引雕弓。

岁将晚，客争笑，问衰翁：平生豪气安在？走马为谁雄？何似当筵虎士，挥手弦声响处，双雁落遥空。老矣真堪愧，回首④望云中⑤。

【注释】

①秋事：指秋收、制寒衣等事。

②关河：关塞、河流。一说指潼关黄河之所在。此处泛指汉中前线险要的地方。

③叠鼓：谢朓《隋王鼓吹曲》十首之四《入朝曲》："叠鼓送华辀。"《文选》李善注："小击鼓谓之叠。"

④回首：回头。

⑤云中：指云中郡，为汉代北方边防重镇。此代指边防。

【译文】

到了霜降，碧天静肃，西风起时秋忙应开始了。阵阵的寒意，夜半时分直入梧桐。登上高城，遥望北方沦陷的千里疆土，只能与客同饮，借酒浇愁。破晓时，鼓槌频击，细密而急促，将士飞马拉弓搭箭。

我已到垂暮之年，有客人说笑，问我这个病弱的老人：你一生的豪气还在吗？你往昔奔马骑射为谁争雄？哪能像虎士那样，挥手弦响，双雁从远空

122

落地。唉，真惭愧我年老力衰不能为国效力，然而我还是忍不住北望中原，关注边防战事。

【赏析】

这首词为叶梦得的代表作之一，具体写作年代不可确考，大约作于叶梦得再次知建康府时期。当时，北方大片国土为金兵所据，南宋王朝只拥有半壁河山。词人心系北伐，带病登城巡视，回望中原那一大片被金人夺去的土地，不能收复，南宋小朝廷也岌岌可危，他的心情沉重而且惆怅。自己年事已高，感愧老病，无力报国，只好回首长望北方的云中郡。作者不是一般地悼惜流年、感叹病老，而是热切地关注着国家和民族的命运，只因为报国有心、回天无力而抱愧和感喟。虽有力不从心的悲慨，却仍然豪气逼人，给人以激励和振奋。全词笔力雄健，词情沉郁而又苍健，显示了作者高超的艺术功力。

念奴娇

云峰横起，障吴关三面①，真成尤物。倒卷回潮，目尽处、秋水粘天无壁②。绿鬓③人归，如今虽在，空有千茎雪。追寻如梦，漫余诗句犹杰。

闻道尊酒登临，孙郎④终古恨，长歌时发。万里云屯，瓜步晚、落日旌旗明灭。鼓吹风高，画船遥想，一笑吞穷发⑤。当时曾照，更谁重问山月。

【注释】

①障吴关三面：像屏障一样把古吴国所属地区遮去了三面。三面，是指东、西、南三面。

②粘天无壁：用韩愈《祭河南张员外文》"洞庭汗漫，粘天无壁"。

③绿鬓：青发。指年轻。

④孙郎：指孙策，曾经常携酒登临此山游宴。

⑤穷发：出自《庄子·逍遥游》，指最遥远的北方，这里是指金人的后方。

【译文】

云雾缭绕的山峰，就如屏障一样把古吴国所属地区遮去了三面，真是尤异奇特。从江干极目望去，回潮倒卷之处，秋水蓝天浑然一体，无边际可寻。当年从这里回去时我的头发还是青的，如今我虽还活着，但只剩下满头如雪的白发了。回想当年情景，如梦一场，只有诗情未减，下笔仍像往日那样雄浑奔放。

听说那孙策，常携酒登临此山游宴，时而引吭高歌，可惜他壮志未酬就饮恨千秋。眼前万里浓云绵亘，北岸临江的瓜步一带，夕阳正照着军营中的旌旗时明时暗。鼓角声随着秋风飘来，看着华丽的船我不禁想象着，谈笑之间横扫金人的老巢。这时月亮从东山升起，古往今来发生的事件，有谁去问过这月儿呢！

【赏析】

这首词是作者任职建康（今南京）知府时，登镇江北固山有感而作。作者曾两次出任建康知府，第一次到建康时不过五十岁多一点，还不算老，可是这次重返故地，已是过了花甲的人了。作者虽然感到年岁日增，精力已不如前，但并无伤感情绪，仍然胸襟开朗，希望有一天能北定中原。全词步苏轼名作《念奴娇·赤壁怀古》词原作之韵，构思和谋篇上与东坡之词有颇多类似，雄浑奔放，值得一读。

朱敦儒

鹧鸪天

西都作

我是清都①山水郎②，天教分付与疏狂。曾批给雨支风券③，累上留云借月章④。

诗万首，酒千觞。几曾着眼看侯王？玉楼金阙⑤慵归去，且插梅花醉洛阳。

【注释】

①清都：指与红尘相对的仙境。

②山水郎：天庭里管理山水的郎官。

③支风券：支配风雨的手令。

④章：指呈给天帝的奏章。

⑤玉楼金阙：指朝廷。

【译文】

我是天上主管名山大川的郎官，上天赋予我懒散和疏狂的个性。我曾批支配风雨的手令，也多次给天帝上奏章，留住彩云，借走月亮。

诗一写就是万首，酒一饮即是千杯。我何曾正眼看过尘世间的王侯权贵？不愿返回京城官场，只想头插梅花醉卧在洛阳中。

【赏析】

这首词是朱敦儒（1081—1159，字希真）从京师返回洛阳（宋朝时称洛阳为西京或西都）后所作。朱敦儒是"洛中八俊"之一，历任兵部郎中、临安府通判、秘书郎、都官员外郎、两浙东路提点刑狱，致仕，居嘉禾。其词早年词风浓艳丽巧；中年的词风激昂慷慨；闲居后词风婉明清畅。朱敦儒进一步发挥了词体抒情言志的功能，不仅抒发自我的人生感受，而且以词表现社会现实，诗词的功能初步合一，给后来的辛派词人以更直接的启迪和影响。

词的上阕主要写作者在洛阳时纵情于山水，豪放不羁的生活；下阕用巧妙的方法表现作者赛神仙的淡泊胸怀。此词体现了词人鄙夷权贵、傲视王侯和不与世俗同流合污的理想和志向，是北宋末年脍炙人口的一首小令，曾风行汴洛。全词自然流畅，前后呼应，章法谨严，充分体现了作者不受礼法拘束、傲视王侯、潇洒狂放的性格特征。

水龙吟

放船千里凌波去。略为吴山①留顾。云屯水府②，涛随神女③，九江④东注。北客翩然，壮心偏感，年华将暮。念伊嵩⑤旧隐，巢由⑥故友，南柯梦⑦、遽如许。

回首妖氛未扫，问人间、英雄何处。奇谋报国，可怜无用，尘昏白羽。铁锁横江，锦帆冲浪，孙郎⑧良苦。但愁敲桂棹，悲吟梁父⑨，泪流如雨。

【注释】

①吴山：泛指江南之山。

②水府：水神所居府邸。指天将下雨。

③神女：传说中朝为行云、暮为行雨的巫山神女。

④九江：诸水汇流而成的长江。九，极言其多。

⑤伊嵩：伊阙与嵩山。伊阙，今龙门石窟所在地，伊水西流，香山与龙门山两岸对峙，宛如门阙，故名伊阙。

⑥巢由：巢父、许由，都是古代的隐士。借指词人居洛阳时的故友。

⑦南柯梦：李公佐《南柯记》载淳于棼梦为南柯太守，享尽荣华，醒后方知为一梦之事。后人因称为"南柯梦"。

⑧孙郎：指三国东吴末帝孙皓。晋武帝司马炎派王濬造大船东下伐吴，吴军以铁锁、铁链横截长江，企图阻挡晋军前进。晋军用火烧毁铁锁，长驱东下，攻破金陵，孙皓被迫出降。此处暗喻宋为金所迫局面。

⑨梁父：即《梁父吟》，一作《梁甫吟》，原汉乐府的曲名，传乃诸葛亮所作。比喻功业未成而怀匡时之志。

【译文】

放船于江面上，顺流东下千里，经过南部诸山只是稍微浏览了一下景色。云层聚集在水府，天将下雨。滔滔江水如随水神奔走，众水汇成大江东注入海。匆匆奔波向南的北方游子，满怀报国壮志但报国无路，年龄却又一天一天大了。想起伊阙和嵩山的隐居旧友，跟巢父、许由一样曾游乐于山水间，那时的生活竟如同南柯一梦，转眼之间一去不复返。

回望中原，金兵依旧盘踞，试问人间抗敌的英雄在何处？就算有宗泽、李纲这样的报国之士腹有奇谋良策，可怜无人赏识，也不被重用，白羽箭上早已堆满了灰尘。回想当年东吴末帝孙皓用铁索横截江面，晋军烧熔铁索，长驱东下，攻入金陵，吴主孙皓被迫投降心情无比悲苦。如今我只能敲击船桨像当年隐居南阳、关心天下大事的诸葛亮一样悲吟《梁父吟》，泪如雨下。

【赏析】

宋钦宗靖康元年（1126），金兵大举南侵，洛阳、汴京一带均遭兵燹。第

二年，汴京沦陷。朱敦儒携家离开洛阳，南迁南雄（今广东南雄县），在路上写了这首词。此词以纪行为线索，从江上风光写到远行的感怀，由个人悲欢写到国家命运，篇末以"愁敲桂棹"回映篇首的"放船千里"。中间部分，抒情、议论并用，抒情率直，议论纵横，视野又极开阔，"千里""九江"尽收笔底，古往今来俱在望中，将个人和国家的命运合为一体，表达了词人对国事的深切关怀和报国无路的悲愤之情，同时折射出一代文人士大夫的历史命运，尤其是心怀理想志向而命途多舛的南安志士的前途，可谓南渡时期一代士人的缩影。全词直抒胸臆，词情激越，风格豪放，感情深沉。

相见欢

金陵城上西楼，倚清秋。万里夕阳垂地，大江流。

中原乱①，簪缨②散，几时收？试倩③悲风吹泪，过扬州④。

【注释】

①中原乱：指宋钦宗靖康二年（1127）金兵占领中原。

②簪缨：原为官僚贵族的帽饰，这里代指世族。

③倩：请。

④扬州：当时南宋的前线。

【译文】

登上金陵西门上的城楼，倚楼观看清秋之景。即将落地的夕阳照耀着万里疆土，汹涌的长江奔流不息。

金兵占领了中原，达官显贵们纷纷逃散了，何时才能收复中原呢？请那悲凉的秋风把我的热泪吹到扬州前线吧。

【赏析】

靖康之难，汴京沦陷，二帝被俘。朱敦儒南渡金陵（今南京），这首词就是他客居金陵，登上金陵城西门城楼眺远时所写。全词由登楼入题，从写景到抒情，饱含着对国事的悲痛和关切，表达了作者深沉的亡国之痛和渴望早日收复中原、还于旧都的强烈愿望，同时也是对朝廷苟安旦夕的愤慨和抗议。全词气魄宏大，寄慨深远，凝聚着当时广大爱国者的心声，读后令人感到荡气回肠，余味深长。

朝中措

先生①筇杖②是生涯，挑月更担花。把住③都无憎爱，放行总是烟霞。飘然携去，旗亭问酒，萧寺④寻茶。恰似黄鹂无定，不知飞到谁家？

【注释】

①先生：作者的自称。一说指张浚。

②筇（qióng）杖：竹杖。

③把住：控制住。

④萧寺：佛寺。

【译文】

我整个的生活就是挂着竹杖徜徉于山水，用竹杖挑月担花。无论对什么事已无所谓爱憎，所行之处是烟霞缭绕的美景。

携着竹杖飘然来去，有时到酒馆里打酒，有时到佛寺里讨茶。我就像一只自由自在的黄鹂，不知道明天又落到谁家。

【赏析】

这首词是朱敦儒的晚年之作。全词表现了一种出尘旷达的悠闲境界。他把自己的晚年生活以"筇杖生涯"进行涵盖，表明他已无心于世事，完全寄情于自然山水之间，吟风弄月，无爱无憎，潇洒不定，来去自由，表现出完全解脱之后超旷俊逸的性格和生活。晚年的朱敦儒已经历尽沧桑，饱经风霜，对重回故土和收复失地都已彻底绝望，只能在静谧的大自然中去寻找寄托，所以在他的晚年词中就充满了一种乐天知命、逍遥自在、超然世外、旷达悠闲的生活情趣。除了这首词之外，他还写了一组《好事近·渔父词》，共六首，歌咏自己漫游江湖的闲适生活，通过对渔父的咏叹，流露出一股闲旷的风致。

王 澜

念奴娇

避地溢江书于新亭

凭高远望，见家乡、只在白云深处。镇日^①思归归未得，孤负殷勤杜宇^②。故国伤心，新亭泪眼，更洒潇潇雨。长江万里，难将此恨流去。

遥想江口^③依然，鸟啼花谢，今日谁为主。燕子归来，雕梁何处，底事呢喃语？最苦金沙^④，十万户尽，作血流漂杵。横空剑气，要当一洗残虏。

【注释】

①镇日：整天，从早到晚。

②杜宇：杜鹃的别称，又称子规。

③江口：蕲水在蕲州城流入长江的地方。

④金沙：即金沙湖，在蕲州东五千米，又名东湖。这里代指蕲州。

【译文】

伫立在新亭上远远望去，家乡已在缥缈的白云深处。日夜思归，可是有家难回，白白辜负了杜鹃殷勤地说"不如归去"。正当在新亭为失去家园而伤心时，雨声潇潇而起。那滚滚东去的万里长江，也难流尽这家国之恨。

遥想家乡江口，那里此时依旧是鸟啼花谢的时候吧，可现在谁是她的主人呢？当燕子从南方归来，若找不到雕梁上的旧巢，怎会不为此呢喃而语？最让人痛苦的是蕲州，十万户都被杀尽，棒槌都在血里漂了起来。只要有横空剑气的壮志，一定要杀敌雪恨。

【赏析】

这是蕲州乡贡进士王澜（生卒不详）的一篇佳作。宋宁宗嘉定十四年（1221）二月，金兵围蕲州。知州李诚之和司理权通判事等坚守。由于援兵迁延不进，致使二十五天后城陷。金兵大肆屠杀，掠夺一空。李诚之自杀，家属皆跳水自尽。司理权通判事只身逃出，写了一本《辛巳泣蕲录》，详述事实经过。这首词亦见于此书。

此词题目说明，王澜因避蕲州失陷之灾而移居溢江（今属南京），在新亭（即劳劳亭，在今南京市南）上写了本词。此词虽是抒发思乡之情，但不同于一般的怀乡之作，而是在逃难的情况下记录了一次历史事件，揭露了敌人的暴行。全词由对家乡刻骨的思念，再到对敌人的愤怒，最后上升为报仇雪恨的决心和壮志，语言凝练，铿锵有力。

陈 克

临江仙

四海①十年兵不解，胡尘直到江城②。岁华销尽客心惊。疏髯浑似雪，衰涕欲生冰。

送老齑盐③何处是？我缘应在吴兴④。故人相望若为情。别愁深夜雨，孤影小窗灯。

【注释】

①四海：指全国各地。

②江城：指南宋京都建康，今江苏南京。

③齑（jī）盐：细碎的腌菜，这里指代养老之处。

④吴兴：在今浙江省湖州市。

【译文】

全国上下十年来战火不断，金兵的铁蹄已直逼江城。我的年华就在这兵燹之中渐渐消失了，一想起这，我就心中黯然。如今我稀疏的胡须已全白如雪，老泪快要结成了冰。

哪里是我养老的地方？我想大概就在这吴兴之地了吧。可是又怕这里的朋友们思念我。到那时，友人只有独自面对深夜的凄雨，只有小窗上孤灯照的着孤影与之相伴。

【赏析】

本词作于 1136 年冬，陈克（1081—1137，字子高）正在吕祉幕中为属僚，时年五十六岁。当时中原已经沦陷，北宋已经灭亡，金人兵临建康，这种残酷现实让他产生了亡国之痛。在此之前，他曾在吕祉主持下撰定《东南防守利便》，上奏朝廷，力主抗金之议。无奈朝廷昏弱，奸佞当道，忠言不为所用。国运不振，作者年事已高，于是作此词慨叹。这是他留给后人的最后一篇作品，次年八月就英勇就义了。此词上阕主要借史实抒悲愤之情，而下阕的情绪则从悲愤转为悲观。国破之忧，离别之愁，悲慨沉郁溢于言表，使人不忍卒读。

李　纲

喜迁莺

晋师胜淝上

长江千里。限南北、雪浪云涛无际。天险难逾，人谋克壮①，索虏②岂能吞噬。阿坚百万南牧③，倏忽长驱吾地。破强敌，在谢公处画④，从容颐指。

奇伟。淝水上，八千戈甲，结阵当蛇豕⑤。鞭弭⑥周旋，旌旗麾动，坐却北军风靡。夜闻数声鸣鹤，尽道王师将至。延晋祚⑦，庇烝民⑧，周雅⑨何曾专美！

【注释】

①人谋克壮：人臣的谋略可以战胜强壮的敌人。

②索虏：南北朝时，南朝对北朝的蔑称。

③阿坚百万南牧：前秦皇帝符坚率百万大军南侵。

④谢公处画：东晋宰相谢安处理筹划。

⑤蛇豕：长蛇和大猪。比喻贪暴凶残的敌人。

⑥鞭弭：挥鞭驾车前行。

⑦祚：皇帝，国统。

⑧烝民：众多的百姓。

⑨周雅：指《诗经·小雅》中赞颂周宣王派兵征伐西戎、猃狁的诗篇。

【译文】

长江如云的雪浪滚滚而下，千里奔腾，阻隔南北。如此天险，北方的金兵难以逾越，大臣的谋略又能制止强敌，就算有前秦那么多的兵力也不能吞并我们的土地。想当年，符坚率百万之众，很快长驱直入到达东晋边境。破强敌，主要在于谢安处理筹划很得当，从容指挥。

真是伟大奇迹。淝水之上，谢玄、谢琰、桓伊等指挥八千戈甲，摆阵抵挡蛇豕之敌。谢安挥鞭驾车在战旗招展的主力阵前调兵遣将，坐谈之间击退北军，使之望风披靡。符坚在败逃路上，夜闻风声鹤唳，皆以为晋军追杀过来。东晋延长国祚，广大民众得到庇护，其功业之伟大，不亚于《诗经·小雅》所歌颂的周宣王中兴之功。

【赏析】

这首词是南宋著名抗金名臣李纲（1083—1140，字伯纪）的作品。李纲能诗文，写有不少爱国篇章，亦能词，其咏史之作，形象鲜明生动，风格沉雄劲健。

李纲为政和二年（1112）进士，北宋末任太常少卿，钦宗靖康元年（1126）为兵部侍郎、尚书左丞。在汴京保卫战中，他力主抗战到底，并亲自督战杀敌，击退金兵。靖康二年（1127）五月初一，金兵俘徽、钦二宗北去后，赵构在南京应天府（今河南商丘）即位，改元建炎，成为南宋第一位皇帝。赵构满足于偏安江左，畏惧金兵强大，不敢收复中原，依旧荒淫享乐。

李纲感于时政，写了七首咏史词，本篇即为其中较出色的一首。词中以历史上有名的淝水之战为主要内容，描述了晋师大败符坚，以少胜多，以弱胜强的过程，及其对南宋重大的历史借鉴意义，意在讽喻高宗以古为鉴，强敌不足畏，全在"人谋克壮"，应痛下决心，北伐中原，收复失地，期望自己能为抗金大业建立功勋。全词结构谨严，形象生动，语言刚劲，风格沉雄，堪称咏史词中的佳作。

苏武令

塞上风高，渔阳①秋早，惆怅翠华②音杳。驿使空驰，征鸿归尽，不寄双龙消耗。念白衣③、金殿除恩④；归黄阁⑤、未成图报。

谁信我、致主丹衷，伤时多故，未作救民方召⑥。调鼎为霖⑦，登坛作将，燕然⑧即须平扫。拥精兵十万，横行沙漠，奉迎天表⑨。

【注释】

①渔阳：唐时蓟州，此处泛指北地。

②翠华：本是帝王仪仗中以翠鸟羽为饰的旗帜，此处及后面的"双龙"均代指徽、钦二帝。

③白衣：没有官职的平民。

④除恩：指授官。

⑤黄阁：汉代丞相听事的门称黄阁，借指宰相。

⑥方召：方，指方叔，周宣王时，方叔曾平定荆蛮反叛。召，指召虎，即召穆公，召公之后，周宣王时，淮夷不服，召虎奉命讨平之。方、召都为周宣王时中兴功臣。

⑦调鼎为霖：《尚书·说命》载，商王武丁举傅说于版筑之间，任他为相，将他治国的才能和作用比作鼎中调味。武丁又说，"若岁大旱，用汝（傅说）作霖雨。"后世以"调鼎为霖"比喻宰相治理天下。

⑧燕然：燕然山，窦宪北击匈奴在燕然山刻石记功。这里指北方。

⑨天表：对帝王仪容的尊称，也可代表帝王。这里是指徽宗和钦宗。

【译文】

边塞天高风凉，北方的秋天来得分外早。自从徽、钦二帝北行后，至今杳无音信，无论驿馆的使者还是从北方南迁的鸿雁，都没有带来任何关于徽、钦二帝的消息。想当初我是一介平民，金殿之上陛下授给我宰相的职位，可惜我还没有机会报此恩。

谁能相信我有一片献给主上的耿耿丹心！时事多变真是令人伤怀，令我无法成为方叔、召虎那样救国救民的中兴之臣。若得倚重继续为相治理天下，登坛作将，就可以很快横扫燕然。我将领十万精兵，横行于胡地，迎归徽、钦二帝。

【赏析】

苏武令是词牌名，又名《选官子》《选冠子》《过秦楼》《惜余春慢》等。

南宋政权初建，赵构迫于形势起用抗战派李纲为宰相，但他内心畏敌，只图苟安，并无抗金决心，仅七十多天后就罢免了李纲。这首词应是李纲罢相不久后所作。

词中作者表达了一位忠于君国的忠臣对北宋被金人灭亡这一惨痛的历史事件刻骨之痛，对自己无法实现救国救民、抗敌雪耻的宏伟志愿满怀遗憾，虽为自责之辞，亦不免含有对朝廷怨怼之意。就他的文韬武略而言，如果登坛作将、领兵出征，历史或许会改写，但他虽有出将入相之才，却无用武之地。李纲虽屡遭挫折，壮志难酬，但越挫越奋，其爱国激情不减。百世之后读此词，仍令人在铿锵有力掷地有声的字句中腾涌起激昂豪情。

六幺令

次韵和贺方回①金陵怀古②，鄱阳③席上作。

长江千里，烟淡水云阔。歌沉玉树④，古寺空有疏钟发。六代兴亡如梦，苒苒惊时月。兵戈凌灭，豪华销尽，几见银蟾⑤自圆缺。

潮落潮生波渺，江树森如发。谁念迁客归来，老大伤名节。纵使岁寒⑥途远，此志应难夺。高楼谁设，倚栏凝望，独立渔翁满江雪⑦。

【注释】

①贺方回：贺铸，字方回。

②金陵怀古：即贺铸的"金陵怀古"之作《水调歌头·台城游》。

③鄱阳：位于江西省东北部，鄱阳湖东岸。

④歌沉玉树：南朝陈后主亲制的《玉树后庭花》之歌。这里指亡国之歌。

⑤银蟾：月亮的别称。传说月中有蟾蜍，故称。

⑥岁寒：出自《论语》"岁寒，然后知松柏之后凋也"。此处喻环境险恶、困难。

⑦独立渔翁满江雪：化用柳宗元《江雪》诗句"孤舟蓑笠翁，独钓寒江雪"。

【译文】

用贺铸的"金陵怀古"的韵脚和他之作，作于鄱阳的宴席上。

　　长江滚滚千里奔流，淡烟笼罩下的涛涛江水如天上的云一样广阔。《玉树后庭花》之歌声业已沉寂，只有从古寺里传来稀疏的钟声还悠然在耳。先后在金陵建都的六朝，都如梦一样，时光流逝，岁月惊心。战争的痕迹已经泯灭了，豪华销尽了，只有月亮圆缺永恒。

　　大江中潮涨潮落，江岸上树木森森如毛发。谁能理解我这个被贬归来的人，年龄很大了而名节未立呢？虽然环境险恶，路途遥远，但我的志向不会动摇。在这不知谁造的楼上，我倚栏凝望，仿佛看到顽强的渔翁在独钓寒江雪。

【赏析】

　　这首词也作于李纲遭到贬谪后。作为著名的抗战派代表人物之一，李纲的宦海生涯随着朝廷和、战两派势力的激烈冲突而浮沉，但不管他身在何位，都坚决主张抗金。虽然他遭受投降派打击，一再遭贬，壮志难酬，但埋藏于他心中的愤慨之火却永不会熄灭。

　　这首"席上作"不是一般的席上酬酢之词，而是郁积于胸中忠愤不平之气的发泄，表现了他不甘屈服的坚强意志。该词与作者于宣和三年（1121）所写的《金陵怀古》诗四首有某些类似处，如"玉树歌沉月自圆""兵戈凌灭故城荒""豪华散尽城池古"。他的诗和词在思想感情上是一致的。这首词的语言风格也颇像诗，怀古中有伤今，感慨中有奋争，风格豪放、感情深沉，给人以深刻的启迪和向上的力量。

李清照

渔家傲

记　梦

　　天接云涛连晓雾，星河欲转①千帆舞。仿佛梦魂归帝所②。闻天语③，殷勤问我归何处。

我报路长嗟日暮，学诗谩有④惊人句。九万里风鹏正举⑤。风休住，蓬舟⑥吹取三山⑦去。

【注释】

①星河欲转：指拂晓前银河西移。

②帝所：天帝居住的宫殿。

③天语：天帝的话语。

④谩有：徒有。

⑤九万里风鹏正举：庄周《逍遥游》里说，大鹏鸟乘风上天，一飞就是九万里。

⑥蓬舟：如飘蓬一样轻快的船。古人以蓬根被风吹飞，比喻飞动。

⑦三山：古代神话说，东方大海里有三座仙山，叫作蓬莱、方丈、瀛洲，为仙人所居住，可以望见，但乘船前往，快到达时会被风吹开，故无人能至。

【译文】

满天迷漫的晨雾云涛与天相接，银河正在转动，似有千帆逐浪舞动。我的梦魂仿佛回到了天庭，天帝关心地问：你的归宿在何处。

我告诉天帝说：路漫漫，又至日暮之年，我能写出惊人的句子，却毫无用处。九万里长空大鹏鸟正展翅高飞。风啊！千万别停息，快将这如飘蓬一样的轻舟，送到三座仙山上去。

【赏析】

这首词是宋代著名女词人李清照（1084—1155，号易安居士）所作。她是著名学者李格非之女，金石考据家赵明诚之妻。早期生活优裕，金兵攻陷汴京后，流寓南方，明诚病死，境遇孤苦。能诗，长于词，自名一家，人称"易安体"，为婉约派的重要代表，有"千古第一才女"之称。其词前期多写闺情相思及对爱情的追求，后期主要是抒发伤时念旧和怀乡悼亡的情感。

这是一首托梦抒怀之词，作于李清照南渡之后的宋高宗建炎四年（1130），记述了作者的梦境。全词打破了上阕写景下阕抒情或情景交错的惯常格局，以故事性情节为主干，以人神对话为内容，实现了梦幻与生活、历史与现实的有机结合，写得雄浑开阔，奔放旷达，格调雄奇，音调豪迈，是婉约派词宗李清照的另类作品，具有明显的豪放派风格，洋溢着浪漫主义的情趣。梁启超看罢不禁感叹："此绝似苏辛派，不类《漱玉词》中语。"

胡世将

酹江月

秋夕兴元①使院作，用东坡赤壁韵。

神州沉陆，问谁是、一范一韩②人物。北望长安③应不见，抛却关西半壁。塞马晨嘶，胡笳夕引，赢得头如雪。三秦④往事，只数汉家三杰⑤。

试看百二山河⑥，奈君门万里，六师不发。阃外⑦何人回首处，铁骑千群都灭。拜将台⑧欹，怀贤阁⑨杳，空指冲冠发。阑干拍遍，独对中天明月。

【注释】

①兴元：秦时名南郑，为汉中郡治所，在今天的陕西汉中市。

②一范一韩：范指范仲淹，韩指韩琦。范韩二人曾主持陕西边防，西夏不敢骚扰。

③长安：借指汴京，代表已被金人占领的中原大地。

④三秦：当年项羽入咸阳后，把关中分封给秦降将章邯、司马欣、董翳，称"三秦"。

⑤汉家三杰：指汉初名臣张良、萧何、韩信。

⑥百二山河：语出《史记·高祖本记》，形容关中形势险要，二人扼守，可敌百人。

⑦阃（kǔn）外：指朝廷之外，或指边关。此指高宗建炎四年（1130）张浚合五路兵马与金兀术战于富平（甘肃灵武），诸军皆败之事。

⑧拜将台：指刘邦拜韩信为大将之台，在陕西西部。

⑨怀贤阁：是宋代为追怀诸葛亮而建的阁，在陕西凤翔东南。

【译文】

秋末在兴元使院作此词，用苏轼的《念奴娇·赤壁怀古》韵。

我神州大地沦丧，问谁会成为范仲淹、韩琦式的人物来保家卫国。北望中原已失，连函谷关以西的大半土地也抛弃了。在边塞，我清晨骑在嘶鸣的马背上出营，晚上伴着胡笳声宿营，所赢得的不过是满头的白发。收复"三秦"，只有汉初三杰再世了。

关中易守难攻，怎奈朝廷远遁万里之外，又不肯发兵。主张和议的人谁还记得边关的耻辱，诸路兵马都几乎被灭。拜将台歪在一边，怀贤阁不见踪影，我怒发冲冠又有何用。拍遍栏杆，只能独自仰望天空中的明月。

【赏析】

本词作者为胡世将（1085—1142，字承公）。胡世将崇宁五年（1106）登进士第，历任尚书右司员外郎、兵部侍郎、四川安抚制置使、川陕宣抚使、资政殿学士致仕等职。他积极抗金，对保卫西北边陲建立了战功。

宋高宗绍兴十年（1140），胡世将任川陕宣抚副使，治兵于兴元，积极抗金，刘锜、岳飞、韩世忠等人也在中原重击金兵，抗金形势大好。但不久，朝廷任用秦桧，力主和议，罢斥一批抗战派人士，把淮河至大散关以北土地拱手让人，本词作于同年秋。作者痛感朝廷失计、和议误国，满腔愤懑，发之于词。全词忧怀国事，着眼大局，感情饱满，激昂慷慨；风格沉郁悲壮，洒脱豪放。

赵 鼎

满江红

丁未九月南渡①，泊舟仪真②江口作。

惨结秋阴，西风送、霏霏雨湿。凄望眼、征鸿几字，暮投沙碛③。试问乡关何处是，水云浩荡迷南北。但一抹、寒青有无中，遥山色。

天涯路，江上客。肠欲断，头应白。空搔首兴叹，暮年离拆。须信道消忧除是酒，奈酒行有尽情无极。便挽取、长江入尊罍④，浇胸臆。

【注释】

①丁未九月南渡：丁未，即宋钦宗靖康二年（1127），北宋亡，九月赵鼎自中原南渡。

②仪真：即今仪征，在江苏长江北岸，靠近扬州。

③沙碛：沙滩。

④尊罍（léi）：古时像壶的一种酒器。

【译文】

丁未年九月，我自中原南渡，在泊舟仪真江口时，作了本词。

秋季的寒空阴云密布，西风惨惨，阴雨霏霏。仰望天空，凄凉冷落，只有几行飞鸿在暮色中向水边沙滩投宿。试问时局动乱之下何以为家，水云浩荡，南北迷茫，乡关不见。只有一抹寒青和隐隐约约的山色。

行路不知去天涯海角，在江面上漂泊为客。愁肠欲断而头白。徒有搔首兴叹，竟在垂暮之年背井离乡。人都说酒能解愁，怎奈有限的酒不能解无限的愁。那就挽取长江的滚滚洪流入酒杯，或许能冲洗一番这满怀的积闷。

【赏析】

这首词所写是宋室南渡前夕的形势和作者的心情。赵鼎（1085—1147，字元镇）是宋高宗时政治家、名相、词人。他力主抗战，为秦桧所构陷，多次远贬，最后绝食而亡。

此词上阕愁云惨淡，境界凄凉；下阕音节高亢，笔力奇矫，特别词末"便挽取、长江入尊，浇胸臆"等句，笔势盘旋峭拔，如神龙掉尾，雄浑豪放。全词疏朗豪健，气势畅达。陈廷焯《白雨斋词话》论宋南渡后的词时，首举此词，认为"此类皆慷慨激烈，发欲上指，词境虽不高，然足以使懦夫有立志"。

向子諲

秦楼月

芳菲歇，故园目断①伤心切。伤心切，无边烟水，无穷山色。

可堪②更近乾龙节③，眼中泪尽空啼血。空啼血，子规④声外，晓风残月。

【注释】

①目断：望断。

②可堪：怎么能忍受。

③乾龙节：北宋钦宗赵恒的生日（四月十三日），定名"乾龙节"。

④子规：杜鹃鸟。

【译文】

暮春时节，芳菲飘落，春天已尽，登高遥望故国，内心悲伤痛切。悲伤痛切，故国有无边的云烟，有无穷秀美的山色。

更不能忍受的是眼看就要到乾龙节了，让人眼中空啼以至泪尽啼血。在凄厉的杜鹃声外，是一弯残月挂在风中的天空。

【赏析】

向子諲（1085—1152，字伯恭）于哲宗元符三年（1100）以荫补官。他与李纲关系密切，所以多次被罢官。其诗以南渡为界，前期风格绮丽，南渡后多伤时忧国之作。

这首词作于"靖康之变"后的一个暮春，是向子諲仿李白《秦楼月》而作，李词有"秦娥梦断秦楼月"句，故以"秦楼月"为名。此词从春尽花谢落墨，联想到中原"故庐"，再推及整个沦陷的北方，更想到身陷异地的钦宗帝后，最后以悲凉的景语作结，又一波三折地抒发了词人对故居的怀念，对中原沦丧的痛心和对南宋朝廷不思收复失地的不满。全词情景交融，格调苍凉，感情真挚，充满了悲愤、哀悼的气氛。

蒋兴祖女

减字木兰花

题雄州驿

朝云横度，辘辘车声如水去。白草黄沙^①，月照孤村三两家。

飞鸿过也，万结愁肠无昼夜。渐近燕山^②，回首乡关归路难。

【注释】

①白草黄沙：象征北方凄凉的景色。

②燕山：山名，在河北北部，宋时边境。

【译文】

早上的天空突然乌云横来，辘辘的车轮声绵延不断，大批妇女如水一般被掳北去。满地的枯草，莽莽的黄沙，月光清冷地照着只有三两户人家的荒村。

大雁南飞，万结愁肠昼夜折磨着我。燕山脚下的燕京已经不远了，回头遥望那故国乡土，要顺着此路回家比登天还难。

【赏析】

这是北宋灭亡之际一位被金人掳去的弱女子写的词，其名不详，只知道她是蒋兴祖之女，宜兴（今属江苏）人。其父蒋兴祖，靖康时阳武令（河南原阳县令），金人入侵时，城破被围，坚持抗敌，英勇不屈，妻与子一同遇难。其女年仅十五岁，能诗词，不幸被敌掳去，北行途中在雄州（今河北省雄县）的驿馆作此词。事见韦居安《梅涧诗话》。

此词描述被虏北行之经历，抒发国破家亡之巨痛。上阕写开始被押北行途中的情景，下阕写继续北行直至雄州的情景。上阕侧重写所见，以写景为主；下阕侧重写所思，以抒情为主。虽然全词写的是个人的不幸，却反映出当时广大人民的普遍遭遇，强烈的怀国思乡之情和深沉的亡国丧家之恨一齐倾泻出来，字字血泪。仔细体味，真是感人涕下。

王以宁

水调歌头

呈汉阳使君

　　大别①我知友，突兀起西州。十年重见，依旧秀色照清眸。常记鲒碕②狂客，邀我登楼雪霁，杖策拥羊裘。山吐月千仞，残夜水明楼③。

　　黄粱梦，未觉枕，几经秋。与君邂逅，相逐飞步碧山头。举酒一觞今古，叹息英雄骨冷，清泪不能收。鹦鹉④更谁赋，遗恨满芳洲。

【注释】

①大别：大别山。此处指在大别山脉汉阳县东北的部分。

②鲒碕：山名，在今浙江奉化县东南。此"鲒碕狂客"指"汉阳使君"，点出其籍贯。

③"山吐月千仞"两句：袭用杜甫的《月》诗"四更山吐月，残夜水明楼"。

④鹦鹉：指《鹦鹉赋》。东汉末年祢衡曾在汉阳的鹦鹉洲写了《鹦鹉赋》，抒发怀才不遇的愤慨。

【译文】

　　大别山，我的知心朋友，高高地耸立在西州。十年后重见，山色依旧秀丽，映照着你清澈的眼眸。常常想起豪爽狂放的汉阳使君，在雪后放晴时邀请我登楼，挂着竹杖，披着羊裘一起赏景。在千仞群山中，月亮像从山头吐出来一样升起，真

如杜甫所言，明月照水，水光反射于楼台。

世事变迁犹如黄粱一梦，眨眼之间，已经匆匆数年。这次与君偶然相逢，你追我赶地再次奔向大别山的碧绿山巅。举杯痛饮，畅谈今古，叹息古时"英雄骨冷"，酒到酣时清泪难收。谁还能写出比《鹦鹉赋》更能体现彼此心情的诗篇，只有满腔遗恨在这芳草萋萋的鹦鹉洲。

【赏析】

王以宁（约1090—1146，字周士）是两宋之际的爱国词人。他曾为国奔波，靖康初年征天下兵，只身一人从鼎州借来援兵，解了太原围。后因事被贬。

这是作者送给自己志同道合的朋友汉阳使君的一首词，汉阳使君姓名无法知晓，从词中知道他二人阔别十年又相逢，面对大别山（在汉阳县东北），感慨万端，于是写下这首慷慨的词。作者对十年前后游览大别山的描写，文笔飞动：十年前逸兴遄飞，壮志满怀；十年后是在仕途险阻、人世变迁之后，感情转入苍凉深邃，怀古幽怨。全篇情景结合，境界宏大，雄伟开阔，旷达豪放。

陈与义

临江仙

高咏楚词酬午日①，天涯节序②匆匆。榴花不似舞裙红。无人知此意，歌罢满帘风。

万事一身伤老矣，戎葵③凝笑墙东。酒杯深浅去年同。试浇桥下水，今夕到湘中④。

【注释】

①酬午日：过端午节。

②节序：节令。

③戎葵：蜀葵，夏日开花，花开五色，似木槿，有向阳特性。

④湘中：湘江水中。这里指屈原殉难处。

【译文】

我放声吟诵楚辞来度过端午。流落天涯，节序匆匆。过去京师里的舞者裙衫飘飞，比石榴更红更美。没有人能懂得我此时的心意，慷慨悲歌后，只有风吹着窗帘。

人老了，一切欢娱都已成往事。我的爱国心像蜀葵仍然向着东边的太阳凝笑。杯中酒的深浅看起来与往年相同，我把它浇到桥下的江水中，或许江水今晚就能把酒带到屈原那里去。

【赏析】

陈与义（1090—1138，字去非）是南北宋之交的著名诗人，"洛中八俊"之一。同时也工于填词，存词仅十余首，风格近于苏东坡。陈与义曾是朝廷重臣，他本想承担北伐中原、匡扶宋室的大事，但无法实现。建炎三年至四年（1129—1130），他流寓湖南、湖北一带，当时，宋高宗实行屈辱投降的卖国政策，以致国事日衰。时值端午节凭吊屈原，作者忧叹时局、自伤流落，于是挥笔写下了这首词。

词中从高歌其辞赋到酹酒江水，显示出作者对屈原的凭吊，其强烈的怀旧心情和爱国情感，已付托于这"试浇"的动作及"桥下水，今夕到湘中"的遐想之中。全词怀古伤今，语意超绝，满腔豪情溢于言表。其沉郁豪壮，有苏轼之风。

临江仙

夜登小阁忆洛中旧游

忆昔午桥①桥上饮，坐中多是豪英。长沟流月②去无声。杏花疏影里，吹笛到天明。

二十余年如一梦，此身虽在堪惊。闲登小阁看新晴。古今多少事，渔唱起三更。

【注释】

①午桥：在古洛阳之东南。

②长沟流月：月光随着流水悄悄地消逝。

【译文】

回想当年在午桥的桥头饮宴，在座的人都是英雄豪杰。月光随着河水悄悄地消逝。在杏花稀疏的影子里吹起短笛，一直欢乐到天明。

二十多年仿佛一场梦，在亡国的变乱中虽活了下来，但回想起来却心有余悸。闲来登上阁楼看雨后初晴的景致。古今多少兴亡事，都只不过让渔人在半夜里当歌唱唱罢了。

【赏析】

这首词是陈与义晚年退居青墩镇僧舍时所作。他是洛阳人，追忆起二十多年前的洛阳中旧游。那时是徽宗政和年间，当时天下太平，可以有游赏之乐。"靖康之难"后，宋室南渡，他也因之开始了流亡生涯，饱受国破家亡的痛苦。多年后他夜登小阁回想起青壮年时在洛阳与友人诗酒交游的情景，不禁感叹今昔巨变，写下了这首词。

本词上阕写对已经沦落敌国之手的家乡以及早年自在快乐生活的回顾。下阕宕开笔墨回到现实，概括自己从踏上仕途所经历的劫后余生和颠沛流离的感受。结句将古今悲慨、国愁家恨，都融入"渔唱"之中，将沉挚的悲感化为旷达的襟怀。全词以对比的手法，明快的笔调，表情达意真切感人，韵味深远绵长。

张元干

石州慢

己酉秋吴兴舟中作

雨急云飞，惊散暮鸦，微弄凉月。谁家疏柳低迷①，几点流萤明灭。夜帆风驶，满湖烟水苍茫，菰蒲零乱秋声咽。梦断酒醒时，倚危樯清绝。

心折②。长庚③光怒，群盗④纵横，逆胡猖獗。欲挽天河，一洗中原膏血。两宫⑤何处？塞垣⑥只隔长江，唾壶⑦空击悲歌缺。万里想龙沙⑧，泣孤臣吴越。

【注释】

①低迷：模糊不清的样子。

②心折：比喻伤心至极。江淹《别赋》："使人意夺神骇，心折骨惊。"

③长庚：金星，又名太白星。古人认为，金星主兵戈之事。

④群盗：指内部叛乱。宋高宗建炎二年（1128）十二月，济南知府刘豫叛宋降金。三年，苗傅、刘正彦作乱，逼迫高宗传位太子，兵败被杀。

⑤两宫：指宋徽宗与宋钦宗。

⑥塞垣：边界。当时南宋与金国夹长江之岸陈兵。

⑦唾壶：典出刘义庆《世说新语·豪爽》"王处仲每酒后，辄咏'老骥伏枥，志在千里。烈士暮年，壮心不已'。以如意打唾壶，壶口尽缺"。这里借用来抒发抗金抱负不能实现的悲愤。

⑧龙沙：沙漠，泛指塞外，这里指宋徽宗、钦宗囚禁的地方。

【译文】

一阵飞云急雨，惊散了傍晚的乌鸦，雨过天晴，清冷的月亮挂在秋空。稀疏的柳枝，在暮色中身影朦胧，几只萤火虫飞来飞去，发出忽明忽灭的亮光。在夜幕下扬帆乘风行舟，湖水与烟雾连在一起，一片苍茫，水中杂乱的芰白和蒲柳被秋风吹得瑟瑟悲鸣。酒醒梦断时，孤独地依在桅杆上，心中蕴藏着深深的悲愁。

伤心至极。太白星发怒，内贼纵横，金兵猖獗。多么希望能引来天河之水，冲刷掉中原的脂血。徽、钦二帝如今在何处？现在与金国仅有一江之隔，我再有壮志也报国无门，只不过与南朝时的王处仲一样，白白击碎唾壶，甚至连悲歌都不能唱。想到徽、钦二帝被囚禁的北蛮沙漠，我这个不被重视的臣子只能在万里之外的吴越之地痛哭流涕。

【赏析】

张元干（1091—约1161，字仲宗）的这首词作于宋高宗建炎三年（1129）春天，这一年为己酉年。当时，金兵继续南侵，高宗从扬州狼狈不堪地渡江逃走，江北地区完全失守。这时张元干正在吴兴（今浙江湖州）避难。同年秋，他乘舟夜渡，抚事生哀，写下了这首悲壮的词作，抒发他收复中原的豪迈气概和壮志难酬的悲愤心情，还因此遭朝廷奸臣之谤，幸汪藻援救得以免罪。

此词情景交融，上阕所写的凄凉暗淡的景物，既包含着作者悲凉抑郁的感情，又暗寓着动荡危亡的政治局面；下阕提到的"长庚""天河"，也是作者抬头所见的空中星宿。作者从此展开联想，进行议论和抒情，写出了自己的满腔悲愤与豪情壮志。全词寄寓国事，慷慨悲壮，一洗绮罗香泽之态，语言豪壮遒劲，音调激昂，耐人回味。

水调歌头

建炎庚戌题吴江

平生太湖上，短棹几经过。如今重到，何事愁比水云多。拟把匣中长剑，换取扁舟一叶，归去老渔蓑。银艾^①非吾事，丘壑^②已蹉跎。

脍新鲈，斟美酒，起悲歌。太平生长，岂谓今日识兵戈。欲泻三江^③雪浪，净洗胡尘千里，不用挽天河^④！回首望霄汉^⑤，双泪堕清波。

【注释】

①银艾：银印和像艾草一样拴印的绿绶带。借指当官。
②丘壑：指山野幽僻的地方。此指隐者所居之处。
③三江：指流入太湖的吴淞江、娄江、东江。
④挽天河：出自杜甫《洗兵马》诗句"安得壮士挽天河，净洗甲兵长不用"。
⑤霄汉：即高空，暗喻朝廷。

【译文】

我这一生在这浩瀚无际的太湖上曾多次泛舟。如今重游太湖，为何我心头的忧愁却比这如云的太湖水还要多？我想把准备驰骋疆场的长剑换成一叶垂钓的扁舟，归隐江湖，去做渔翁。当官不是我的事，我曾经为此耽误了太多隐居的快乐时光。

吃着脍炙好的新鲜鲈鱼，喝着美酒，我不禁唱起了悲歌。我这个在太平时代生长的人，怎会想到如今却遭遇着战争的动乱？我真想倾泻三江洪涛巨浪，涤荡千里中原的胡尘，绝不要休战求和。但回头来看看朝廷，朝廷无意收复失地，让人伤心垂泪。

【赏析】

这首词题于吴江桥下，并未署名，但从时间和词的风格与水平上看，应是张元干所作。从题名可以看出，这首词作于建炎庚戌，也就是 1130 年。前一年，张元干赋《石州慢·己酉秋吴兴舟中作》词，表达对抗金斗争的支持，遭朝廷奸臣之谤，虽然得以免罪，但也只能辞官退隐，啸傲山水。张元干年轻时就曾多次游太湖，从前游太湖，北宋还没有灭亡，而现在却是国土沦丧，胡骑南窥，所余的半壁河山也危在旦夕，南宋朝廷偏安一隅，苟安求和，醉生梦死。元干空有报国之心，却无报国之路，愁情满怀，却无计消除，此词正表达了这样的心绪。

词的上阕写江山破碎的悲怆心情，重点写功业无成而将隐居江湖的忧伤情怀。实际上作者并非真要隐居，而是一种不满现实而无可奈何的情绪流露。下阕主要抒写抗金的抱负，表明三江人民有足够的力量抗金，但南宋小朝廷是绝不会支持人民起来抗金的，所以词的最后以空洒热泪作结。

这首词深沉激愤，慷慨悲壮，每个字的后面都激烈跳荡着一颗被压抑的爱国心，反映了在国事不宁的情况下个人身心无处寄托的彷徨和苦闷，唱出了宋室南渡初期志士仁人的心声，有力地斥责了南宋王朝的腐朽无能。所以这首词虽在吴江长桥下，却不胫而走，后来传入宫廷，宋高宗赵构与丞相秦桧"追查甚力""不得"。

贺新郎

寄李伯纪丞相

曳杖危楼去。斗垂天、沧波万顷，月流烟渚。扫尽浮云风不定，未放扁舟夜渡。宿雁落、寒芦深处。怅望关河空吊影，正人间、鼻息鸣鼍鼓①。谁伴我，醉中舞？

十年一梦扬州路。倚高寒、愁生故国，气吞骄虏。要斩楼兰②三尺剑，遗恨琵琶旧语③。谩暗涩、铜华④尘土。唤取谪仙平章看，过苕溪⑤、尚许垂纶否？风浩荡，欲飞举。

【注释】

①鼻息鸣鼍（tuó）鼓：鼻息犹如鼍皮鼓般鸣响。鼍，扬子鳄，俗称猪婆龙。

②斩楼兰：借用李白《塞下曲》"愿将腰下剑，直为斩楼兰"诗句。西汉傅介子出使西域，曾设计在宴席上刺杀攻击汉使者的楼兰王。这里以楼兰王比喻金人。

③琵琶旧语：汉元帝时王昭君出嫁匈奴，她善弹琵琶，有乐曲《昭君

怨》。这里作者借用这个典故讽刺南宋朝廷向金统治者屈辱投降。

④铜华：指铜花，即铜锈。

⑤苕溪：水名，在浙江省，源出天目山，流经吴兴入太湖。

【译文】

携手杖独上高楼。北斗星低低地垂挂在夜空，沧江翻起万顷波浪，月光在烟雾迷蒙的水中小洲上流泻。浮云已被大风吹尽仍然不停，我无法坐小船夜渡来和你相会。南飞的大雁停栖在寒冷的芦苇深处。我惆怅地遥望分裂的山河，顾影自吊，只听到人们发出的鼾声像敲打鼍鼓。还有谁肯陪伴我乘着酒兴起舞？

十年前扬州惨遭兵乱仿佛一场噩梦。独倚寒气逼人的高楼上，满心怀愁故国，恨不得一气吞下骄横的金人。像汉代使臣傅介子提剑斩楼兰王那样对付金人，可惜如昭君出塞和亲，琵琶曲中空留怨恨。我的宝剑白白地蒙上尘土，生了锈，显得没有光泽。希望你能像李白一样，再议朝政，岂能就此隐退苕溪垂钓自遣而不问国事？大风浩荡，不停地吹着，我们坚决不能消沉下去，要乘风飞举。

【赏析】

这首词是张元干为送别李纲（字伯纪）而作。《贺新郎》是《金缕曲》的别名。张元干曾为李纲僚属，协同抗金。李纲被罢，他亦获罪。绍兴元年（1131）以将作监丞致仕。绍兴八年（1138），秦桧、孙近等筹划与金议和、向金营纳贡，李纲坚决反对，在福州上疏反对朝廷议和卖国。张元干得知李纲上疏之事，作此词以赠。后因此遭秦桧迫害削籍除名。

这首词上阕写词人登高眺望江上夜景，并引发出孤单无侣、众醉独醒的感慨。下阕运用典故以暗示手法表明对明朝屈膝议和的强烈不满，并表达了自己对李纲的敬仰和支持，希望李纲东山再起，收复失地，重整朝纲。全词写得慷慨悲凉、愤激，其忠义之气，溢于字里行间，感人至深，成为千古名篇。

贺新郎

送胡邦衡待制赴新州

梦绕神州路。怅秋风、连营画角①，故宫离黍。底事昆仑倾砥柱，九地黄流乱注。聚万落千村狐兔。天意从来高难问，况人情老易悲难诉。更南浦②，送君去。

凉生岸柳催残暑。耿斜河③，疏星淡月，断云微度。万里江山知何处？回首对床夜语。雁不到，书成谁与？目尽青天怀今古，肯儿曹④恩怨相尔汝⑤！举大白，听金缕⑥。

【注释】

①画角：从西羌传入的一种管乐器，表面有彩绘，古时军中多用以警昏晓，振士气，肃军容。帝王出巡，亦用以报警戒严。

②南浦：南面水边，代指送别之地。

③耿斜河：明亮的银河。

④儿曹：儿辈。

⑤恩怨相尔汝：借用韩愈《听颖师弹琴》诗句"妮妮儿女语，恩怨相尔汝"。指儿女亲昵之语。

⑥金缕：即《金缕曲》，又名《贺新郎》，即指此词。

【译文】

我辈梦魂一直在未收复的中原之路上。在萧瑟的秋风中，军号连绵不断，故都汴京的宫殿已成废墟，禾黍稀疏，一片荒凉。为何黄河之源昆仑山的天柱和黄河的中流砥柱都崩溃了，以致浊流泛滥。人口密聚的万千村落都变成了狐兔盘踞横行之地。天高难问其意，何况我与君都老了，容易产生悲情而无人倾诉。如今又要和你分别，只能送君远去。

此时残暑渐消，柳枝被有些凉意的风吹起。直到夜幕降临，银河斜转，疏星残月，云儿飘浮。君到新州路遥万里，不知胡公今夜流落到何处？过去与君对床夜语是多么美好。人都说大雁能传书信，但北雁南飞到衡阳而止，君去的地方宾鸿不至，书信将请谁寄付？不过我们都是看天下、怀古今之人，岂肯像小儿女那样只关注亲昵之语？举起酒杯，听我吟唱这支《金缕曲》吧。

【赏析】

这首词是张元干为送别胡铨（字邦衡）而作。胡铨因曾上疏反对议和，请斩秦桧和使臣王伦、参政孙近等以谢天下，遭到报复，连续被贬谪。绍兴十二年（1142），胡铨在福唐（今福建福清）再次接到谪命，由福唐出发到新州，经福州时，张元干激于义愤，不顾个人安危，挺身而出，作此词为胡铨送行。后因此而被削职为民，并被抄家入狱。

此词上阕形象地概括了北宋灭亡的历史事实，作者通过对北宋灭亡、汴京荒凉的描写，表达了对国事的忧伤，并点明送别；下阕表达对南宋朝廷的不满和对胡铨的慰勉。全词感情慷慨激昂，悲壮沉郁，豪迈刚健，表达了作者忧国忧民的悲壮情怀以及对胡诠的深挚感情。这首词与寄赠李纲的《贺新郎》一样，写得慷慨悲凉、愤激，其忠义之气，溢于字里行间，表现了作者刚正不阿、坚持正义的爱国主义精神。

浣溪沙

云气吞江卷夕阳，白头波上电飞忙。奔雷惊雨溅胡床。
玉节①故人同壮观，锦囊公子②更平章③。榕④阴归梦十分凉。

【注释】

①玉节：古代玉制的符节，常指代显赫官员。

②锦囊公子：本指唐代常背锦囊觅诗的诗人李贺，此处指文人雅士。

③平章：点论。

④榕：指作者的故乡福州，有"榕城"之称。

【译文】

云气排山倒海而来，有吞没江水、席卷夕阳之势。白头巨浪迅猛扑来，闪电一般转眼出现又倏忽即逝，涛声如雷，浪花飞溅，打湿观潮人的胡床。

达官贵人和联袂而至的亲朋故旧都为这壮观的景象惊叹，文人雅士更是兴致勃勃地点评。而我的思绪飞回到故乡福州，内心十分凄凉。

【赏析】

这是一首观潮之作。作品写景状物，气势飞动，壮阔豪放，令人怵目，潮水和观潮之人合成了一个热闹非凡的欢潮图。但宏大热闹的场面，丝毫不能消除他心中的寂寞，而只有对家乡的思念才能多少减轻他精神上的无限之感。全词前后形成鲜明的反差，其味隽永，耐人咀嚼。此词在张元干那慷慨悲壮的词作中是一篇另有一番滋味的短歌。

水调歌头

追　和

举手钓鳌客①，削迹种瓜侯。重来吴会②，三伏行见五湖秋③。耳畔风波摇荡，身外功名飘忽，何路射旄头④？辜负男儿志，怅望故园愁。

梦中原，挥老泪，遍南州。元龙⑤湖海豪气，百尺卧高楼。短发霜粘两鬓，清夜盆倾一雨，喜听瓦鸣沟。犹有壮心在，付与百川流。

【注释】

①钓鳌客：出自神话传说：渤海之东有五座山，常随海潮上下漂浮，不能固定。天帝于是命十五只巨鳌轮番用头顶住五山使之不动。而龙伯之国有位巨人，不几步就到了五山。一次就钓起六只巨鳌，并背回其国。后世用以比喻抱负远大或举止豪迈。

②吴会：即吴县。

③三伏行见五湖秋：拈用作者以前所作《水调歌头·同徐师川泛太湖舟中作》"莫道三伏热，便是五湖秋"字面。

④旄头：昴宿星，此指金兵。

⑤元龙：指东汉末年的陈登，字元龙，有英雄气概。《三国志·陈登传》载，许汜曾见元龙，元龙因他只作个人打算，便不与他交谈，让他睡在下床，刘备批评许汜：您素有国士之风，现在天下大乱，陈登希望您忧国忘家，可是你却向他提出买田宅屋舍的要求，言谈也没什么新意。要是我，就自己睡在百尺高楼，而让你（许汜）睡在地上。下句"百尺卧高楼"即指刘备此言。

【译文】

我从前有叱咤疆场的"钓鳌"之志，现在却只能隐身匿迹，像邵平那样种瓜。辞官归隐后又一次游吴县，现在虽是三伏天却能欣赏到太湖秀丽的秋景。身行于风波荡漾的太湖，想自己功名未就，怎么才能找到拉弓射金兵的请缨之路？时事辜负了我一腔雄心壮志，只能心怀惆怅地回望故土愁愤交加。

无数次梦到自己回到中原，老泪洒遍江南的大地。我像陈元龙一样充满了豪气，不似求田问舍的许汜。梦醒来，对镜自望，我看到自己两鬓已经染霜了，外面倾盆大雨，在屋顶瓦沟上哗啦脆鸣，带来了一丝喜悦。我的雄心壮志依然在，同雨水汇入百川而归大海，是人心所向。

【赏析】

此词标题作"追和"，即若干年后和他人词或自己的旧作。查《水调歌头·同徐师川泛太湖舟中作》中有"想元龙，犹高卧，百尺楼"及"莫道三伏热，便是五湖秋"等句，抑或是本词所和之篇。题中的徐师川，即徐俯（字师川），张元干曾从其学诗。

这首词作于张元干辞官南归大约二十年后，重游吴地之时。此词先写作者自己心境，展示一个浪迹江湖的奇士形象，再写远望故国时百感交集的心情，表达了作者心中的不平以及壮志难酬而壮心犹在的复杂感情。全词处处交织在壮志难酬而壮心犹在的复杂感情之中，悲愤激昂，词笔驰骋。读来让人心潮澎湃，起伏万千，具有极强的艺术感染力。本篇是张元干词中最杰出的作品之一，开张孝祥、陆游、辛弃疾爱国词之先河，具有较高的艺术价值。

胡 铨

好事近

富贵本无心，何事故乡轻别？空使猿惊鹤怨①，误薜萝②秋月。

囊锥③刚要出头来，不道甚时节！欲驾巾车④归去，有豺狼当辙！

【注释】

①猿惊鹤怨：化用孔稚圭《北山移文》诗句"蕙帐空兮夜鹤怨，山人去兮晓猿惊"。表达自己急切归隐的心情。

②薜萝：薜荔和女萝。两者皆野生植物，常攀缘于山野林木或屋壁之上。后借以指隐者或高士的处所。

③囊锥：比喻显露才华。典出《史记·平原君虞卿列传》，平原君说："夫贤士之处世也，譬若锥之处囊中，其末立见。"

④巾车：最早是古代一种官名。也作地名，指冯异归顺刘秀之地。"巾车"也有表示整车出行、郑重其事的意思。后来巾车也指有帷幕的车子。

【译文】

我本来就对功名富贵没有兴趣，为什么鬼使神差似的轻易离开了故乡？让那些猿鹤都埋怨我离开了它们。那些披满薜荔、女萝的幽居，清风朗月的风景都被耽误了。

153

我本来可以像毛遂那样显露自己的才能，没想到遇上了权奸在位的时势。我想要驾着车归隐田园，可是路上有豺狼当道，想回去也就没那么容易了。

【赏析】

这是胡铨（1102—1180，字邦衡）入仕不久的一篇词作。他是建炎二年（1132）进士，1137年充枢密院编修官。1138年，宋金和议即将签订之前，胡铨冒死上奏，极言向金人称臣之不可行，并请斩王伦、秦桧、孙近三个奸臣之头以谢天下。结果立即遭到投降派的陷害、打击，被革去官职，并送往昭州（今广西平乐县）编管，后改监广州盐仓，第二年改威武军判官。绍兴十二年（1142）又除名，编管新州。绍兴十八年（1148），再次遭贬至吉阳军（今海南省崖县崖城镇）。

本词上阕是说自己无意富贵，却放弃了山中的美景，走上仕途，由现在想到当初的轻率而懊悔，表现出对"薜萝秋月"生活的怀念，对故乡的感怀。当然，作者并非只为抒发此种情绪，他写悔恨写得那么痛切，另有所指。下阕用毛遂自荐的典故，说明奸臣当道，自己没有认清世道，实际上是在骂那些主和误国、陷害忠良的人，为忠正之士无法出头而鸣不平。全词笔墨酣畅，意气慷慨，表现了他不与投降派同流合污的高风亮节。对此，朱熹赞扬道："如胡邦衡之类，是甚么样有气魄！做出那文字是甚豪壮！"

醉落魄

辛未九月望和答庆符

百年强半，高秋犹在天南畔。幽怀已被黄花乱。更恨银蟾，故向愁人满。招呼诗酒癫狂伴。羽觞到手判无算。浩歌箕踞巾聊岸[1]。酒欲醒时，兴在卢全碗[2]。

【注释】

①巾聊岸：掀起头巾露出前额，不拘形迹。

②卢全碗：唐代诗人卢全饮茶的碗。卢全曾写过一首玉川茶歌《走笔谢孟谏议寄新茶》，表达对茶农们的深刻同情。

【译文】

我已年近半百，秋高气爽仍然在南天之涯大海之角。金黄的菊花使郁结于心中的愁闷更加烦乱。更恨皓月圆满。向故土望去，愁绪涌满了心头。

邀来被视为癫狂的那些抗金志士，和他们作诗饮酒。端起酒杯的次数无法计算。我们大声吟唱，两脚岔开似簸箕地坐着，不拘形迹，旁若无人。酒要醒时，我们又思用卢仝碗饮茶。

【赏析】

1151 年，南宋投降派把持朝政，向金国屈膝称臣，签订"和议"，排挤、陷害爱国志士。当时爱国志士张伯麟（字庆符）过中贵人白谔门，见灯盛设，取笔题字曰："夫差，而忘勾践之杀尔父乎？"秦桧闻之，下庆符于狱，捶楚无全肤，流吉阳军。当时胡铨也因上疏力诋和议，请斩秦桧，后又因作《好事近》被诬为"讪谤"，而一贬再贬，终至吉阳军（今广东崖县）。这首词是胡铨作为"罪人"在那险恶的政治气氛下写作的。

此词将叙事抒情浑然一体，上阕抒情兼叙事，下阕叙事又抒情，互为作用，相辅而行。作者触犯秦桧被贬天南，年近半百，因报国无门而抑郁愤懑。因此招集友人赋诗狂饮，放声高歌，放浪形骸，又借卢仝饮茶的典故，表现了作者壮志难酬的悲愤和希图解脱的苦闷心情。全词抒情由隐而显，层层递进，语似平淡而词意深沉，用典恰当，风格豪放自然。

岳　飞

满江红

登黄鹤楼有感

遥望中原，荒烟外、许多城郭。想当年，花遮柳护，凤楼龙阁。万岁山[①]前珠翠绕，蓬壶殿里笙歌作。到而今、铁骑满郊畿[②]，风尘恶[③]。

兵安在？膏锋锷[④]。民安在？填沟壑。叹江山如故，千村寥落。何日请缨提锐旅，一鞭直渡清河洛。却归来、再续汉阳游，骑黄鹤。

【注释】

①万岁山：北宋末年汴梁最大最美的园林，消耗了大量民力民财。宋徽宗曾与全国山水名胜比较后说，此地把各地美景"并包罗列，又兼胜绝"。

②郊畿：京城郊外王畿之地。

③风尘恶：战乱不断，形势险恶。

④膏锋锷：滋润兵器的尖端。膏，滋润。锋，兵器的尖端。锷，剑刃。

【译文】

在黄鹤楼之上遥望中原失地，只见在荒烟笼罩下，仿佛有许多城郭。想当年，汴京城里花多得挡住视线，柳多得遮住城墙，宫阙壮丽，气象威严。万岁山前、蓬壶殿里宫女成群，歌舞升平。而到了今天，汴京城内外惨遭金人铁骑践踏，风尘漫漫，形势如此险恶。

汴京城存活的士兵在哪里？他们的血滋润了兵器的尖端。中原活着的黎民在哪里？他们的尸首填满了溪谷。可叹大好河山依如往昔，却千村寥落。我何时才能请缨出战，率锐师北伐，策马扬鞭横渡黄河洛水。待收复中原后归来，再来汉阳登黄鹤楼。

【赏析】

这首词是南宋抗金名将、民族英雄岳飞（1103—1142，字鹏举）在鄂州所作。岳飞是中国历史上著名军事家、战略家，民族英雄，位列南宋"中兴四将"之一。他于北宋末年投军，从1128年遇宗泽起到1141年为止的十余年间，率领岳家军同金军进行了大小数百次战斗，所向披靡，金人流传有"撼山易，撼岳家军难"的评语，表达对"岳家军"的由衷敬畏。岳飞的文学才华也是将帅中少有的，他留存至今的词有三篇，此为较早的一篇。后人另辑有文集传世。

绍兴三年（1133）十月，金朝傀儡伪齐政权刘豫的军队，攻占南宋的襄阳、唐、邓、随、郢诸州府和信阳军，切断了南宋朝廷通向川陕的交通要道，也直接威胁到湖南、湖北的安全。绍兴四年（1134）春，岳飞上《乞复襄阳札子》，提出收复陷于伪齐政权的襄阳六郡，奏议得到朝廷许可，但高宗又特别规定岳家军不得称"提兵北伐或言收复汴京"，只以收复六郡为限。四月十九日，岳家军又重返战场。仅三个月，岳飞就收复襄阳六郡，震动了宋廷，命岳飞班师回朝。岳飞只得率部回鄂州（今湖北武汉市）驻屯。在鄂州，岳飞到黄鹤楼登高，北望中原，写下了这首抒情感怀词。

本词上阕以中原当年的繁华景象来对比如今在敌人铁骑蹂躏之下的满目疮痍，用今昔对比手法，往昔的升平繁华，与目前的战乱险恶形成强烈反差，表露了作者忧国忧民的爱国感情和报国壮志难酬的悲愤心情。下阕叹息在金国的侵略下，士兵牺牲，百姓死亡，景况萧条，最后希望再次率师北伐，收复失地后回来重游黄鹤楼。全词视野广阔，情怀激越，语言洗练明快，表现了爱国名将一腔忠愤、满怀壮志的浩然胸襟。

满江红

怒发冲冠，凭栏处、潇潇雨歇。抬望眼，仰天长啸，壮怀激烈。三十①功名尘与土，八千里路云和月。莫等闲、白了少年头，空悲切！

靖康耻②，犹未雪。臣子恨，何时灭！驾长车，踏破贺兰山③缺。壮志饥餐胡虏肉，笑谈渴饮匈奴④血。待从头、收拾旧山河，朝天阙⑤。

【注释】

①三十：此指三十年。

②靖康耻：此指靖康二年（1127）金兵攻陷汴京，掳走徽、钦二帝之事。

③贺兰山：位于邯郸市磁县境内。一说是位于宁夏回族自治区与内蒙古自治区交界处。

④匈奴：古代北方少数民族，此指金兵。

⑤天阙：本指宫殿前的楼观，此指皇帝生活的地方。

【译文】

我感到怒发冲冠，在栏杆边直到潇潇风雨停歇。抬头远望，我禁不住仰天长啸，胸怀壮志，心潮澎湃。三十多岁了，还未立功名，但我在乎的并非那如尘土的功名，我渴望的是八千里征战，只要征途上有云月做伴。不要虚度光阴，白了少年头，到那时徒有悔恨悲切。

靖康二年的国耻尚未洗雪。臣子的愤恨，何时才能消除！我只想驾着战车长驱直入，把贺兰山敌人的营垒攻破。我饥饿时吃敌人之肉，口渴时喝敌人之血。我有这个雄心壮志，我相信笑谈之间就可以做到这些。待我从头收复中原山河，再带着捷报去金銮殿觐见皇上。

【赏析】

这首词是岳飞千古传诵的不朽之作，代表了岳飞"精忠报国"的英雄之志，表现出一种浩然正气、英雄气概，表现了报国立功的信心和乐观主义精神。上阕写作者悲愤中原重陷敌手，痛惜前功尽弃的局面，也表达了自己继续努力，争取壮年立功的心愿。词的下阕运转笔端，抒写作者对于敌人的深仇大恨、统一祖国的愿望、忠于祖国的赤诚之心。全词感情充沛，气势磅礴，风格豪放，意境壮阔，气吞万里，情调激昂，慷慨壮烈，充分表现了岳飞不甘屈辱、奋发图强、雪耻若渴的精神，从而成为反侵略战争的千古杰作。

小重山

昨夜寒蛩^①不住鸣。惊回千里梦^②，已三更。起来独自绕阶行。人悄悄，帘外月胧明。

白首为功名^③。旧山松竹老，阻归程。欲将心事付瑶琴。知音少，弦断有谁听？

【注释】

①寒蛩：深秋的蟋蟀。

②千里梦：指千里战火之梦。

③功名：此指驱逐金兵，收复中原的功业。

【译文】

昨天夜里，深秋的蟋蟀一直哀鸣不止。从千里战火中的梦中惊醒时，已是三更天了。我再无睡意，独自在台阶前徘徊。周围静悄悄的，人们都在熟睡，只有天上的明月散下朦胧的冷光。

我一生渴望为国建功立业。久别中原的故乡，那里的山和松竹都等老了，无奈投降派的求和，阻断了归程。想把满腹心事，付与瑶琴弹一曲。可是知音太少，就算弦弹断又有谁来听呢？

【赏析】

岳飞是历史上罕见的文武全才，绍兴六年（1136）至绍兴七年（1137），他连续指挥军队收复黄河以南的大片国土，形成西起川陕，东到淮北的抗金战线，准备大举收复中原，北上灭金。但宋高宗赵构起用极力妥协主和的汉奸秦桧为相，停止抗金，因为他不想迎还"二圣"危及自己的皇位。秦桧等主和派迫害主战派，王庶、张戒、曾开、胡铨等均被罢免、除籍、编管甚至杀害，而对岳飞，此时秦桧还不敢动，但坚决制止岳飞再与金国作战。大好的抗金复国形势，有付诸东流的危险，岳飞苦闷不已。这首《小重山》就是在这样的背景下写成的。

岳飞的这首《小重山》虽然不及他的前两首词豪放，但是此词通过不同的风格特点和艺术手法表达了作者隐忧时事的爱国情怀。上阕是即景抒情，寓情于景，忧国忧民使他愁怀难遣，在凄清的月色下独自徘徊。下阕用比兴手法写他收复失地受阻，要抗金却是"知音少"，内心郁闷焦急。全词所展现的沉郁悲怆情怀，节制而深沉，忧思而压抑。深切地表达了作者壮志难酬和忧国忧民的悲苦心境。

黄中辅

念奴娇

炎精①中否？叹人材萎靡，都无英物。胡马长驱三犯阙，谁作长城坚壁？万国奔腾，两宫幽陷，此恨何时雪？草庐三顾，岂无高卧贤杰？

天意眷我中兴，吾皇神武，踵②曾孙周发。河海封疆俱效顺，狂虏何劳灰灭？翠羽③南巡，叩阍无路，徒有冲冠发。孤忠耿耿，剑铓冷浸秋月。

【注释】

①炎精：太阳。

②踵：本意为脚后跟，此指追随。

③翠羽：本意为翠绿色的羽毛。古代帝王车子上常装饰翠羽，后常代指帝王。

【译文】

宋朝的国势还是如日中天吗？可叹人才缺乏，遍地没有英雄人物。金兵长驱直入三次入侵我腹地，谁能成为长城坚壁？数万国民奔走逃难，徽、钦二帝被掳，何时才能报仇雪恨？想当初刘备三顾茅庐请出诸葛亮，如今怎么可能就找不出在草庐中高卧的贤才？

上天眷顾我朝得以中兴，我皇真是太神武了，像周武王一样贤明。到处分封疆土，豺狼就为他效劳归顺了，何劳兴师动众去征讨？吾皇南行了，抗金将士根本找不到他，怒发冲冠也没有用。耿耿的报国之心倍感孤独，空使宝剑冷浸于秋月之下。

【赏析】

这是黄中辅（1110—1187，字槐卿）所作的一首爱国词。黄中辅是抗金名将宗泽的外甥，赤诚爱国，忠奸分明，崇尚气节，不为苟合。舅父宗泽抱恨去世，表哥宗颖也赋闲在外，黄中辅爱国心切，有志报效国家，但请缨无路，壮志难酬，他悲愤至极，写了这首词以抒胸臆。

此词上阕抒发胡骑南侵，长驱直入，朝廷一味逃奔，不事抵抗，徽、钦二帝被掳，不知雪耻的愤慨。下阕表面上赞颂高宗赵构的中兴，实则讽刺他畏敌如虎，无心复国，仓皇出逃，广大抗金将士连皇帝的影子都见不上，使爱国志士干才废置，枉有忠心，空使剑冷浸于秋月之下。全词气势磅礴，充分体现黄中辅的忧国之心和悲愤之情。

韩元吉

霜天晓角

题采石蛾眉亭

倚天绝壁，直下江千尺。天际两蛾凝黛①，愁与恨，几时极！
暮潮风正急，酒阑闻塞笛。试问谪仙何处？青山②外，远烟碧。

【注释】

①两蛾凝黛：两岸对峙的梁山如美人凝结的黛眉。

②青山：又名青林山，位于安徽省当涂县城东南，山势险峻，四季常青。

【译文】

在采石矶上的蛾眉亭凭栏望远，牛渚山背后倚天，下临绝壁，江水直下。东西梁山，犹如美人黛眉紧锁，含愁凝恨，愁与恨到什么时候才能消散？

暮色苍苍，江潮汹涌，风急浪高；酒意初退，耳畔响起前线传来的悲笛。试问谪仙李白现在在哪里呢？空余这青林山外的青烟碧水。

【赏析】

韩元吉（1118—1187，字无咎）属主战派，与叶梦得为世交，与陆游、朱熹、辛弃疾、陈亮等爱国志士也交往甚密，多有诗词唱和。隆兴二年（1164）十月，金人分道渡淮，十一月，入楚州、濠州、滁州，宋朝震动，酝酿向金求和。韩元吉对此很是不满，于是挥笔写下了这首词。

此词为登蛾眉亭远望，因景生情而作，与贺铸《天门谣·登采石蛾眉亭》描述的是同一地点，风格也类似。词的上阕以写景为主，情因景生；下阕以抒情为主，情与景融。作者以景语发端，又以景语结尾，中间频用情语作穿插，把蛾眉亭峻秀风姿、远处壮阔山川美景和自己对国事的忧虑感慨不着痕迹地融为一体，风格豪放，气魄恢宏，表现了深厚的艺术功底。

袁去华

归字谣

归！目断吾庐①小翠微。

斜阳外，白鸟傍山飞。

【注释】

①庐：茅草房。

【译文】

毫不犹豫地归去！极目所望，远远地看到我那掩映在绿树丛中小巧可爱的茅草房。

落日之外，白鸟在郁郁葱葱的青山旁自由翱翔。

【赏析】

袁去华（生卒不详，字宣卿）的这首小令，虽然明白如话，仅十六字，却很好地表达了自己弃官归隐的决心以及与统治阶级决裂的气魄。写景时，动静结合，景中含情，充满诗情画意，风格慷慨悲凉。

水调歌头

定王台

雄跨洞庭野，楚望①古湘州。何王台殿？危基百尺自西刘②。尚想霓旌千骑，依约入云歌吹，屈指几经秋。叹息繁华地，兴废两悠悠。

登临处，乔木老，大江流。书生报国无地，空白九分头③。一夜寒生关塞，万里云埋陵阙④，耿耿恨难休。徒倚霜风里，落日伴人愁。

【注释】

①楚望：《左传·哀公六年》："三代命祀，祭不越望。江、汉、睢、漳，楚之望也。"望，古代祭祀山川的专称。后以"楚望"指楚地的山川。

②西刘：指西汉时的刘发，西汉景帝第六子，五世孙即东汉光武帝刘秀。刘发曾以皇子的身份受封为长沙王，建有定王台，谥号"定"，史称"长沙定王"。

③"书生"两句：化用陈与义《巴丘书事》"腐儒空白九分头"的诗句。

④陵阙：皇帝的陵墓。古人以帝王陵寝作为国家命脉所在，北宋君王陵墓均在北方，如今悉落敌手，意味着国家的败亡。

【译文】

定王台雄跨在洞庭旁，坐落在古湘州的山川上。定王台的宫殿在何处？百尺残存的台基仿佛还存有长沙定王刘发坐镇一方的赫赫雄风。当年定王千骑的仪仗队旌旗招展如虹霓当空，歌乐响彻云霄，算来已经很多年了。可叹原来如此繁华的地方，兴废难测，沧桑轮回。

登台望远，满目枯老的乔木，大江浩浩荡荡向东流。我虽一介书生却满怀雄心壮志，但报国无门，空等到头发白了九分。金兵如一夜北风生寒，破关绝塞，万里乌云盖住了君王的陵墓，这种耻辱仇恨耿耿于怀，悲愤难休。可是现实无奈，我只能徘徊在萧瑟秋风里，在定王台上看着夕阳西下而忧愁。

【赏析】

这是一首吊古伤今之作，大约作于作者任善化（在今长沙市内）县令期间。深秋时节，他登定国台览胜，不禁感慨万千，作出了这首雄铄古今的爱国主义词章。全词将登临凭吊而激起的忧国之思、怀古之意升华为强烈的民族感情，结构严密，寄慨深沉，苍凉雄阔，慷慨悲壮，充溢着强烈的爱国情感，具有鲜明的时代特色。

袁去华早年还作过一首词，叫《水调歌头·天下最奇处》，词中言："记当年，携长剑，觅封侯。"可见他早有壮志，欲为恢复北宋江山建功立业。但由于南宋朝廷苟安东南，权奸当道，使他空有心报国，无路请缨，以致老大无成，徒然白首。这是他个人的不幸，更是时代的悲剧。

范成大

满江红

清江①风帆甚快，作此，与客剧饮，歌之。

千古东流，声卷地，云涛如屋。横浩渺、樯竿十丈，不胜帆腹②。夜雨翻江春浦涨，船头鼓急风初熟③。似当年、呼禹乱黄川④，飞梭速。

击楫誓⑤，空惊俗。休抨髀，都生肉⑥。任炎天冰海，一杯相属。荻笋蒌芽新入馔，鹍弦凤吹⑦能翻曲。笑人间、何处似尊前，添银烛。

【注释】

①清江：江西赣江的支流，代指赣江。

②帆腹：船帆被风吹起，如鼓起了肚子。

③风初熟：风向刚定。

④"似当年"两句："当年"指乾道六年（1170）范成大出使金国，向金索求北宋诸帝陵寝之地，并交涉更定受书之仪，不辱使命。呼禹，呼唤大禹。乱黄川，渡黄河。

⑤击楫誓：指晋祖逖统兵北伐，渡江中流，拍击船桨，立誓收复中原的故事。后用以比喻收复失地的决心。

⑥"休拊髀"两句：《三国志》载，刘备寄栖刘表幕下，一次如厕，则大腿（髀）肉生多了，慨然流涕。备曰："吾常身不离鞍，髀肉皆消。今不复骑，髀里肉生。日月若驰，老将至矣。而功名不建，是以悲耳。"此处用于表达作者对无用武之地的不满。

⑦凤吹：如凤鸣般的吹奏乐器，多指箫。

【译文】

赣江之上风很大，船行得非常快，作了此词，与客人一起豪饮，并以此词吟唱。

古老的赣江滚滚东去，如雷的声音仿佛要把地卷起，如重叠的房屋般的巨浪像云涛汹涌。江水浩渺无际，十丈的高樯也承受不了张开的帆腹。夜雨使江水上涨，风向刚定，我们就赶紧击鼓开船。这风急浪高船快如飞的情景，真像我当年出使金国呼唤大禹功业横渡黄河时一样。

想当年我击楫立誓，徒然惊骇俗众，一定要收复中原，可到头来却是一场空。长期被投闲置散，我的大腿已经长了很多肉。任它是炎热的天涯还是冰冷的海角，只有与友人举杯同饮，才心情愉快。吃着新鲜的芦笋和蒌芽，听着美妙的琴箫声伴奏的新词，何等的惬怀。还有什么地方比酒杯前更令人高兴，银烛燃完再续新银烛。

【赏析】

范成大（1126—1193，字致能）是南宋名臣，出使金国抗争不屈，几乎被杀。回来后，被任命为中书舍人。他上奏严格法纪，整顿积弊，反复上疏劝告，因与朝廷意见不合受到冷落，外放为地方官。乾道八年（1172）冬，范成大知静江府（今广西桂林）。他从家乡吴郡（苏州）出发，南经湖州、余杭，至富阳而入富春江，随后经桐庐、兰溪入衢江，又经信州（上饶）、贵溪、余干而到南昌，次年春入赣江时，写了这首词。

此词用典丰富而贴切自然，写景壮阔，情感激荡。所抒之情表面上很轻松，却难以掩饰词人心中沉积的愤懑；览物之情带来的开怀，无法替代报国无门、理想破灭的悲愤。作者只有借酒浇愁，以释胸中苦痛。词中作者把报国无路和理想成空的失意都化作一腔激愤。看似旷达不羁，实则悲怆难抑。

水调歌头

细数十年事，十处过中秋。今年新梦^①，忽到黄鹤旧山头。老子个中不浅，此会天教重见，今古一南楼^②。星汉^③淡无色，玉镜独空浮。

敛秦烟，收楚雾，熨^④江流。关河离合，南北依旧照清愁。想见姮娥冷眼，应笑归来霜鬓，空敝黑貂裘^⑤。酾酒问蟾兔^⑥，肯去伴沧洲^⑦？

【注释】

①新梦：不曾想，未料到。

②"老子"三句：《世说新语·容止》载，东晋庾亮守鄂州时，曾与殷浩等人秋夜登南楼，曰"老子于此处兴复不浅"。

③星汉：星星。

④熨：烫平。

⑤敝黑貂裘：《战国策·秦策》载，苏秦游说秦王，十次上书未果，盘缠用尽，所穿黑貂皮衣服也已破旧不堪，只好离秦返家。

⑥酾酒问蟾兔：斟酒问月亮。

⑦沧洲：水滨，此借指隐者所居之处。

【译文】

细数十多年来的往事，我在十个地方过的中秋。没想到今年秋天回到了黄鹤山头。我今夜豪兴不浅，与当年的庾亮在同一个南楼上饮酒赏月。天上的星星暗淡无光，独见一轮皓月浮在空中。

北方的烟散，南方的雾收，月下东流的江水就像一匹熨平的白练。山河破碎，南北分裂，月光依

然照临一片清愁。可以想象，月中嫦娥冷眼相看，嘲笑我白了头，壮志未酬。我斟一杯酒问月亮，是否愿意与我结伴归于水滨山林。

【赏析】

宋孝宗淳熙四年（1177）五月，范成大因病辞去四川制置一职，乘舟东去，打算退休。八月十四日至鄂州，十五日晚应邀出席知州刘邦翰在黄鹤楼设的赏月宴，席间赋此词。

这首词借中秋赏月发端，感慨自己多年来游宦风尘，漂泊无定。词中对中秋月色和大好河山的赞美，洋溢着作者强烈的爱国主义精神；痛惜关河离合，南北分裂，蕴含着他志在恢复的抱负。然而，此时范成大已五十二岁，两鬓斑白却壮志未酬，不得已而想到退居山林，安度晚年。这是作者的悲剧，也是当时爱国人士的普遍境况。全词想象丰富，神气超怡，心胸高旷，风格飘逸潇洒，语言流畅自如。

鹧鸪天

席上作

楼观青红倚快晴①，惊看陆地涌蓬瀛。南国花影笙歌地，东岭松风鼓角②声。

山绕水，水萦城，柳边沙外古今情。坐中更有挥毫客，一段风流画不成。

【注释】

①快晴：令人愉快的晴天。

②鼓角：指军中的战鼓和号角。

【译文】

在令人愉快的晴天，我登楼观赏青山红花，突然惊奇地发现陆地上涌出令人神往的蓬莱与瀛洲仙岛。南国的花影四处，笙歌阵阵，然而东岭的松风却传来前线的鼓角之声。

青山绕着绿水，绿水环着城郭，从古至今河边柳下有过多少仁人志士的忧国忧民之情。这中间还有我这个拿笔之人，却因胸有块垒而无法画出一段大好河山的风流。

【赏析】

这首词是范成大在郊外饮宴时的即兴之作。当时，北国金人大军压境，南国朝野歌舞升平，范成大的心中感到很不安，他一方面以笔锋直刺"笙歌醉梦间"的南宋小朝廷，另一方面也暗示了自己怀有报国大志不能实现的苦衷，影射朝廷的掣肘使他"画不成"自己理想的宏图。全词涌动着一股洒脱不羁的豪情，而豪情之中又隐藏着一种忧国忧民的深沉感慨。

陆　游

水调歌头

多景楼

江左①占形胜，最数古徐州②。连山如画，佳处缥缈著危楼。鼓角临风悲壮，烽火连空明灭，往事忆孙刘。千里曜戈甲，万灶宿貔貅③。

露沾草，风落木，岁方秋。使君④宏放，谈笑洗尽古今愁。不见襄阳登览，磨灭游人无数，遗恨黯难收。叔子⑤独千载，名与汉江流。

【注释】

①江左：江东。古人习惯以东为左，以西为右。

②徐州：指镇江。东晋南渡，曾以徐州治镇江，故镇江又称徐州或南徐州。

③貔貅：中国古书记载和汉族民间神话传说中的一种凶猛的瑞兽。此指勇猛的战士。

④使君：对古代州郡长官的称谓，此指镇江知府方滋。

⑤叔子：西晋大将羊祜，字叔子，镇守襄阳十年，曾登临兴悲。此暗指张浚。

【译文】

江东一带地势险要的地方，以古徐州镇江为最。如画的山峰彼此相连，云雾缥缈处矗立着的一座高楼。战鼓号角声在风中显得格外悲壮。连天的烽火忽明忽暗，让人不禁想起孙权、刘备共抗北曹的往事。那时闪着光芒的银戈金甲绵延千里，万灶营垒里住着勇猛无比的战士。

草上露珠莹莹，树叶随风飘落，又到了一年一度的金秋。知府方滋的气魄宏大豪放，携群僚登楼谈笑风生，他的这种乐观情绪，使古忧今愁一扫而光。西晋大将羊祜镇守襄阳，登临兴悲，使无数登山游览的贤士消除忧愁，只遗憾羊祜志在灭吴而在活着时未能亲手克敌完成此大业，令人黯然神伤。独有张浚垂名千载，他的英名如同浩浩汉江千古流长。

【赏析】

孝宗隆兴元年（1163），三十九岁的陆游（1125—1210，字务观），以枢密院编修官兼编类圣政所检讨官出任镇江府通判，次年二月到任所。张浚在隆兴二年（1164）三月视师镇江，陆游以通家子的资格为张浚所赏识，且与幕府中人交游甚密。同年四月，孝宗将张浚召回朝中，尔后，解散江淮都督府，罢张浚右相，不久，张浚含恨而死；同年七月，汤思退急于向金人求和，竟毁掉两淮边备。十月初，陆游陪同镇江知府方滋登多景楼（在镇江北固山上甘露寺内）游宴时，内心感叹，写下此词赞扬张浚功业。

这首词的上阕由如画连山为背景，联想三国时的孙权和刘备，追忆历史人物；下阕写词人登临所怀，联想晋代登襄阳楼的羊祜，暗中赞扬张浚的功绩，然后落到领客来游的方滋。由史及人，旨在表达宋金对峙中的政治态度和对方滋的期待。全词情景相生，万感横集，意境沉绵，寄慨遥深，表达了作者强烈的爱国热情。

鹧鸪天

家住苍烟落照间，丝毫尘事不相关。斟残玉瀣①行穿竹，卷罢《黄庭》②卧看山。

贪啸傲，任衰残，不妨随处一开颜。元③知造物心肠别，老却英雄似等闲！

【注释】

①玉瀣：美酒名。

②《黄庭》：又称《黄庭经》，道家经书，内论养生之道。

③元：通"原"。

【译文】

　　我家住在有着青烟缭绕、夕阳映照的乡间，一点俗事的凡尘都不沾染。一壶美酒喝完，就悠悠地穿过竹林散步；一卷《黄庭经》看完，就躺下来观赏山中美景。

　　贪恋这放歌长啸、傲然自得的生活，任自己就这样终老田园，到处都有使自己高兴的事物，不妨随遇而安。本来就知道上天另有一种心肠，任由英雄无所作为地老去却等闲视之。

　　【赏析】

　　据夏承焘、吴熊和《放翁词编年笺注》中讲到，南宋乾道二年（1166）陆游四十二岁时，有人弹劾他"交结台谏，鼓唱是非，力说张浚用兵"，陆游遭免职，回到故乡绍兴郊外镜湖三山。这首词和其他两首《鹧鸪天》（两首开头句分别为：插脚红尘已是颠、懒向青门学种瓜），都是这时候写下的。

　　本词上阕描写乡间景色和生活内容，概括地叙述了自己既舒适又闲散的生活。下阕写自己在闲居生活中的内心感受，前三句表现得洒脱超然，后两句则表明，他并不快乐，因为英雄无用武之地。在他看来，社稷安危才是他存在的意义。本词虽然寥寥数语，却让人们感受到一个落寞英雄的悲凉，同时在飘逸淡泊的情绪中，透露出刚毅傲然的风骨。

秋波媚

七月十六日晚登高兴亭望长安南山

秋到边城角声哀，烽火照高台[1]。悲歌击筑[2]，凭高酹酒，此兴悠哉。
多情谁似南山月，特地暮云开。灞桥[3]烟柳，曲江[4]池馆，应待人来。

　　【注释】

　　①高台：指题中的高兴亭，在南郑（今属陕西）内城西北，正对当时在金占领区的长安南山。当时陆游在南郑任上。

　　②筑：古代汉族弦乐器，形似琴，有十三弦，弦下有柱。

　　③灞桥：在长安（今西安市）东面的灞水之上，唐人送客至此桥，折柳赠别。

　　④曲江：位于长安东南部，为唐代著名的皇家园林。

　　【译文】

秋意来到号角哀鸣的边城，烽火映照着高兴亭。击筑高歌，站在高处洒酒奠祭为国捐躯的将士，引起收复关中成功在望的无限欣喜。

谁也比不上南山的明月多情，把傍晚时的云儿特地推开。对面长安城灞桥边如烟的杨柳，曲江池畔美丽的池馆，都在等待着我们的到来。

【赏析】

生逢北宋灭亡之际的陆游，其祖父陆宰、父亲陆佃、老师曾几都是爱国志士。陆游从小就看到他们忧心国事，受到强烈的爱国主义教育。宋高宗时，陆游参加礼部考试，因受秦桧排斥而仕途不畅。宋孝宗即位后，赐进士出身，历任福州宁德县主簿、敕令所删定官、隆兴府通判等职，因极力主张北伐，屡遭主和派排斥。直到乾道七年（1171），四十七岁的陆游才在王炎幕府下，在南郑度过了九个月的从军生活。南郑是当时的抗金前线，高兴亭在南郑内城的西北，正对长安的南山。在高兴亭凭眺长安时，他雄心勃发，浮想联翩，写下了这首词。

本词上阕从角声烽火写起，高歌击筑，凭高洒酒，收复关中成功在望；下阕从上阕的"凭高"和"此兴悠哉"过渡，描绘出上至"明月""暮云"，下至"烟柳""池馆"都在期待宋军收复失地的情景。全词由"哀"到"兴"，充满了乐观主义的气氛和胜利在望的情绪，具有明显的浪漫主义情调，这在南宋豪放爱国词作中是很少见的。

汉宫春

初自南郑来成都作

羽箭雕弓，忆呼鹰古垒，截虎①平川。吹笳暮归野帐，雪压青毡。淋漓醉墨，看龙蛇飞落蛮笺。人误许、诗情将略，一时才气超然。

何事又作南来，看重阳药市，元夕灯山②？花时万人乐处，欹帽垂鞭。闻歌感旧，尚时时流涕尊前。君记取、封侯事在，功名不信由天。

【注释】

①截虎：陆游在汉中时有过逐虎而射的经历。

②灯山：把无数的花灯叠作山形。

【译文】

想当初在南郑古垒旁，我和大家拿着精美的弓箭，带着猎鹰驰逐射虎。天黑时吹着胡笳回到野外的帐篷，青毡上落满了厚厚的雪。我兴酣挥毫，龙飞蛇舞的诗词落在纸上。人们谬赞我有作诗的才能和用兵作战的谋略，是一代超群人才。

为何要我离开南郑前线南下呢，是让我观看重阳节的药市，欣赏元宵节的灯山吗？每当繁花盛开的时候，在那万人游乐之处，我百无聊赖地斜戴着帽子，提着马鞭。每次听到欢歌声，我就想起过去的军旅生活，举起酒杯马上就落下眼泪。请千万记住，要为抗金而建功立业的愿望始终在心中，建功封侯并非是由上天决定的。

【赏析】

乾道八年（1172）冬，陆游被改命为成都府路安抚司参议官。从南郑行抵成都后，已临近次年元宵节。此词当作于他刚到成都不久。

陆游在南郑前线时，对抗金的前途充满胜利的希望。从这首词可以看出，他被调到后方后，心情不得舒展，极为苦闷，而要收复河山的信念仍然是坚定不移。全词笔触刚柔相济，结构波澜起伏，格调高下抑扬，通篇迸发出爱国主义精神的火花。

夜游宫

记梦寄师伯浑

雪晓清笳乱起，梦游处，不知何地。铁骑无声①望似水。想②关河，雁门西，青海际。

睡觉③寒灯里，漏声断，月斜窗纸。自许④封侯在万里，有谁知？鬓虽残⑤，心未死！

【注释】

①铁骑无声：古代军队秘密行动时，让兵士口中横衔着枚（防止喧哗的器具，形如筷子），防止说话，以免敌人发觉，故无声。

②想：想必。

③睡觉：睡醒。

④自许：自我许诺，下定决心。《后汉书·班超传》载，班超少有大志，投笔从戎曰："大丈夫无他志略，犹当效傅介子、张骞立功异域，安能久事笔砚间乎？"这里表示要取法班超。

⑤残：稀疏。

【译文】

雪后的清晨胡笳声此起彼伏地响起，梦中的我不知道身在何处。无声的铁骑，望过去如水流淌一般向前挺进，想必这是关塞河防之地。应该在雁门关西边，青海的边际。

一觉醒来发现自己在寒灯之下，此时更漏已经滴完，月光斜斜地照着窗纸。有谁知道我早就下定决心驰骋疆场建功立业？我的鬓发虽已稀疏，但我的报国雄心从未死去！

【赏析】

这首词是孝宗乾道九年（1173）陆游去成都之后所作。师伯浑，即师浑甫，字伯浑，是陆游在四川交上的新朋友。他隐居不仕，陆游认为他很有本事，有才气、能诗文，并为他的《师伯浑文集》作序。二人可以说是同心同调，所以陆游把这首抒吐心怀的记梦词给他。

本词通过梦回当年雪夜军旅生活情景及梦醒后的孤寂，表达了作者执着的为国献身精神。陆游怀着强烈的失落感离开南郑前线，永远告别了战斗生活，到后方成都去就任闲职，心中充满了报国无门的悲愤。他调离南郑后，一直对前线的戎马生活念念不忘，收复中原、立功报国的信念也始终坚定不移。此词即表达作者的这种心情，梦境和实感，上下阕一气呵成，有机地融为一体，境界雄浑壮阔，风格悲壮豪放。

谢池春

壮岁从戎，曾是气吞残虏。阵云高、狼烽①夜举。朱颜青鬓，拥雕戈西戍②。笑儒冠、自来多误。

功名梦断，却泛扁舟吴楚。漫悲歌、伤怀吊古。烟波无际，望秦关③何处。叹流年、又成虚度。

【注释】

①狼烽：古时边防燃狼粪以报警的烽火。

②西戍：指金国。

③秦关：泛指北方。

【译文】

壮年之时从军，那豪迈气概大有扫荡一切残敌之势。夜间见高处阵阵云烟，是那烽火狼烟被点着了。那时我青春年少，手执雕戈向西去戍边。讥笑古今的儒生，不参战真是误了大好的年华。

如今上阵杀敌、建功立业的梦想已经破灭，我一心报国却只能泛舟于吴楚大地，吟唱悲歌，吊古伤今。在烟波江上，我还是不由自主地北望中原故地。感叹时间如水一般流去了，真是光阴虚度。

【赏析】

淳熙十六年（1189），陆游被弹劾罢官后，退隐山阴故居长达十二年。这期间他常常在风雪之夜，孤灯之下，回首往事，梦游南郑，写下了一系列爱国诗词。这是其中较早的一篇。

陆游在南郑时，虽然主管的是文书、参议一类工作，但他也曾戎装骑马，随军外出宿营，并曾亲自在野外雪地上射虎，所以他后来的很多作品都会提到这段时光。

此词上阕追昔，以慷慨之情起，回忆年轻时驻守边疆、保家卫国的军旅生涯，洋溢着作者青年时代飞扬的意气和爱国的情怀；下阕写现实伤今，作者渴望收复被金人占领的中原故地，但空有满腔热血，却无处施展，只得寄情山水，为虚掷光阴而感叹，以沉痛之情结，抒发了自己丝毫未减的杀敌报国的壮志豪情。通过今昔对比，反映了一位爱国志士的坎坷经历和不幸遭遇，表达了作者有志难申、报国无门的悲愤不平之情。

诉衷情

当年万里觅封侯，匹马戍梁州①。关河梦断何处？尘暗旧貂裘。
胡未灭，鬓先秋，泪空流。此生谁料，心在天山②，身老沧洲。

【注释】

①梁州：此指南郑。当时南郑归梁州管辖。

②天山：在中国西北部，是汉唐时的边疆。这里代指南宋与金国相持的西北边塞。

【译文】

当年奔赴万里外的疆场，寻找建功立业的机会，单枪匹马守卫梁州的南郑。守卫边塞的情景总在梦中出现，梦醒时它在何处？我像苏秦在秦国一样壮志难酬。

金人还未消灭，我的两鬓已斑白，忧国的眼泪白白地流淌。这一生谁能预料，我的心始终在抗敌前线，如今却一辈子老死于山林水边。

【赏析】

这首词也是作者晚年隐居山阴农村以后写的，比《谢池春》稍晚。作这首词时，陆游已年近七十，身处故地，未忘国忧，烈士暮年，雄心不已。上阕叙事，追忆作者昔日戎马疆场的意气风发，以及当年宏愿只能在梦中实现的失望；下阕抒情，写敌人尚未消灭而英雄却已迟暮的感叹。全词格调苍凉悲壮，语言明白晓畅，苍凉慷慨，悲愤难抑，感人至深，是陆游爱国词作的名篇之一。

鹊桥仙

华灯纵博①，雕鞍驰射，谁记当年豪举。酒徒②一半取封侯，独去作、江边渔父。

轻舟八尺，低篷三扇，占断③蘋洲④烟雨。镜湖⑤元自属闲人，又何必、官家赐与⑥。

【注释】

①华灯纵博：在装饰华丽的灯台下尽情博弈。

②酒徒：此指当年一起饮酒的人。

③占断：全部占据。

④蘋洲：丛生蘋草的水中小洲。

⑤镜湖：又名鉴湖，在浙江绍兴市南，临近陆游的故乡三山，以水平如镜而出名。

⑥官家赐与：唐天宝年间，贺知章自请归乡会稽为道士，唐玄宗特赐镜

湖。陆游在此为反用其典。官家，指皇帝。

【译文】

在装饰华丽的灯台下与同僚尽情博弈，跨上精美的鞍马猎射驰骋，如今谁还记得当年豪迈的军旅生活？当年一起饮酒的人有一半受赏封侯，只有我被迫成为江边渔翁。

八尺长的轻小舟船，只有三扇低矮的篷窗，长满蘋草的小洲之上，烟雨迷蒙，为自己独占，可以尽情领略美景。镜湖本来就只属于像我这样的闲人，又何必要你"官家"赐予。

【赏析】

这是陆游闲居故乡山阴时所作。词从南郑幕府生活写起，层层转折，步步蓄势，表达了壮志未酬、壮心不已的忧愤。词中虽用了一半篇幅描绘渔父生涯，但陆游与张志和一类烟波钓徒全然不同。被迫投闲的渔父即使表面上再潇洒悠闲，骨子里仍是时时不忘"当年豪举"的爱国志士。正是这股内在的豪纵之气，贯注于全词，便在字里行间和转折推进中流露了一种强烈的不平、怨愤和孤傲。特别是词尾，笔锋直指最高统治者，把通首迭经转折进层蓄积起来的激昂不平之意，挟其大力盘旋之势，千回百转而后骤现，振动全词，声情激昂，逸响悠然，读来荡气回肠。

王　质

定风波

赠　将

问讯①山东窦长卿②，苍苍云外③且垂纶。流水落花④都莫问，等取，榆林⑤沙月静边尘。

江面不如杯面阔，卷起，五湖烟浪⑥入清尊。醉倒投床君且睡，却怕，挑灯看剑忽伤神。

【注释】

①问讯：问候。

②窦长卿：作者之友，不详何人，据题云"赠将"，大约是一位被投闲置散的将领。

③苍苍云外：远离尘世的地方。

④流水落花：形容时间的流逝。

⑤榆林：在陕西北部，地临沙漠，北宋时防御西夏的边防重镇，宋高宗南渡后，被金国占领。

⑥五湖烟浪：指范蠡载西施泛舟五湖的故事。

【译文】

问候友人山东窦长卿将军，还是像我一样到远离尘世之处钓鱼吧。不要问时间会过去多久，耐心等待，榆林那里总有一天会月静边尘。

杯中有胜似江面的雄浑开阔，卷起充满诗情画意五湖烟浪到酒杯里，醉了你就到床上尽情地睡。怕只怕，挑灯仔细端详宝剑，忧伤突然涌上心头。

【赏析】

这是宋代经学家、诗人、文学家王质（1135—1189，字景文）所作的一首词作，描写了以廓清边尘、立功报国的壮怀图志，勉励自己的友人。王质是一名爱国志士，他十分关心政治，是一名坚定的抗战派。早年他积极进取，但因性格耿直，屡遭打击，多次罢官，始终壮志未酬。晚年隐居家乡兴国军阳辛里（今湖北省阳新县龙港镇阳辛村），从事文学创作和学术研究。

这首词通过奉劝友人啸傲林泉，写关心国事和超然出世的矛盾。上阕劝窦长卿隐居山林为乐，下阕勉励对方借酒浇愁。这自有难言的苦衷。南宋小朝廷屈辱苟安、腐败昏聩，对金国实行投降妥协政策，爱国忠良或遭贬斥，或被杀戮，足见现实之悲哀。所以作者的奉劝不仅是提醒友人避祸的友善之辞，更多的是笔锋含愤书胸臆，迎面扑来的是一股抑塞磊落的不平之气。词的最后表明，他剑不离身，从来没有忘记过保国守边，一颗赤胆忠心跃然笔端。

张孝祥

水调歌头

和庞佑父

雪洗虏尘静，风约楚云留。何人为写悲壮，吹角古城楼。湖海平生豪气，关塞如今风景①，剪烛看吴钩②。剩喜燃犀处③，骇浪与天浮。

忆当年，周与谢，富春秋。小乔初嫁，香囊④未解，勋业故优游。赤壁矶头落照，肥水桥边衰草，渺渺唤人愁。我欲乘风去，击楫誓中流。

【注释】

①风景：指宋室南渡。用《世说新语》载"风景不殊，举目有山河之异"语意。

②吴钩：春秋时期流行的一种弯刀，以青铜铸成，是冷兵器里的典范，充满传奇色彩，后又被历代文人写入诗篇，成为驰骋疆场、立志报国精神的象征。

③燃犀处：东晋时期，温峤来到采石矶，见水深不可测，传说水中有许多水怪。温峤便点燃犀牛角来照看，见水怪奇形怪状。

④香囊：《晋书·谢玄传》载，谢玄幼年由叔父谢安抚养。谢玄小时候喜欢佩带紫罗香囊，谢安对此很是担心，但为了不让他伤心，于是在某次游戏时，将香囊作为博戏的筹码，把它烧掉。谢玄从此再也不去佩带这一类物什。

【译文】

采石矶大捷洗雪了"靖康之耻"，金虏安静了，可惜我在楚地抚州，被风雨所阻未能在前线。若有人为这次悲壮的胜利写下诗篇那就更好了，那古城楼上的胜利号角一定非常动听。我平生有湖海般的豪情壮志，宋廷南渡的地方如今也成了边塞，我夜间燃烛久久地抚摸弯刀。想到在巨浪浮天的采石矶战胜金军，就如当年温峤燃犀照妖一样使金兵现出原形，心中真是高兴。

想当年，三国的周瑜和东晋的谢玄，青春年少，一个刚娶了小乔为妻，一个还佩带着香囊，都从容不迫地建立了功业。现在时过境迁，赤壁的石头被夕阳照着，肥水桥边的草也枯黄了，我朝还不知何时能收复中原。我想要乘着风到北方前线去，像祖逖一样率兵渡江北伐，中流击楫。

【赏析】

这是张孝祥（1132—1170，字安国）所作的较早的一首豪放词。题中的"庞佑父"一作佑甫庞，名谦孺（1117—1167），生平事迹不详，他与张孝祥、韩元吉等皆有交游酬唱。

张孝祥二十三岁中状元，登第后即上疏为岳飞叫屈，秦桧指使党羽诬其谋反，将其父子投入监狱，直到秦桧死后才获释。

1154—1159 年的五年中，张孝祥官居临安，接连异迁，直至升任为中书舍人，为皇帝执笔代言，平步青云之态难免遭人嫉妒。汪彻一纸弹劾，使其丢官外任。罢官后，他赋闲两年半，在此期间，金主完颜亮南下，虽无官职，张孝祥仍旧密切关注战局变化，并提出抗金计策，致书李显宗、王权等军事将领，据陈战略。

绍兴三十一年（1161）冬，他的好友、同年进士虞允文在采石矶击溃金主完颜亮的部队，这是一次关系到南宋朝廷生死存亡的重要战役，朝野振奋，国人欢呼。听闻此事后，张孝祥怀着激动的心情写下了这首词。全词闪耀着时代的光彩，将历史人物和历史事实融入词中，自然贴切，舒卷自如。词人壮怀激烈，忧国情深，从词中能感受到作者对于胜利的喜悦和强烈的爱国激情。

六州歌头

长淮望断，关塞莽然平。征尘暗，霜风劲，悄边声。黯销凝。追想当年事，殆①天数，非人力；洙泗②上，弦歌地，亦膻腥。隔水毡乡③，落日牛羊下，区脱④纵横。看名王⑤宵猎，骑火一川明，笳鼓悲鸣，遣人惊。

念腰间箭，匣中剑，空埃蠹，竟何成！时易失，心徒壮，岁将零⑥。渺神京。干羽⑦方怀远，静烽燧，且休兵。冠盖使⑧，纷驰骛，若为情！闻道中原遗老，常南望、翠葆霓旌⑨。使行人到此，忠愤气填膺，有泪如倾。

【注释】

①殆：也许，似乎。

②洙泗：古代鲁国的两条河，洙水和泗水，流经曲阜，孔子曾在此讲学。

③毡乡：指金国。北方少数民族以毛毡为衣被房屋，故称为毡乡。

④区脱：匈奴语称边境屯戍或守望之处为"区脱"。

⑤名王：匈奴王，此指金国将领。

⑥零：尽。

⑦干羽：干盾和翟羽，都是舞蹈乐具。

⑧冠盖使：冠服求和的使者。

⑨翠葆霓旌：皇帝的仪仗。

【译文】

极目千里淮河，南岸一线的防御无屏障可守，只是莽莽平野而已。北伐的征尘已暗淡，寒风猛烈，边声悄然。我黯然地凝神伫望，追想当年"靖康之变"，也许是天意如此，并非人力可扭转；连孔门圣地的洙水和泗水，弦歌交奏的礼仪之邦也被敌人的膻腥玷污了。一水之隔，昔日耕稼之地是敌军的毡帐和牧牛羊之所，以及敌军的前哨据点。看金国将领夜间出猎，骑兵手持火把照亮整片平川，凄厉的筘鼓可闻，令人惊心动魄。

想我腰间的弓箭、匣中的宝剑，只落得尘封虫蛀，无用武之地。时机轻易流失，壮心徒自雄健，年华虚度殆尽。光复汴京的希望更加渺茫。朝廷正推行用文德以怀柔远人，边境烽烟宁静，敌我暂且休兵。冠服求和的各类使者奔走忙碌，往来不绝，怎么好意思！听说留在中原的父老同胞，常常盼望朝廷的军队到来，盼望宋帝车驾彩旗蔽空。求和的使者经过这里，人们一腔怒气，义愤填膺，痛苦的眼泪倾洒前胸。

【赏析】

自绍兴十一年十一月，宋"与金国和议成，立盟书，约以淮水中流画疆"（《宋史·高宗纪》），昔日曾是动脉的淮河，到此时却变成了边境。隆兴元年（1163），张浚领导的南宋北伐军在符离（今安徽宿县北）溃败，主和派得势，次年新任宰相汤思退将淮河前线边防撤尽，再次向金国遣使乞和。当时张孝祥任建康留守，既痛边备空虚，敌势猖獗，又恨南宋王朝投降媚敌求和的可耻，在一次宴会上，即席挥毫，写下了这首著名的词作。

这首词概括了自绍兴和议、隆兴元年兵败后二十余年间的社会状况，对于南宋王朝不修边备、不用贤才、实行屈辱求和的政策，表示了极大的愤慨。上阕描写了沦陷区的凄凉景象和敌人的骄纵横行。下阕写南宋朝廷苟且偷安，中原父老渴望光复，自己的报国志愿难以实现。边境上冠盖往来，使节纷驰，一片妥协求和的气氛，使作者为之痛心疾首。全词格局广阔，声情激壮。陈廷焯《白雨斋词话》赞曰："淋漓痛快，笔饱墨酣，读之令人起舞。"

念奴娇

过洞庭

洞庭青草①，近中秋，更无一点风色。玉鉴琼田三万顷，著我扁舟一叶。素月分辉，明河共影，表里俱澄澈。悠然心会，妙处难与君说。

应念岭表②经年，孤光③自照，肝胆皆冰雪。短发萧骚④襟袖冷，稳泛沧溟⑤空阔。尽挹西江⑥，细斟北斗，万象为宾客。扣舷独啸，不知今夕何夕。

【注释】

①青草：湖名，在岳阳西南面，与洞庭相通，总称洞庭湖。

②岭表：岭外，即五岭以南的两广地区，作者此前在广西桂林任职。

③孤光：指月光。

④短发萧骚：头发稀疏。

⑤沧溟：大水弥漫。一作"沧浪"。

⑥西江：洞庭以西的长江。

【译文】

洞庭湖与青草湖连成一片，临近中秋佳节，竟没有一丝风过的痕迹。三万顷的宽广湖面，犹如碧玉明镜托着我的一叶扁舟。明月和银河共同映在浩瀚如玉的湖面上，水天一色，里外都澄澈透亮。我心中悠然的感受难与你细说端详。

回想起在岭南任职的那几年，与我相伴的只有孤独的月亮，忠肝义胆像冰雪一样洁白透明。虽然我头发稀疏、襟袖发凉，仍安稳地在这青苍色的水中泛舟。让我捧尽西江的水作美酒，斟到北斗星做成的酒杯中，请天地万象来做我的宾客。我叩击船舷独自对天长啸，怎能记得此时是何年。

【赏析】

这首词是张孝祥被广泛传诵的代表作。宋孝宗乾道二年（1166），张孝祥因受政敌谗害而被免职。他从桂林北归，临近中秋时途经洞庭湖，即景生情，写下这首词。

　　词的上阕描写洞庭湖月下广阔清静、上下澄明的湖光水色，突出写它的澄澈，表达了作者光明磊落、胸无点尘的高尚人格。下阕着重抒情，写自己内心的澄澈，在政治上遭受挫折仍能泰然自若，游于物外，以主人自居，请万象为宾客，与大自然交朋友，表现出一种超越时空的极高的精神境界。全词意象鲜明，意境深邃，结构严谨，想象瑰丽，笔势雄奇，境界空阔，豪放旷达，是一首表现浩然正气的绝妙好词。

水调歌头

金山观月

　　江山自雄丽，风露与高寒①。寄声月姊，借我玉鉴此中看。幽壑鱼龙悲啸，倒影星辰摇动，海气夜漫漫。涌起白银阙，危驻紫金山②。

　　表独立③，飞霞佩，切云冠④。漱冰濯雪，眇视⑤万里一毫端。回首三山何处，闻道群仙笑我，要我欲俱还。挥手从此去，翳凤⑥更骖鸾⑦。

【注释】

①高寒：指月亮。

②紫金山：此指镇江的金山。

③表独立：卓然而立。

④切云冠：高冠名。苏轼《复次潨字韵记龙井之游》诗："便投切云冠，予幼好奇服。"

⑤眇视：仔细观看。

⑥翳凤：本谓以凤羽为车盖，后用为乘凤之意。

⑦骖鸾：谓仙人驾驭鸾鸟云游。

【译文】

　　夜登金山寺，寒月高挂，风露盈秋，长江从金山穿过显得异常雄丽。我托人传话给嫦娥，借玉镜来让我欣赏这美妙的景色。深谷中的鱼龙凄戚长鸣，天空的星辰倒映在江面上随着微波摇荡，江上的夜雾一片弥漫。银白色的金山寺仿佛是从云雾中涌出来的，高高地耸立在金山上。

　　我在金山寺上卓然而立，以飞霞为玉佩，戴着高冠，在犹如冰雪那样洁白的月光中，万里之外的细微景物也能看得清楚。回头看海上三座仙山在哪里，我仿佛听到群仙满面笑容地跟我打招呼，邀我去遨游那缥缈的仙境。我挥手从这人间离去，驾驭鸾鸟凤凰云游。

【赏析】

金山寺是中国的四大名寺之一，坐落于江苏镇江西北的金山上。金山原本是扬子江中的唯一岛屿，后经泥沙冲合，遂与南岸毗连。乾道三年（1167）三月中旬，张孝祥舟过金山，登临山寺赏景时，心中生起无限的遐想和情思，于是写下了这首著名的词。

词的上阕描写雄丽的长江夜景，呈现出一种奇幻的自然景象。下阕着重抒写作者沉浸美景而飘然出尘的遐想，由自然景象的描写转而抒发富有浪漫气息的感情。全词构思独特，想象丰富，虚实结合，相辅相成，创造出了一种浪漫的飘然欲仙的艺术境界，显示出作者的杰出才气和旷达的心胸。

浣溪沙

霜日明霄水蘸空①，鸣鞘②声里绣旗红，澹烟衰草有无中。

万里中原烽火北，一尊浊酒戍楼东，酒阑③挥泪向悲风。

【注释】

①水蘸空：指远方的湖水和天空相接。

②鞘：通"梢"，指鞭梢。

③酒阑：饮酒已有几分醉意。

【译文】

秋天的太阳照耀着晴空，水天相连，秋高气爽，军营里红旗飘扬，不时传来马鞭声。远处茫茫的衰草在淡烟的笼罩下时有时无。

万里中原如今已在烽火的北面，我只能在东门的城楼上借一杯浊酒浇愁。已有几分醉意时，我禁不住在悲凉的秋风中挥洒热泪。

【赏析】

宋孝宗乾道四年（1168）的秋天，三十七

岁的张孝祥出任荆南湖北路安抚使，八月开始驻在荆州。当时，荆州处于南宋国防的前线。守城期间，张孝祥约友人登上城楼，北望中原，眼前一派敌我对峙的边塞景象，使他不禁悲从中来，感慨万端，于是挥笔作了此词。此词原无题，据乾道本《于湖先生长短句》，此词调名下另有小题"荆州约马举先登城楼观塞"。

词的上阕写景，逼真地烘托出"边塞"的气氛、作者的心情：眼前一片清丽，而人的心情却深藏阴暗。下阕直写作者对中原故国的怀念，同时也从人的活动中表现。全词以景起，以情结，寓情于景，意绪悲凉，词气雄健，蕴蓄深厚，作者强烈的爱国主义思想，对中原故土和中原人民的思念之情，均表现得淋漓尽致，在读者眼前俨然一位北望中原悲愤填膺的志士。

李处全

水调歌头

冒大风渡沙子

落日暝云合，客子意如何。定知今日，封六巽二①弄干戈。四望际天空阔，一叶凌涛掀舞，壮志未消磨。为向吴儿道，听我扣舷歌。

我常欲，利剑戟，斩蛟鼍。胡尘未扫，指挥壮士挽天河。谁料半生忧患，成就如今老态，白发逐年多。对此貌无恐，心亦畏风波。

【注释】

①封六巽二：古代神话中说，封六是雪神，巽二是风神。

【译文】

夕阳西下时，突然阴云密布，我又有什么办法呢。知道今天雪神和风神肯定要大动干戈。环顾四周，天际空阔，一叶小舟，在大风恶浪中凌风飞舞，尽管条件恶劣，但雄心壮志却未被消磨。为我向苟安吴地的人们说出心里话，听我敲打着船舷唱来。

我常常盼望，使宝剑和长矛发生作用，把蛟龙、扬子鳄都杀掉。金人侵占的地区尚未收回，需要我指挥将士力挽狂澜。没想到我半生忧患，以致如今老态龙钟，白发一年比一年多，也未能实现。面对现在的形势我装作不在乎，但内心还是很担心国势动荡不安。

【赏析】

这是李处全（1134—1189，字粹伯）的一首爱国词。李处全工词，大部分作品写男女情爱和山水风景，风格豪放的作品较少，此词是其中难得的一首。李处全于高宗绍兴三十年（1160）中进士，年少时就有志于为国建功，但他一直没得到重用，只做过地方官。这首词是作者在沙子（即沙水，又称明河）冒大风航行时有感而作。

词的上阕写作者在旅途中冒着大风浪渡河的所见和所感，寓意双关，大自然的现象，也是当时南宋政治形势的写照，朝廷主和派掌权，如黑云压顶，抗金复国的抱负不能实现，作者仍不甘心，努力抗争；下阕表达了自己一扫胡尘的志向，抒发了壮志难酬的悲愤。最后还忧心国事日非，投降派把持朝政，难以抗金复国。全词充满抗敌爱国的深挚感情，壮志凌云，挥洒疏放。

陈 亮

水调歌头

送章德茂大卿使房

不见南师久，漫说北群空①。当场只手②，毕竟还我万夫雄③。自笑堂堂汉使，得似洋洋河水，依旧只流东？且复穹庐拜，会向藁街④逢！

尧之都，舜之壤，禹之封。于中应有，一个半个耻臣戎！万里腥膻如许，千古英灵安在，磅礴几时通？胡运⑤何须问，赫日自当中！

184

【注释】

①北群空：语出韩愈《送温处士赴河阳军序》"伯乐一过冀北之野而马群遂空"。指没有良马，借喻没有良才。

②当场只手：当场大事，只手可了。

③毕竟还我万夫雄：毕竟我还是万夫之雄。我，指章德茂。

④藁街：长安城里外国使臣的住所。

⑤胡运：金国的命运。

【译文】

不要以为很久未见南方的军队北伐，就得意地说宋朝没人才了。您这次出使金国，定当只手擎天，毕竟还有您这个万里挑一的英雄。我们堂堂汉使，怎能像河水永远东流那样，年年去朝见金廷？暂且去圆顶毡房向金主贺一次生辰，下次与金主再见就要在我大宋的属国使节馆了。

在这个唐尧建立的城都、虞舜开辟的土壤、夏禹分封的疆域里，总该有一个半个耻于向金人称臣的志士吧！万里河山充斥着游牧民族的腥膻之气，我们先烈为国献身的精神何在？浩大的抗金正气什么时候才能畅通？金人的气数已尽用不着多问，我朝必将如赤日之在中天！

【赏析】

"乾道之盟"确定金宋两国为叔侄关系，苟且偷安的南宋朝廷，每年新年和双方皇帝生辰，还按例互派使节祝贺，以示和好。虽貌似对等，但金使到宋，敬若上宾；宋使在金，多受歧视。故南宋有志之士，对此极为恼火。

淳熙十二年（1185）十二月，宋孝宗命章森（字德茂）以大理少卿试户部尚书衔为贺万春节（金世宗完颜雍生辰）正使。陈亮（1143—1194，原名汝能，字同甫）在为其送行时作了这首词。

在陈亮所有的爱国词中，这首写得颇具特色，从本是有失民族尊严的旧惯例中，表现出强烈的民族自尊心、自豪感；从本是可悲可叹的被动受敌中，表现出打败敌人的必胜信心，充满了昂扬的感召力量，使人仿佛感到在暗雾弥漫的夜空，掠过几道希望的火花。整篇词立意深远，言辞慷慨，充满激情，表达了不甘屈辱的正气与誓雪国耻的豪情。在同类豪放作品中，本词要高出一筹。

念奴娇

登多景楼

危楼还望，叹此意、今古几人曾会？鬼设神施，浑认作、天限南疆北界。一水横陈，连岗三面，做出争雄势。六朝何事，只成门户私计？

因笑王谢诸人^①，登高怀远，也学英雄涕。凭却长江，管不到、河洛腥膻无际。正好长驱，不须反顾，寻取中流誓。小儿破贼^②，势成宁问强对^③！

【注释】

①王谢诸人：泛指当时有声望地位的士大夫。

②小儿破贼：淝水之战时，谢安得驿书知道已破前秦大军，当时他正与客人下棋，就顺手把驿书放在床上继续下棋。客人问是什么驿书，谢安慢悠悠地回答："小儿辈遂已破贼。"当时率军作战的是其弟侄，故称"小儿辈"。

③强对：强大的对手。

【译文】

在高楼上极目四望，可叹自己的心意，古今有多少人能够领会？镇江一带的地势极其险要，长江天险简直是鬼斧神工，然而如此险要的山川不被当作进取的资本，竟被糊里糊涂地看作天设的南疆北界。镇江北面横奔着长江，东、西、南三面环绕着峥嵘的山冈，形成与强敌争雄、进取中原之势。六朝的统治者干了些什么事，全是为少数私家大族一时苟安之计？

所以那些士大夫很是可笑，他们登楼眺望边远，装模作样地学爱国的英雄洒泪挥涕。凭借着这有利的条件，却不去收复被腥膻之气笼罩的黄河、洛水的中原大地。正可长驱北伐，不必再回头反顾，应该像当年的祖逖那样，中流击水，收复中原。就如谢安叔侄那样镇定自若，一旦有利之形势已成，何须再问对手有多强大！

【赏析】

"乾道之盟"以后，南宋统治者欲以长江为界的南北定势为借口，放弃北伐，苟安江左。陈亮坚决反对，孝宗淳熙十五年（1188）春天，他在建康（今南京）、京口（今江苏镇江市）一带考察形势，准备向朝廷陈述北伐的策略。在镇江北固山上甘露寺内登多景楼时，作者写下了这首词。

本词的内容以议论形势、陈述政见为主，是对"天限南疆北界"这种苟安论调的否定。在作者看来，山川形势足以北向争雄，问题在于统治者缺乏争雄的远大抱负与勇气。在词中作者纵论时弊，痛快淋漓，充分显示他作为政论家的才能。这种大气磅礴、开拓万古心胸的强音，足以振奋人心。

同样是登多景楼的抒慨之作，同样是水调歌头曲调，陈亮的这首词比二十四年前陆游之作更为横肆痛快。陈亮用战略家的眼光指点江山，审视历史，破长江乃天限南北的旧说，发京口可争雄中原的宏论，嗟六朝只经营门户之私计，笑庸人空仿效英雄之挥涕，进而大声疾呼，动员北伐。全篇高屋建瓴，势不可挡，颇有战国纵横家之气，与陆游的感慨抑郁意境大不相同。但作为文学作品讽诵玩味，陈如满弓劲放，终觉一泻无余，略输蕴藉风致。陆则引而不发，陈多积蓄，因此更显得沉着凝重。

辛弃疾

水龙吟

登建康赏心亭

楚天千里清秋，水随天去秋无际。遥岑远目，献愁供恨，玉簪螺髻①。落日楼头，断鸿声里，江南游子。把吴钩看了，栏杆拍遍，无人会，登临意。

休说鲈鱼堪脍，尽西风，季鹰归未②？求田问舍，怕应羞见，刘郎才气③。可惜流年，忧愁风雨④，树犹如此⑤！倩何人唤取，红巾翠袖，揾⑥英雄泪！

【注释】

①玉簪螺髻：玉做的簪子，像海螺形状的发髻。此指高矮和形状各不相同的山。

②"休说鲈鱼堪脍"三句：史载，张翰（字季鹰）在洛阳做官，在秋季西风起时，想念家乡莼菜羹和鲈鱼脍的美味，便辞官回乡。后来的文人将思

念家乡称为"莼鲈之思"。

③"求田问舍"三句：指许汜向陈登"求田问舍"被看不起，后刘备评论的故事。

④风雨：比喻飘摇的国势。

⑤树犹如此：出自《世说新语·言语》"桓公（温）北征，经金城，见前为琅邪时种柳，皆已十围，慨然曰：'木犹如此，人何以堪！'攀枝执条，泫然流涕"。

⑥揾：擦拭。

【译文】

千里辽阔的南国秋空一派凄清，长江水随天流去，秋色更无边际。极目眺望北方的崇山峻岭，群山像女子头上的玉簪和螺髻，只引起我对国土沦落的忧愁和愤恨。夕阳斜挂赏心亭楼头，离群孤雁的悲啼声里有我这流落江南思乡游子的心情。我看着手中的弯刀，狠狠地把亭上的栏杆都拍遍了，也没有人领会我此时登楼的心意。

别提家乡的鲈鱼佳肴美味，西风吹尽了，不知张季鹰回来了没有？只关心为自己购置田地房产的许汜，应羞于见雄才大略的刘备。可惜时光如水，忧愁国势如风雨，真像桓温所说树也已经长得这么大了！叫谁去请那红巾翠袖的多情歌女，为我擦去英雄失志时的热泪。

【赏析】

这是辛弃疾（1140—1207，字幼安，号稼轩）早期词中最负盛名的一篇。辛弃疾出生时北方就已沦陷于金人之手。他的祖父辛赞虽在金国任职，却一直希望有机会能够拿起武器和金人决一死战，因为辛弃疾的先辈和金人有着不共戴天之仇。同时，辛弃疾也不断亲眼目睹汉人在金人统治下所受的屈辱与痛苦。这一切使他在青少年时代就立下了恢复中原、报国雪耻的志向。二十一岁时，辛弃疾聚集了二千人，参加了由耿京领导的一支人数达二十余万的起义军，并担任掌书记。二十三岁归于南宋，但一直屡遭排斥。宋孝宗淳熙元年（1174），辛弃疾将任东安抚司参议官。这时作者南归已八九年了，仍只任一介小官。一次，他登上建康（今南京）的赏心亭，百感交集，于是写下了这首词（一说此词于孝宗乾道四年至六年在建康任通判时所作）。

此词上阕以山水起势，境界阔大，触发了家国之恨和乡关之思，表达了词人如离群孤雁、像弃置的宝刀难抑胸中郁闷。下阕抒怀，写其壮志难酬之悲，用典故对历史人物进行褒贬，从而表达自己以天下为己任的抱负。结尾抒慷慨呜咽之情。全词深刻揭示了英雄志士有志难酬、报国无门、抑郁悲愤的苦闷心情，极大地表现了词人诚挚无私的爱国情怀。虽然出语沉痛悲愤，但整首词的基调还是激昂慷慨，具有极其强烈的感染力量。

满江红

题冷泉亭

直节①堂堂，看夹道冠缨②拱立。渐翠谷、群仙东下，佩环声急。谁信天峰飞堕③地，傍湖千丈开青壁。是当年、玉斧削方壶④，无人识。

山木润，琅玕⑤湿。秋露下，琼珠滴。向危亭横跨，玉渊澄碧。醉舞且摇鸾凤⑥影，浩歌莫遣鱼龙泣。恨此中、风物本吾家⑦，今为客。

【注释】

①直节：劲直挺拔貌，代指杉树。

②冠缨：帽子与帽带，代指衣冠楚楚的士大夫。

③天峰飞堕：相传东晋时，有天竺僧人慧理来杭州，看到此峰惊奇地说："此乃天竺国灵鹫山之小岭，不知何以飞来？"因此称为"飞来峰"。

④方壶：神话传说中渤海之东的仙山。

⑤琅玕：本指青色美玉，此指绿竹。

⑥鸾凤：鸾鸟和凤凰。在古代诗词中，往往比喻贤能、俊美或良善的人。

⑦风物本吾家：冷泉亭景色与作者老家济南（有"泉城"之称）风光相似。

【译文】

山路两旁的树木高竹夹道，如戴冠垂缨的官吏，气概堂堂地夹道拱立。两旁翠绿溪谷的流泉，渐次流下，优美的泉水声像乘风东下的群仙身上的佩环丁当作响。谁能相信耸立在西湖边的这座千丈山峰会是从天竺（印度）飞来的呢？这飞来峰是神仙用玉斧削就，可惜沧桑变幻，现在已无人知晓了。

秋露结成琼珠般的水珠往下滴，湿润了山间的草木翠竹。跨过小桥，登上高亭，脚下是澄清如碧玉的潭水。我带着醉意起舞，摇动鸾凤似的身影；我放声高歌，但又怕歌声引发鱼龙感泣。我的家乡济南和这里一样美丽，可恨被金人占领，使我今天客居江南。

【赏析】

辛弃疾在南归之后、隐居带湖之前，曾三度在临安（今杭州）短暂任职。乾道六年（1170）夏五月，时年三十一岁的辛弃疾任司农寺主簿，次年知滁州。这段时间是三次中较长的一次，本词可能就是这次在杭州登冷泉亭时作的。冷泉亭在杭州西湖灵隐寺西南飞来峰下，为西湖名胜之一。

词的上阕自上而下，从附近的山林和流泉曲涧写起，写冷泉亭附近的山林和飞来峰；下阕写游亭的活动及所感。结尾两句，点明题意，寄托了作者渴望收复国土、重返故乡的深情。全词触景生情，由西湖景物触动作者的思乡之情联想到国家民族的悲哀，表达含蓄悲愤深广；写景形容逼肖，开阔自然，笔法摇曳多变，犹如游龙飞舞，体现了辛弃疾的风格特点和功力。

木兰花慢

滁州送范倅

老来情味减，对别酒，怯流年。况屈指中秋，十分好月，不照人圆。无情水都不管，共西风、只管送归船。秋晚莼鲈江上，夜深儿女①灯前。

征衫，便好去朝天②，玉殿正思贤。想夜半承明③，留教视草④，却遣筹边。长安故人问我，道愁肠殢酒⑤只依然。目断秋霄落雁，醉来时响空弦。

【注释】

①儿女：此指儿子和女儿。

②朝天：朝见天子。

③承明：承明庐。汉代承明殿旁屋，侍臣值宿所居，称"承明庐"。三国魏文帝朝臣止息之所亦称"承明庐"。后世以入承明庐为入朝或在朝为官的典故。

④视草：为皇帝起草制诏。

⑤殢酒：沉溺于酒。

【译文】

我上了年纪，早年的情怀就减退了，面对着送别酒，怯惧年华流逝。何况屈指算来中秋已近，那一轮美好的圆月，偏不照人的团圆。无情的流水全

不管离人的眷恋，它与西风一道，只管把归去的船送走。你回去正好能赶上美味的莼菜羹、鲈鱼脍，还可以与儿女们灯前团聚长谈，直至深夜。

旅途的征衫不必换，便可以去朝见天子了，而今朝廷正思贤访贤。料想在深夜的承明庐，你会留下为皇帝起草诏书，皇上还派你去筹划边防军备。如果京城里的故友问到我，就说我依然是愁肠满腹借酒浇愁的老样子。我极目远望秋天的云霄里一只落雁消逝不见，沉醉中觉得是我张弓满月，空弦虚射，却惊落了秋雁。

【赏析】

这首词作于乾道八年（1172）稼轩任滁州任上。范昂任滁州通判，是辛弃疾的副手。这年秋天，范昂任满被召回临安，辛弃疾作此词为他送行。

在词中，作者借送别的机会，表达对友人的殷切期望，希望他能受到皇帝的重用，并热情地鼓励他到前方去筹划军事，充分发挥他的才能。同时，词人也借此倾吐自己满腹的忧国深情，宣泄了自己壮志难酬的苦闷及慷慨悲凉的心情。全词运用对比的手法寄托情怀，蕴含着开阖顿挫、腾挪跌宕的气势，抒发离情中透露着豪放。

菩萨蛮

书江西造口壁

郁孤台①下清江②水，中间多少行人泪！西北望长安，可怜无数山。
青山遮不住，毕竟东流去。江晚正愁余，山深闻鹧鸪③。

【注释】

①郁孤台：古台名，位于赣州城区西北部贺兰山顶。
②清江：赣江与袁江合流处旧称清江。
③鹧鸪：鸣声凄切，如说"行不得也哥哥"。

【译文】

郁孤台下的清江之水，中间流淌着多少逃亡难民的血泪！向西北望去，想看看故都故土，可惜被无数山峦挡住了。

青山能遮住视线，但江水东流的大趋势却不可阻挡。江边黄昏时我正在忧愁，深山里又传来鹧鸪的鸣叫。

【赏析】

宋孝宗淳熙二、三年（1175—1176），辛弃疾任江西提点刑狱，驻节赣州，造口（即皂口镇，在今江西省万安县西南三十千米处）是他过往之地，他追想四十多年前金兵南下时人民遭受的苦难，又遥念今天仍然沦陷敌手的中原，不胜感慨，在造口墙上写了这首词。

此词写作者登台望远，忧国忧民，表现出对沦亡国土的深切思念之情，用江水东流喻正义所向，流露出收复失地、驱逐敌人的强烈愿望及不屈不挠的坚强意志。然而时局并不乐观，词人的内心充满了哀愁。全词运用比兴手法，以眼前景道心上事，达到比兴传统意内言外之极高境界，沉郁顿挫，悲壮苍凉，具有很强的艺术感染力。

水调歌头

舟次扬州和人韵

落日塞尘起，胡骑猎清秋。汉家组练①十万，列舰耸层楼。谁道投鞭飞渡，忆昔鸣髇血污，风雨佛狸愁②。季子正年少，匹马黑貂裘③。

今老矣，搔白首，过扬州。倦游欲去江上，手种橘千头④。二客⑤东南名胜，万卷诗书事业，尝试与君谋：莫射南山虎，直觅富民侯⑥。

【注释】

①组练：组甲练袍，指装备精良的军队。

②"忆昔鸣髇血污"两句：指1161年金主完颜亮在采石矶兵败后被其部下所杀之事。鸣髇，即鸣镝，是一种响箭。匈奴单于头曼被部下的鸣镝射杀。佛狸，后魏太武帝拓跋焘小字佛狸，曾率师南侵，死在自己的亲信手里。

③"季子"两句：指苏秦（字季子）少时寻求建立功业，到处奔跑貂裘积满灰尘，颜色变黑。后以合纵策游说诸侯佩六国相印。

④橘千头：三国时丹阳太守李衡曾命人到武陵龙阳洲种橘千株。临终时对其儿说，我家有"千头木奴"，足够你岁岁使用。

⑤二客：指友人杨炎正、周显先。

⑥"莫射"两句：感叹朝廷偃武修文。西汉李广居蓝田南山中，亲自去射虎。汉武帝晚年悔征战之事，封丞相为富民侯。

【译文】

边塞上的战尘涌起遮蔽了夕阳，清秋时节金兵大举南侵。我朝十万精兵奋起抵抗，江面上排列着高耸如楼的兵舰。谁说完颜亮的士兵如苻坚吹嘘的投鞭就能截断江流，想当年完颜亮南进，溃败被杀。年轻时我像当年身披貂裘的苏秦一样，跨着战马为国奔走效力。

今过扬州，人已中年白首，不堪回首当年。我疲倦得真想到江湖间种橘游憩。你们二位都是东南的名流，胸藏万卷诗书，胸怀大志，自不应打算像我一样归隐。但有一言还想与君等商议一下：不要学李广在南山闲居射虎，只可取"富民侯"谋个安逸轻闲。

【赏析】

此词作于淳熙五年（1178）。这年夏秋之交，辛弃疾在临安大理寺少卿任上不足半年，又调任为湖北转运副使，溯江西行。船只停泊在扬州时，与友人杨济翁（字炎正）、周显先有词作往来唱和。作者在南归之前，在山东、河北等地区从事抗金活动，到过扬州，又读到友人伤时的词章，心潮澎湃，遂写下这一首抚今追昔的和韵词作。

此词的上阕是"追昔"，气势沉雄豪放，表现了少年时期抗敌报国建立功业的英雄气概；下阕笔锋所及转为"抚今"，抒发了理想不能实现的悲愤，貌似旷达实则感慨极深，末路英雄的忧愤与失望情绪跃然纸上。全词行文腾挪，意境开阔，个中酸楚愤激，耐人寻味。

清平乐

独宿博山王氏庵

绕床饥鼠，蝙蝠翻灯舞①。屋上松风听急雨，破纸窗间自语。
平生塞北江南，归来②华发③苍颜。布被秋宵梦觉，眼前万里江山。

【注释】

①翻灯舞：绕着灯翻飞。
②归来：指宋淳熙八年（1181）冬被免官归里。
③华发：头发花白。

【译文】

夜出觅食的饥鼠绕床爬行，蝙蝠围着昏黑的油灯上下翻飞。屋外风雨交加，狂风吹着松涛呼啸，破裂的窗纸呼啦啦自言自语。

为了国事奔驰于塞北江南，如今被免官回到故里，已是头发花白，容颜苍老。一阵凄冷的秋风袭来，我从单薄的布被中惊醒，心中所思所想依然是梦中的万里江山。

【赏析】

辛弃疾被罢职闲居期间，常到信州（今江西上饶）附近的名胜之处鹅湖、博山（今江西广丰县西南）等地游览。1185年一个清秋的夜晚，四十六岁的辛弃疾来到博山脚下一户王姓的人家投宿。王家茅舍破旧，屋后是一片松林，环境荒凉冷落，他即景生情，感慨万端，在夜深人静的时候，写成了这首寄寓很深的小令。

此词上阕描绘环境，渲染气氛，下阕抚今追昔，对自己的出生地北方沦陷感慨万千，表现了作者"烈士暮年，壮心不已"的可贵精神。透过这首词，我们仿佛见到一个须发灰白的老人，终究被打压没能带兵与金人一搏，眼看时光易老，壮志难酬，以至于方从梦中醒来，眼前恍惚竟然还是万里江山，可见一颗赤诚为国之心。全词感情浓烈，语言朴实，环境气氛的渲染非常出色，对主人公的心理描述和形象刻画活灵活现，在辛弃疾的爱国作品中别具一格。

破阵子

为陈同甫赋壮词以寄之

醉里挑灯看剑，梦回吹角连营。八百里①分麾下炙，五十弦②翻塞外声。沙场秋点兵。

马作的卢③飞快，弓如霹雳弦惊。了却君王天下事，赢得生前身后名。可怜白发生！

【注释】

①八百里：原意指牛。出自《世说新语·汰侈》记载，晋王恺有良牛，名"八百里驳"。后世诗词多以"八百里"指牛。

②五十弦：典出《史记》卷二十八"封禅书"，"太帝使素女鼓五十弦

瑟，悲，帝禁不止，故破其瑟为二十五弦。"后常用以称瑟。亦指悲哀的乐曲，或美称音乐。

③的卢：一种烈性快马。

【译文】

醉酒时挑亮油灯观看宝剑，梦中回到了当年号角声响成一片的军营。把烤牛肉分给部下，让乐器奏起粗犷的军乐鼓舞士气。这是秋天在战场上检阅军队。

阅兵场上的战马快如"的卢"，弓箭像惊雷一样震耳离弦。一心想为君王收复失地，为自己生前死后留下美名。可惜已成了白发人！

【赏析】

宋孝宗淳熙十五年（1188）冬天，辛弃疾的好友陈亮（字同甫）来信州（今江西上饶）访失意闲居的辛弃疾，并逗留了十天时间，两人纵谈世事，开怀畅饮，达到空前的默契，这就是历史上著名的一次"鹅湖之会"。

这首词是离别后作者寄陈亮的。词中回顾了他当年在山东和耿京一起领导义军抗击金兵的情形，描绘了义军雄壮的军容和英勇战斗的场面，末尾猛然跌落，以沉痛的慨叹，抒发了"壮志难酬"的悲愤。壮和悲，理想和现实，形成强烈的反差，宣泄了作者想要杀敌报国、建功立业却已年老体迈的壮志未酬的一腔悲愤。整首词豪迈高昂，气势磅礴，充满了鼓舞人心的壮志豪情，是辛词代表作之一。

贺新郎

同甫见和再用韵答之

老大那堪说。似而今、元龙臭味，孟公瓜葛①。我病君来高歌饮，惊散楼头飞雪。笑富贵、千钧如发。硬语盘空谁来听，记当时、只有西窗②月。重进酒，换鸣瑟。

事无两样人心别。问渠侬③、神州毕竟，几番离合？汗血盐车④无人顾，千里空收骏骨⑤。正目断、关河路绝。我最怜君中宵舞，道"男儿、到死心如铁"。看试手，补天裂。

【注释】

①孟公瓜葛：孟公即西汉陈遵，字孟公，为人豪爽，喜饮酒。曾出使匈

奴，匈奴的单于胁迫陈遵投降匈奴，陈遵向他陈明利害，说清曲直，单于很佩服他，让他回了汉朝。瓜葛，指关系、交情。

②西窗：古时多讨伐在长城西北方的匈奴。在近千年的不断征战中，百姓们只有默默遥望西方亲人远去的地方寄托思念。后来诗词中则以西窗指思念。

③渠侬：渠，指他。侬，指你。吴地方言。此指南宋当权者。

④汗血盐车：用汗血宝马拉盐车。

⑤骏骨：指燕昭王用千金购千里马骨以求贤的典故。

【译文】

我已经老大无成，本来不该再说什么了。然而，如今遇到了你这个像陈登、陈遵般胸怀大志、为人豪爽的臭味相投者，就忍不住要说几句。我正郁闷愁苦，你来了，我高兴得与你高歌痛饮，楼上的积雪都被惊落了下来。我们都觉得那些把功名富贵看得如同千钧般重的人实在可笑。可是我们雄伟矫健的言谈又有谁能理解呢？记得当时只有那个照人间思念的明月。我们有说不完的话，一次次地斟着酒，更换着瑟曲。

国事一如往昔，但人心却今非昔比了。请问当权者，我们的神州大地究竟还要割裂多久？汗血宝马在拉着盐车无人过问，却要沽名钓誉地用重金收买千里马的骸骨。我举目远望，关塞河防道路阻塞，去中原的路断绝了。我最尊敬你如晋代祖逖与刘琨"闻鸡起舞"的壮烈情怀，你曾说过：大丈夫抗金救国的决心像钢铁那么坚硬，到死也不会动摇。我等待着你大显身手，如女娲一样把西北的天补起来。

【赏析】

这是"鹅湖之会"之后辛弃疾回复陈亮的另一首词，作于淳熙十六年（1189）春天。

此词一上来便喷射出激昂的豪情：英雄已老，壮志难酬，气郁心头，但尽管如此，他们是不堪寂寞。词人以三国时豪气横飞的陈登、汉代热情洋溢的陈遵喻陈亮。他想起与陈亮相会时饮酒高歌，"惊散楼头飞雪"，将世人看作千钧的富贵视作轻如毛发的情景，其豪然正气，惊天动地。面对山河破碎、统治者置江山沦陷于不顾，词人痛心疾首，爱国志士饱含爱国激情，却报国无门，这就像让千里马去拉盐车而没人注意，其屈辱境地，令人义愤填膺，壮士只有眼睁睁望着大好河山被人践踏而无可奈何。词的最后，作者塑造了陈亮的高大形象：虽遭压抑，但仍积极奋发，闻鸡起舞，对祖国充满爱心与信心，他要用自己的双手，像女娲补天一样，完成祖国统一大业。全词笔健境阔，格调高昂，形象地反映了作者和陈亮在思想一致的基础上所结成的战斗友谊，抒发了他们坚持抗战，志在统一的壮志豪情。

水龙吟

过南剑双溪楼

举头西北浮云，倚天万里须长剑。人言此地，夜深长见，斗牛光焰①。我觉山高，潭空水冷，月明星淡。待燃犀下看，凭栏却怕，风雷怒，鱼龙惨②。

峡束苍江对起，过危楼，欲飞还敛。元龙老矣，不妨高卧，冰壶凉簟③。千古兴亡，百年悲笑，一时登览。问何人又卸，片帆沙岸，系斜阳缆？

【注释】

①斗牛光焰：据《晋书·张华传》载，晋尚书张华见斗、牛二星间有紫气，问雷焕；曰：是宝剑之精，上彻于天。后焕为丰城令，掘地，得双剑，其夕，斗牛间气不复见焉。焕遣使送一剑与华，一自佩。华诛，失剑所在，焕卒，其子华持剑行经延平津，剑忽于腰间跃出坠水，化为二龙。

②惨：凶虐。

③簟：竹子编的席子。

【译文】

抬头看着被浮云遮蔽的西北天空，要拨开乌云必须有一把倚天长剑。有人说此处深夜时，常能看见斗星与牛星之间的光芒，可以上决浮云。我感到山高水冷，剑潭空荡，月明星淡。待点燃犀牛角下到水中看看，刚靠近栏杆处却担心风雷发怒、鱼龙凶虐。

苍江水奔流受到两边高山扼制，穿过危楼时，想要奔腾飞泻，却不得不紧束收敛，渐趋平缓。我有心像陈登那样但是身体和精神都已老了，不妨高枕而卧，隐居起来饮冷酒、睡冷席。一时登上这双溪楼，就想到千古兴亡之事，想到自己平生之悲欢。是谁又一次卸下了船舟的风帆，在沙岸系上了绳缆？

【赏析】

这是一首登临之作，是辛弃疾爱国思想表现十分强烈的名作之一。宋光宗绍熙三年（1190），闲居了十年之久的辛弃疾被起用为福建提点刑狱，次年秋，升任知福州兼福建安抚使。绍熙五年（1194），作者途经南剑州（今福建延平），登览著名的双溪楼时，由地势联想到传说落入水中的宝剑，在祖国"西北"被浮云遮蔽的年代，该是多么需要有一把能扫清万里阴云的长剑，于是作者有感而作此词。

　　写这首词时，作者年已五十五岁，入仕之后的大部分时间被罢官闲居，现在也不过是区区一个地方官，又遭人弹劾即将罢官，真如一只卸了帆、系了缆绳的舟船，无从施展收复中原的抱负。他想积极行动起来抗金杀敌，但屡受排挤打击之后，又担心主和派"风雷发怒、鱼龙凶虐"，于是倚天抽剑的豪迈气势又骤降为无可奈何的哀叹。全篇尽管看起来似乎低沉，但隐藏在词句背后的，又正是不能忘怀国事的忧愤。所以很能代表辛词雄浑豪放、风格刚劲、慷慨悲凉的风格。

水调歌头

　　我志在寥阔，畴昔①梦登天。摩娑素月，人世俯仰已千年。有客②骖鸾并凤，云遇青山赤壁③，相约上高寒。酌酒援北斗，我亦虱其间④。

　　少歌曰："神甚放，形如眠。鸿鹄一再高举，天地睹方圆。"欲重歌兮梦觉，推枕惘然独念，人事底亏全？有美人⑤可语，秋水隔婵娟。

【注释】

①畴昔：昨晚。

②客：指作者之友赵蕃（字昌父）。

③青山赤壁：代指李白和苏轼，李白死后葬于青山，苏轼贬官黄州之时游览过赤壁。

④虱其间：我不过是其中的虱子。作者自谦之辞。

⑤美人：指知己朋友。此处指赵昌父、吴绍古（字子似）。

【译文】

　　我有高远的志向和宽宏的气度，昨天在梦中登上了渺远的蓝天。在梦幻中抚摸并尽情赏玩那洁白的月亮，不知不觉人间已过了千年。忽然，赵昌父驾着鸾凤飞升至身旁，他说来时遇到了李白和苏轼，约好了一起到天宫去。要北斗来倒酒喝酒，我非常荣幸也置身其间。

我们不由得小声歌唱起来："身体虽然清闲无为，好像在睡眠，但精神依然奔放旷达。宛如鸿鹄一样展翅遨游九天，将山川大地看得清清楚楚明明白白。"想要再唱歌时却醒了，推开枕头惘然若失、喃喃自语，人事为何有亏有全，难以圆满？可以向良友赵昌父、吴子似诉说，可是友人却被秋水阻隔着离自己甚远。

【赏析】

绍熙五年（1194），辛弃疾从福州知府兼福建安抚使任上被弹劾免官，回到江西铅山其瓢泉新居，开始了长达八年的再度闲居生活。这首词就作于闲居瓢泉期间。他写这首词是为了回复友人赵蕃并兼寄吴绍古的。赵蕃是江西玉山人，距铅山不远，奉祠家居，不求仕进，饮酒作诗，气度不凡，世人以为有陶靖节之风。他用苏轼的《水调歌头·明月几时有》韵作了词，寄给辛弃疾，辛和了这首词。吴绍古在此期间曾任铅山县尉。

这首词写梦中登天所见，跌宕起伏，忽而天上，忽而人世，驰骋奔逸，狂放不羁，洋溢着豪迈的激情。篇末写一梦醒来，终有不得志的惆怅要与友人诉说。词中充满瑰丽丰富的想象，大胆惊人的夸张，"摩挲素月""骖鸾并凤""酌酒援北斗""天地睹方圆"等名句，都放射出五光十色的美丽光辉，显现出光彩夺目的浪漫主义色彩。从词意可以看出，闲居乡野的辛弃疾，虽然因遭朝中奸臣排挤，报国无门，宏图难展，心中怨愤，时常寄情山水，托兴诗酒，但是，在他的内心深处，仍不忘忧国忧民，实现收复失地统一国家的理想。

贺新郎

别茂嘉十二弟

绿树听鹈鴂①，更那堪、鹧鸪声住，杜鹃②声切。啼到春归无寻处，苦恨芳菲都歇。算未抵、人间离别。马上琵琶关塞黑。更长门③翠辇辞金阙。看燕燕，送归妾。

将军④百战身名裂。向河梁、回头万里，故人长绝。易水萧萧西风冷⑤，满座衣冠似雪。正壮士、悲歌未彻。啼鸟还知如许恨，料不啼清泪长啼血。谁共我，醉明月？

【注释】

①鹈鴂：鸟名，春分鸣则众芳生，秋分鸣则众芳歇。

②杜鹃：其声哀婉，如说"不如归去"。

③长门：汉宫名。汉武帝陈皇后被贬居所。

④将军：指汉武帝时的李陵。李陵多次与匈奴作战，最后一次战败降敌，于是身败名裂。

⑤"易水"句：引用《史记·刺客列传》中荆轲刺秦王一事。

【译文】

绿树荫里鹈鴂叫，听得人更加悲伤，鹧鸪"行不得也哥哥"的啼叫刚停，杜鹃又发出"不如归去"的凄切号呼。直啼到春光尽去无觅处，芬芳百花都枯萎，令人愁恨、痛苦。其实细算来这些都抵不上人间的离别之痛。王昭君出关马上琵琶声悲切，奔向黑沉沉的关塞荒野，更有那失宠的陈皇后阿娇，乘着翠羽宫车离开宫殿，幽居长门宫。再看看春秋时卫国庄姜的《燕燕》诗，远送休妾去国归老。

李陵将军身经百战，终落得个身败名裂。与苏武河梁相别，回头遥望故国远隔万里，与故友永远诀别。还有荆轲"风萧萧兮易水寒"，送行的人全身孝服似白雪。啼鸟如果还懂得人间有如此多的悲恨痛切，料想它不再悲啼清泪，而是声声啼血。你走后，还有谁与我共醉赏明月？

【赏析】

本词大约作于辛弃疾闲居铅山期间的嘉泰三年（1203），"茂嘉十二弟"，是辛弃疾的族弟辛茂嘉。此时茂嘉因事被贬官桂林。这首词显然并非一般送别词，全篇接连引用了五个典故，借以寄寓自己悲壮的爱国情怀，在个人的人生悲欢离合的感受上，又加进了深沉的家国之悲。此词笔力雄健，沉郁苍凉，收放自如，豪情满纸。王国维在《人间词话》中说："稼轩《贺新郎》词送茂嘉十二弟，章法绝妙，且语语有境界，此能品而几于神者。然非有意为之，故后人不能学也。"由此可以看出，辛弃疾不愧为一代文豪！

南乡子

登京口北固亭有怀

何处望神州？满眼风光北固楼①。千古兴亡多少事？悠悠。不尽长江滚滚流。

年少万兜鍪②，坐断③东南战未休。天下英雄谁敌手？曹刘。生子当如孙仲谋④。

卷三　宋词

【注释】

①北固楼：即北固亭。在京口（今镇江）北固山上，下临长江，三面环水。

②万兜鍪：指千军万马。兜鍪，头盔。

③坐断：坐镇，占据。

④生子当如孙仲谋：《三国志·吴书·吴主传》载，"十八年正月，曹公攻濡须，权与相拒月余。曹公望权军，叹其齐肃，乃退。"裴注《吴历》曰："……权行五六里，回还作鼓吹。公见舟船器仗军伍整肃，谓然叹曰：'生子当如孙仲谋！若刘景升儿子，豚犬耳！'"仲谋，孙权的字。后人常以此比喻希望晚辈英贤。

【译文】

哪里可以看见中原呢？在北固亭上，满眼都是如画的风光。古往今来，有多少国家兴亡大事？往事长远悠久。就如同永远也流不尽的滚滚长江水。

想当年，年少的孙权带领千军万马，独据东南，从来没放弃过抗战。敢问天下英雄除了曹操和刘备，谁是孙权的敌手呢？难怪曹操说："生子当如孙仲谋。"

【赏析】

宋宁宗嘉泰三年（1203）六月末，辛弃疾被韩侂胄起用为绍兴知府兼浙东安抚使，第二年三月，改任京口知府，戍守江防要地京口。这里在历史上曾是英雄用武和建功立业之地，此时也是南宋与金人对垒的第二道防线。作者在登临京口北固亭时，触景生情，不胜感慨系之，写下了这首词。

此词上阕写作者思念中原，又痛感中原落于敌手，感叹千古兴亡之事。下阕借凭吊千古英雄之名，慨叹当今南宋无大智大勇之人执掌乾坤，结尾引用了曹操前半句，没有明言后半句，讽刺当朝主和派的大臣们都是刘景升儿子一类的猪狗，这种别开生面的表现手法，真是令人叫绝。全词即景抒情，借古讽今；风格明快，气魄阔大，气势豪放，实属小令中之上品。

永遇乐

京口北固亭怀古

千古江山，英雄无觅，孙仲谋处。舞榭歌台，风流总被，雨打风吹去。斜阳草树，寻常巷陌，人道寄奴①曾住。想当年，金戈铁马，气吞万里如虎②。

元嘉③草草，封狼居胥④，赢得仓皇北顾。四十三年⑤，望中犹记，烽火扬州路。可堪回首，佛狸祠⑥下，一片神鸦社鼓。凭谁问，廉颇老矣，尚能饭否⑦？

【注释】

①寄奴：南朝宋武帝刘裕小名。

②"想当年"三句：刘裕曾两次率领精锐的部队北伐，收复洛阳、长安等地。

③元嘉：刘裕子刘义隆年号。

④封狼居胥：西汉霍去病追击匈奴，至狼居胥山（在今内蒙古西北部），大获全胜，封山而还。

⑤四十三年：辛弃疾至此时已经南归四十三年。

⑥佛狸祠：北魏太武帝拓跋焘（小名佛狸）追击刘义隆军队至长江南岸的瓜步山的行宫，后称佛狸祠。

⑦"廉颇"两句：《史记·廉颇蔺相如列传》载，赵将廉颇晚年被免，出奔魏国，秦攻赵，赵王派人去看廉颇是否还可用。廉颇之仇郭开贿赂使者，"赵使者既见廉颇，廉颇为之一饭斗米，肉十斤，被甲上马，以示尚可用。"使者回来报告赵王说："廉颇将军虽老，尚善饭，然与臣坐，顷之三遗矢（通假字，即屎）矣。"赵王以为廉颇已老，就未用他。

【译文】

江山还是这个江山，但是再也找不到像东吴孙权那样的英雄。昔日的舞榭歌台还在，风流人物却都被风吹雨打化为尘土。斜阳照着长满草树的普通小巷，人们说那是当年南朝宋武帝刘裕曾经住过的地方。回想当年，他领军北伐、收复失地的时候气吞万里，势如猛虎。

然而刘裕的儿子刘义隆草率北伐，本想封山纪功狼居胥，换来的却是仓惶向南逃蹿，不断回头北顾。我回到南宋已经有四十三年了，远眺中原仍然记得扬州一代烽火连天的战乱场景。往事怎忍再回顾？异族拓跋焘当年的行宫外竟然有祭祀的鼓声，乌鸦在庙里啄食祭品。还有谁会派人来探问：廉颇老了，还能吃饭吗？

【赏析】

本词作于宋宁宗开禧元年（1205）知镇江府任上。前一年，韩侂胄为了巩固自己的地位，草草筹划北伐。京口濒临抗战前线，是北伐的重要基地。六十六岁的辛弃疾到任后，做了大量的准备工作，一面派遣人到金国侦察形势虚实，一面准备招募沿边士兵训练。同时，他清楚地认识到了战争形势，对独揽朝政的韩侂胄轻敌冒进的做法感到忧心忡忡，他认为应当做好充分准备，绝不能草率从事，否则难免重蹈"隆兴北伐"的覆辙。但辛弃疾的意见并没有引起重视。有一天他再次来到北固亭，登高眺望，怀古忆昔，心潮澎湃，感慨万千，于是写下了这首词。

此词上阕运用了与京口有关的历史事实，颂扬孙权不畏强敌、坚持抗战和刘裕北伐中原、收复失地的精神，全面地表达了他关于北伐的战略思想。下阕主要写历史教训，主张北伐不能草率从事，指出现在佛狸祠下，中原文明将坠失的这种可能性越来越大，最后以廉颇自况，表示自己虽老仍愿为国效力。全词用典精当，有怀古、忧世、抒志的多重主题，增强了作品的说服力和意境美。风格上，豪壮悲凉，义重情深，放射着爱国主义的思想光辉。与上一首北固亭词作相比，一风格明快，一沉郁顿挫，同是怀古伤今，写法大异其趣，而都不失为千古绝唱，可见辛弃疾在语言艺术上的特殊才能。

西江月

遣 兴

醉里且贪欢笑，要愁那得工夫。近来始觉古人书，信著全无是处①。

昨夜松边醉倒，问松"我醉何如"。只疑松动要来扶，以手推松曰"去"②。

【注释】

①"近来"两句：用《孟子·尽心下》"尽信书则不如无书"意。

②"以手"句：用《汉书·龚胜传》"胜以手推常（夏侯常）曰'去'。"

【译文】

酒醉之时我恣意欢笑，哪有工夫再去忧愁？我近来才明白那些古人的书，如果都信了它们，就完全没有用处了。

昨天夜里我在松树边醉倒了，就问松树："我醉得怎么样呀？"恍惚中我看见松树走过来要将我搀扶，赶快用手推它说："走开！"

【赏析】

这首词大概是在辛弃疾废退闲居时的作品。从词的字面看，"遣兴"好像是抒写悠闲的心情，但骨子里却透露出他那不满现实的思想感情和倔强的生活态度。词的上阕，词人说忙着喝酒贪欢笑，从字里行间流露出无法排解内心的苦闷和忧愁，姑且想借酒醉后的笑闹来忘却忧愁；接着好像是否定一切古书，其实这只是词人借醉后狂言，从反面指出了南宋统治者完全违背了古圣贤的教训。下阕则是描绘醉态，这不是微醺，而是大醉。这四句不仅把醉态写得非常逼真，也写出了作者独立不倚的倔强性格。全词借醉酒而大发牢骚，抒发了词人怀才不遇、壮志难酬的伤感和愤慨，呈现出词人耿介、旷达的性格。

鹧鸪天

有客慨然谈功名，因追念少年时事，戏作。

壮岁旌旗拥万夫①，锦襜突骑渡江初②。燕兵夜娖银胡觮③，汉箭朝飞金仆姑④。

追往事，叹今吾，春风不染白髭须。却将万字平戎策⑤，换得东家⑥种树书。

【注释】

①壮岁旌旗拥万夫：指作者领导起义军抗金事，当时21～23岁。他在《进美芹十论子》里说："臣尝鸠众二千，隶耿京，为掌书记，与图恢复，共藉兵二十五万，纳款于朝。"

②锦襜突骑渡江初：指作者南归前统率部队和敌人战斗之事。锦襜突骑，穿锦绣短衣的快速骑兵。

③燕兵夜娖银胡觮：张安国的军队在夜晚枕着银胡觮小心防备。娖，整理。觮，箭袋。一说胡觮是一种用皮制成的测听器，枕着它可以测听三十里内外的人马声。

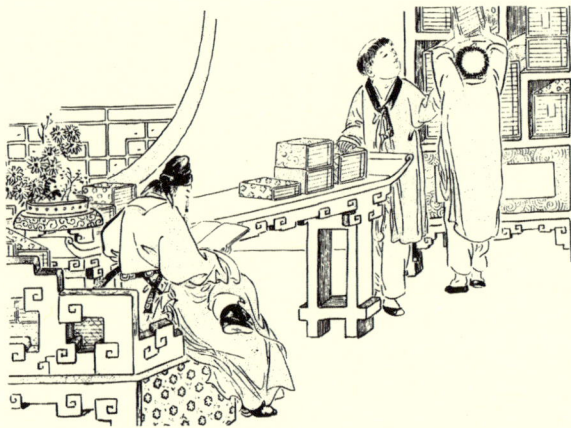

④金仆姑：箭名。

⑤平戎策：指作者南归后向朝廷提出的平定入侵者的策略。如《美芹十论》《九议》等。

⑥东家：指朝廷。一说指东边的邻居。

【译文】

有客人愤慨地谈到为抗金建功立业，于是我想起自己年少时的事情，作此词开个玩笑。

我年轻力壮时曾率领上万人的队伍，追捕张安国后就带着锦衣骑兵渡江南来。金人的士兵晚上枕着银胡䩮提心吊胆地防备，而宋兵拂晓便向敌人射去金仆姑箭。

追怀往事，不免深深地为自己叹息，春风再也不能把我的白胡子变黑了。我呕心沥血所写的长达几万字的平戎策，所换来的却是东家让我去种树的文书。

【赏析】

这首词是辛弃疾晚年家居时，碰到客人和他谈起建立功名的事，结合自己的经历而作的。

宋高宗绍兴三十一年（1161），二十一岁的辛弃疾组织了两千多人的起义队伍归附耿京。辛弃疾建议义军和南宋取得联系，以便配合战斗。第二年正月，耿京派他们一行十余人到建康谒见宋高宗。高宗授耿京为天平军节度使，授辛弃疾承务郎。辛弃疾等人回到海州，叛徒张安国杀了耿京，投降金人，义军溃散。辛弃疾在海州组织五十名勇敢义兵，将张安国劫出金营，交给南宋朝廷处置（当街游行示众，后砍头）。

但辛弃疾对南宋朝廷的怯懦和畏缩并不了解，加上宋高宗赵构曾赞许过他的英勇行为，不久后即位的宋孝宗也一度表现出想要恢复失地、报仇雪耻的锐气，所以在他南宋任职的前一时期中，曾写了不少有关抗金北伐的建议，像著名的《美芹十论》《九议》等。尽管这些建议书很有价值，但已经不愿意再打仗的朝廷却反应冷淡，先后把他派到江西、湖北、湖南等地担任转运使、安抚使一类的地方官职，去治理荒政、整顿治安。后来辛弃疾常被弹劾、罢官，闲居江西上饶、铅山近二十年。

此词上阕忆旧，回忆青年时期一段得意的经历，激昂发越，声情并茂，气势恢宏。下阕感今，转把如今废置闲居、髀肉复生的情状委曲传出，悲凉如冰，心伤透骨。前后对照，悲壮对照，悲壮结合，感慨淋漓，而作者关注民族命运，不因衰老之年而有所减损，这种精神也渗透在字里行间。此词真如彭孙遹《金粟词话》评辛词所说的"激昂排宕，不可一世"，是作者最出色、最有分量的小令之一。

杨炎正

水调歌头

把酒对斜日，无语问西风。胭脂何事，都做颜色染芙蓉①。放眼暮江千顷，中有离愁万斛②，无处落征鸿。天在阑干角，人倚醉醒中。

千万里，江南北，浙西东。吾生如寄，尚想三径菊花丛③。谁是中州豪杰，借我五湖舟楫，去作钓鱼翁。故国且回首，此意莫匆匆。

【注释】

①芙蓉：荷花。

②中有离愁万斛：化用南北朝庾信《愁赋》"谁知一寸心，乃有万斛愁"诗句。斛，中国旧量器名，亦是容量单位，一斛本为十斗，后来改为五斗。

③尚想三径菊花丛：化用陶渊明《归去来兮辞》"三径就荒，松菊犹存"的诗意。

【译文】

端着酒杯对着西斜的夕阳，心里默默地问西风，为什么你把所有的胭脂都做了颜料去染秋荷了？夜幕即将降临，放眼这千顷大江，里面有无穷无尽的离愁，南飞的大雁竟连立足栖息的地方都没有。暮色苍茫，唯有栏杆的一角还可见一线天光；倚着栏杆醉了醒，醒了又醉。

辗转千万里，在大江南北、江浙东西漂泊。我一生都像是在客游他乡，真向往陶渊明"三径就荒，松菊犹存"的生活了。敢问谁是中原有用武之地的豪杰，请借我浪迹江湖的舟楫，我去效法范蠡做个钓鱼翁。可是回头看看沦陷的故土，归隐的决心还是不要下得太急吧！

【赏析】

这首感怀秋日的词是杨炎正（1145—?，字济翁）所作。杨炎正是一位力主抗金的志士，与辛弃疾是至交。他们人品、气节十分相似，词品、格调也很相近。由于统治者推行不抵抗政策，他的满腹经世之才无处施展。此词就是通过对自家身世的倾诉，来表达他那忧国忧民的爱国热情，真实地表现了他那种感时抚事、郁郁不得志的心理。虽然这首词哀怨伤感是主要氛围，但作者并非完全消沉，一蹶不振。全词立意炼句不同一般，豪放、沉郁而又风姿绰约。

水调歌头

登多景楼

寒眼乱空阔，客意不胜秋。强呼斗酒，发兴特上最高楼。舒卷江山图画，应答龙鱼悲啸①，不暇顾诗愁。风露巧欺客，分冷入衣裘。

忽醒然，成感慨，望神州。可怜报国无路，空白一分头。都把平生意气，只做如今憔悴，岁晚若为②谋。此意仗江月，分付与沙鸥。

【注释】

①龙鱼悲啸：意指面对飘摇的国家局势，爱国之士不能自安，想振作起来做出一番事业。

②若为：怎么。

【译文】

满目萧条冷落的景物中，落叶乱飞，长江一片空阔，令登楼之客不胜忧愁。为解忧我硬是喝下一斗酒，乘兴特意登上多景楼的最高处。倚栏四望，祖国的山河犹如一幅可舒可卷巧夺天工的图画，波涛汹涌之声好像江水之下鱼龙相互应答的悲啸声，赋诗吟愁这样的闲情逸致，在当前的形势下已无暇顾及。可是现实中寒气袭人，侵入衣裘。

忽然醒来，所有的雄心都化作感慨，只能望着神州大地去兴叹。可怜报国无路，消损憔悴空白头。平生的肝胆意气，只能使自己更加憔悴，冉冉老去难忘有所作为。就把此番心意托给江上的明月和没有心机的沙鸥，让它们成为知音陪伴着我了此生涯吧！

【赏析】

淳熙五年（1178），杨炎正已三十四岁了，仍然是一介布衣，满腹经世之才无处施展。这年秋天，他与辛弃疾共同乘舟路过镇江、扬州，多有唱和。这首词是他与辛弃疾登镇江北固山甘露寺中的多景楼所作。与此同时，辛弃疾也写了一首《水调歌头·舟次扬州和人韵》。这两首词不仅情味相投，而且风格也很接近，都是心怀国家之忧，感叹报国无路的登临抒怀之作。此词慷慨激越、愤世伤时之情溢于言表，虽不如稼轩词之博大深邃，但仍能得其神似。从这两位词人的唱和当中，可以看出当时爱国志士的处境是何等艰难。

刘 过

念奴娇

留别辛稼轩

知音者少，算乾坤许大，著身何处。直待功成方肯退，何日可寻归路。多景楼前，垂虹亭①下，一枕眠秋雨。虚名②相误，十年枉费辛苦。

不是奏赋明光③，上书北阙④，无惊人之语。我自匆忙天未许，赢得衣裾尘土。白璧追欢，黄金买笑，付与君为主。莼鲈江上，浩然⑤明日归去。

【注释】

①垂虹亭：在太湖东侧的吴江垂虹桥上，桥形环若半月，长若垂虹。

②虚名：指官位。

③明光：汉代官殿名，后泛指官殿。此指朝廷。

④北阙：古代官殿北面的门楼，是臣子等候朝见或上书奏事之处。此处亦指朝廷。

⑤浩然：不可阻遏、无所留恋的样子。

【译文】

知音者太少，算算天地之间如此之大，哪里才是我托身之处。我早已下定决心为收复中原建功立业后才肯退隐，但不知何日才到我功成身退的那一天。在这多景楼前，垂虹亭下，卧于床榻，听秋雨淅沥，听着听着也许就睡着了。官位真是误我太深，追求了十年，一切努力都白费了。

我不是没有向朝廷献上辞赋，不是在向朝廷上书献赋时没有惊人之语。可能是我心太急了，皇上只是暂时还没有答应让我做官，所以我现在只落得衣裾上尽是尘土。至于拿出白璧和黄金追欢买笑，都让你担任主角吧，我没法参与了。我像张翰那样产生了莼鲈之思，我决心明天就归隐了。

【赏析】

这是刘过（1154—1206，字改之）写给辛弃疾的一首赠别词。刘过四次应举不中，流落江湖间，布衣终身。曾为陆游、辛弃疾所赏，亦与陈亮、岳珂友善。刘过虽与辛弃疾相差十四岁，但二人都是性情中人，也都心怀抗金抱负，因而交往颇深。

关于这首词的来历，还有一段趣闻。

《江湖纪闻》记载：宋宁宗嘉泰三年（1203），辛弃疾为绍兴知府兼浙东安抚使，刘过因为母亲过生日，准备辞别回家。辛弃疾知其囊中羞涩，有心相助。当晚，二人微服纵登倡楼，正好遇上一位都吏在左拥右抱宴客作乐。都吏并不认得自己的上司辛大帅，就命左右驱逐他俩。二公大笑而归。随即，辛稼轩就以看一份机密文书为由，点名要这都吏前来领命，其夜不至。辛稼轩大发雷霆，命令籍没其家产，并流放到边地充军。都吏醒来吓出一身冷汗，忙四处托人在元帅面前求情。辛弃疾仍不宽恕，病急乱投医的都吏打听到刘过缺钱，便一咬牙，掏出五千缗奉上，说是为刘过母亲祝寿，再请辛弃疾开恩。辛弃疾还不答应，摇摇头连说不行，命都吏将祝寿钱翻倍。都吏虽然心痛如刀绞，但也不敢不从命，如数把数额增到万缗，辛弃疾这才放了他一马。然后辛弃疾自己出钱为刘过买了回乡的船，把万缗钱交给刘过。刘过大为感动，作了这首词相赠。

这首临别赠词很是别致，不说友情，而是与抗金恢复中原的事业联系起来，因为这也是他与辛弃疾的共同语言。刘过多年努力，始终未如所愿，而岁月蹉跎，年华老大，故有"虚名相误"之叹，决定归隐山林。但实际上，他与辛弃疾一样，是个不折不扣的积极的入世者，始终放不下忧国忧民的情怀。全词用通俗的语言，明快的旋律，把满腔的悲愤向朋友倾吐出来，丝毫不加掩饰，语言犀利，对比强烈，句句斩钉截铁，字字有扛鼎之力。词中提及追欢买笑之事，则使词生动活泼，情致婉转，很接地气。

沁园春

斗酒彘肩①，风雨渡江，岂不快哉。被香山居士②，约林和靖③，与东坡老，驾勒吾回④。坡谓西湖，正如西子，浓抹淡妆临镜台。二公者，皆掉头不顾，只管衔杯。

白云天竺去来。图画里、峥嵘楼观开。爱东西双涧，纵横水绕，两峰南北⑤，高下云堆。逋曰不然，暗香浮动⑥，争似孤山先探梅。须晴去，访稼轩未晚，且此徘徊。

【注释】

①彘肩：生的猪前肘。《史记》载，樊哙见项王，项王赐与斗卮酒（一大斗酒）与彘肩。

②香山居士：白居易的号。

③林和靖：林逋，字君复，又称和靖先生。林逋隐居西湖孤山，终生不仕不娶，唯喜植梅养鹤，自谓"以梅为妻，以鹤为子"，人称"梅妻鹤子"。

④驾勒吾回：强拉我回来。

⑤"白云天竺去来"六句：白居易居杭州时，曾作《寄韬光禅师》赞美灵隐天竺（寺）一带的景色，其中有"东涧水流西涧水，南山云起北山云。"此处化用白居易诗句。

⑥暗香浮动：林逋《梅花》诗句："疏影横斜水清浅，暗香浮动月黄昏。"

【译文】

听说你如项羽对待樊哙那样，为我准备了一大斗酒和生猪肘，我真想顶风冒雨渡江去享用，那将是多么开心。不巧被白居易约了林逋以及苏轼，把我强拉了回来。东坡先生说："别去了，就留在西湖吧，它就像西施一样，'淡妆浓抹总相宜'。"其他两位先生，连头都不扭一扭，只顾喝酒。

后来白居易说："到灵隐天竺寺走走也很好啊！那里'东涧水流西涧水，

南山云起北山云'。"林逋则不以为然地说："你最好先去孤山看梅花。'疏影横斜水清浅，暗香浮动月黄昏。'哪里也没有这里好呀！等天晴了再去拜访辛弃疾也不迟。你现在暂且在这里欣赏梅花吧！"

【赏析】

嘉泰三年（1203），刘过流寓杭州。二人分别不久，辛弃疾又派人约请他前来相会，想给刘过找个差事。适逢刘过之母患病，再加上刘过已有归隐之心（也不排除他志向远大，可能不屑于小差事），于是就作了此词向辛作答。

这是一首文情诙诡、妙趣横生的好词，时间跨度达 1400 余年，从楚汉相争到唐朝、北宋和南宋，牵涉六位历史人物。词人招朋结侣，驱遣鬼仙，游戏三昧，充满了奇异的想象和情趣。此词的体制和题材都富有创造性，它大起大落，纵横捭阖，完全解除了格律的拘束，因而显得意象峥嵘，运意恣肆。如此调侃古人、纵心玩世的作品，在当时的词坛上极为罕见。难怪岳珂要以"白日见鬼"相讥谑。

西江月

堂上谋臣尊俎①，边头将士干戈。天时地利与人和，燕可伐欤曰可。

今日楼台②鼎鼐③，明年带砺山河④。大家齐唱大风歌⑤，不日四方来贺。

【注释】

①尊俎：古代盛酒肉的器皿。

②楼台：此指相府。

③鼎鼐：意同"调鼎为霖""鼎鼐调味"，指宰相治理天下。

④带砺山河：带，衣带。砺，磨刀石。山，泰山。河，黄河。黄河细得像条衣带，泰山小得像块磨刀石。比喻时间久远，任何动荡也绝不变心。

⑤大风歌：汉高祖刘邦创作的一首诗歌。他平定黥布叛乱后返回途中，经过老家沛县，邀集故人饮酒齐声高唱此歌。

【译文】

堂上有善谋的贤臣，边疆有能战的将士。天时、地利与人和都对南宋王朝有利，"可以讨伐燕国了吗？"说："可以。"

现在韩侂胄在相府筹谋国政，明年无论如何都会坚决北伐。大家齐唱《大风歌》凯旋而归，不需多久就会引来四方朝贺。

【赏析】

韩侂胄执掌朝廷大政后，求功心切，力主尽快北伐，他请宁宗封故去多年的岳飞为鄂王，而改谥秦桧为"谬丑"。嘉泰四年（1204），韩侂胄定议伐金，其用心是为建功固宠。当时南宋国用未足，军备松弛，人心未集，朝野上下对于抗金的胜利并没有太大的把握。刘过在为韩侂胄贺寿时，作了这首词，鼓励大家要看到希望，以饱满的热情投入到抗金事业中去。

词的上阕分析宋朝伐金的有利形势，下阕瞻望南宋伐金的大好前景。对于山河破碎的国家，对于大批背井离乡的人民，对于急于建功立业的韩侂胄，此词无疑都是一种鼓舞。该词运用很多口语化、散文化的句子，语言流畅、气势磅礴，具有辛词酣畅淋漓的情味。

清平乐

新来①塞北，传到真消息。赤地居民无一粒，更五单于争立。

维师尚父鹰扬②，熊罴百万堂堂。看取黄金假钺③，归来异姓真王。

【注释】

①新来：新近，近来。

②维师尚父鹰扬：《诗经·大雅·大明》："维师尚父，时维鹰扬。"尚父，即姜尚。

③黄金假钺：武王伐纣时武王亲自用钺砍下纣王的人头，所以后用镶有黄金的钺作为天子出行的仪仗。假钺即假节钺，也叫假黄钺，代表皇帝出行。

【译文】

新近传来了确切可信的消息，塞北遭受灾害，千里赤地，颗粒无收。然而就在人民苦难深重、水火煎熬之中时，金朝五个宗亲权贵却争夺权位，刀兵相见。

韩侂胄像周之姜尚一样英武韬略，将率军出征，百万大军勇悍如熊罴。出征时为假节钺，暂摄皇帝仪仗，威风凛凛，势不可挡，凯旋还会爵至王位。

【赏析】

这首小令也是鼓舞韩侂胄北伐的词章。作者通过金与南宋从统帅、军队、百姓等方面的详明对比，说明了南宋取得北伐胜利的必然性，豪情激越，给人以必胜的信心。全词推崇韩侂胄，无以复加，替韩侂胄着想，也算至矣尽矣。但对当时军事、政治、经济准备不足的方面却只字不提，显得不够客观。韩侂胄被表面现象迷惑，不知高低深浅，准备不足，贸然进兵，终遭惨败。故这次北伐本身意义不大，但在主和派长期把持朝政，抗战派军民长期受压制之后，确实起到了振奋民心的作用。

贺新郎

弹铗①西来路。记匆匆、经行十日，几番风雨。梦里寻秋秋不见，秋在平芜远树。雁信落、家山何处。万里西风吹客鬓，把菱花②、自笑人如许。留不住，少年去。

男儿事业无凭据。记当年、悲歌击楫，酒酣箕踞。腰下光铓三尺剑，时解挑灯夜语。谁更识、此时情绪。唤起杜陵③风雨手④，写江东渭北⑤相思句。歌此恨，慰羁旅。

【注释】

①弹铗：《战国策·齐策四》载，孟尝君的门客冯谖未受重视，冯谖弹着自己的剑铗而歌"长铗归来"。

②菱花：有菱花形花纹的镜子。

③杜陵：指杜甫。

④风雨手：一作风月手。杜甫《寄李十二白二十韵》有诗句："笔落惊风雨，诗成泣鬼神。"此诗是杜甫思念李白的一首诗，诗中竭力称赞李白的才华，表达了对他的深厚友谊，也流露出对统治者不公平对待李白这样一位奇才的不满。

⑤江东渭北：杜甫《春日怀李白》诗："渭北春天树，江东日暮云。何时一樽酒，重与细论文。"

【译文】

怀才不遇的我从西边漂泊而来。记得我一路匆匆，数十日风雨兼程。我梦中寻找家乡美丽的秋景却找不到，原来北方的大好山河已经沦陷了。那传书的鸿雁，是否能找到我家乡的山在哪里。从西面万里之遥的家乡吹来的风，拂动着我这个异乡为客者的鬓发，我手把菱花镜，笑自己，人都老成这样了。美好的时光留不住，已经匆匆地消逝了。

大丈夫的功名事业毫无着落。记得当年我和友人如祖逖击楫一样立下收复中原的誓言，慷慨悲歌，开怀畅饮，双腿如箕，酣放自若，豪放不羁。我时常解下腰上的三尺宝剑，在夜半时分挑灯自语。谁能理解我此时此刻的心绪。真希望有"笔落惊风雨，诗成泣鬼神"那样的大手笔，写下《春日怀李白》那样的相思诗句，以泄我心中的愁恨，聊作羁旅中的安慰。

【赏析】

刘过是位有血性的爱国词人，被誉为"天下奇男子"。他平生以匡复天下、一统河山为己任，到处奔波。先是南下东阳、天台、明州，北上无锡、姑苏、金陵；后又从金陵溯江西上，经采石、池州、九江、武昌，直至当时南宋前线重镇襄阳。这首词大约在他西游汉沔（今武汉）时所作。

本词由首至尾，直抒胸臆，挥洒无余，倾吐出词人"西来"路上的感受，抒发了作者怀才不遇、事业无成的忧虑和苦闷，感情深沉、用典贴切，笔力峭拔，风格粗犷，但粗中有细，浅中有深，直中有曲。确如刘熙载所说："刘改之词，狂逸之中自饶俊致。"

水调歌头

弓剑出榆塞①，铅椠②上蓬山。得之浑不费力，失亦匹如闲。未必古人皆是，未必今人俱错，世事沐猴冠③。老子不分别，内外与中间。

酒须饮，诗可作，铗休弹。人生行乐，何自催得鬓毛斑。达则牙旗④金甲，穷则蹇驴⑤破帽，莫作两般看。世事只如此，自有识鸮⑥鸾。

【注释】

①榆塞：典出《汉书》卷五十二《窦田灌韩列传·韩安国》。"后蒙恬为秦侵胡，辟数千里，以河为竟。累石为城，树榆为塞，匈奴不敢饮马於河。"后因以"榆塞"泛称边关、边塞。

②铅椠：古人书写文字的工具。铅，铅粉笔。椠，木板片。

③沐猴冠：即沐猴而冠，指性情急躁的猕猴学人穿戴冠帽。比喻人虚有表象，却不脱粗鄙的本质。沐猴，猕猴。

④牙旗：古例称官署为牙，称所树之旗为牙旗。

⑤蹇驴：跛蹇驽弱的驴子，驽钝的人。

⑥鹀：我国古代对猫头鹰一类鸟的统称。

【译文】

背弓提剑出塞杀敌，去仙山上著书立说。武功文名得来毫不费力，失去也等闲视之。古人未必都是对的，今人未必都是错的，这世间充满了沐猴而冠之辈。不管是内外还是中间，我都已经看透了，其实都没什么区别。

必须饮酒解忧，也可以作诗言志，但不要再徒劳地弹铗了。人生就是行乐，何必自寻烦恼，枉自催得两鬓斑白呢！得志就领兵带队去杀敌，不得志就骑蹇驴戴破帽，不要觉得二者有什么区别。世间之事不过如此，自有人能识别鹀鸟和鸾凤。

【赏析】

这首词是刘过晚年所作。刘过受儒家思想影响很深，虽终身布衣，但志向高远，建功立业、留名青史的愿望极为强烈。他东上会稽，南窥衡湘，西登岷峨，北游荆扬，"上皇帝之书，客诸侯之门"（刘过《独醒赋》），但始终没有得到朝廷的重视和任用。他曾极热情地讴歌抗金英雄岳飞的丰功伟绩，并借以抒发自己火热的爱国情怀。也曾写词支持韩侂胄出师北伐，并满怀信心地期待着胜利的凯歌。然而，在那个文恬武嬉、苟且偷安的时代，他所有的理想都被现实击碎，那永远也无法实现的理想就只有在他的心中永存。这首词正是表达了这种复杂的心情。

表面看来，此词表达的是看透一切、否定一切，体现了作者恃才傲物的狂放精神，实则是激愤至极之语。词的末尾是全词的主旨，前面占据绝大部分篇幅的内容，都是为最后一句服务的。其语言愈显牢骚，愈见其感情激愤之不可抑止；愈故作达观，愈见其内心烦忧之难以排遣，就愈能深刻地表现在现实中难以明言又不得不言的复杂心绪，也愈能有力地抨击当政者不思进取、苟且偷安的可耻行径。此词笔力遒劲，气魄雄豪，结构上又突破了通常的分片定格，独树一帜，不愧为"天下奇男子"所作。

姜　夔

永遇乐

次稼轩北固楼词韵

云鬲迷楼①，苔封很石②，人向何处？数骑秋烟，一篙寒汐，千古空来去。使君③心在，苍崖绿嶂，苦被北门④留住。有尊中酒差可饮⑤，大旗尽绣熊虎。

前身诸葛⑥，来游此地，数语便酬三顾。楼外冥冥，江皋⑦隐隐，认得征西路⑧。中原生聚，神京耆老，南望长淮金鼓。问当时依依种柳⑨，至今在否？

【注释】

①迷楼：在扬州城西北郊的观音山上，传说是隋炀帝杨广在扬州建造的行宫。迷楼与北固亭隔江相望。

②很石：石头名称。在镇江市北固山甘露寺前，状如伏羊。相传孙权和刘备曾经于石头上共商抗曹大计。

③使君：汉代对州郡的刺史的称呼，这里指辛弃疾。

④北门：京口是当时南宋北方的重镇和北大门。

⑤尊中酒差可饮：《世说新语·捷悟》注引《南徐州记》载，徐州人多劲悍，号精兵，故桓温常曰："京口酒可饮，箕可用，兵可使。"差，略微。

⑥前身诸葛：指辛弃疾。

⑦江皋：指长江两岸高地。

⑧征西路：桓温西征成汉国，得胜回到金陵后，被封为征西大将军。

⑨依依种柳：《晋书·桓温传》载，桓温北伐归来，看到自己任琅琊太守时种的柳树都已十围粗了。

【译文】

迷楼上烟云弥漫，苔藓封住了砖石，现在像孙权、刘备那样商议破敌大计的人去了哪里？只有秋烟中的几骑人马、傍晚寒潮中稀疏的船篷，仍然年复一年地空自来去。稼轩的心已在苍翠的山崖和绿色的山丛之间，却苦于必须抗金而到京口这个北疆的门户。好在有樽中酒可供饮用，有绣满熊虎的军旗可举。

诸葛亮是稼轩的前身，你到此地转一转，寥寥数语便可抵得上"三顾茅庐"的韬略。迷楼昏暗不明，江岸隐约可见，而稼轩却能辨认得清当年桓温征西之路。中原地区民多财足，汴京的百姓父老都在期待南师北伐的金鼓声。等你胜利回来时，也要像桓温凯旋后那样，看看你昔日亲手种下的依依垂柳，如今是否还在？

【赏析】

这是姜夔（1154—1221，字尧章）为数不多的豪放词之一。姜夔少年孤贫，屡试不第，终生未仕，一生转徙江湖，靠卖字和朋友接济为生。但他多才多艺，对诗词、散文、书法、音乐，无不精善，是继苏轼之后又一难得的艺术全才。姜夔今存词八十多首，多为记游、咏物和抒写个人身世、离别相思之作，具有"清空"和"骚雅"的特色，具有很高的艺术成就。他晚年受辛弃疾影响，词风有所转变，呈现出豪放风格。1205 年，辛弃疾的名篇《永遇乐·京口北固亭怀古》，姜夔看后深受感动，并依辛词的韵脚填写了这首词。

本词借古人古事以颂稼轩，通过赞扬稼轩来寄寓自己心系国家兴亡、拥护北伐大业的政治热情。词的上阕，由楼前风景起兴，引出抗金英雄辛弃疾独当一面、统率千军万马的高大形象。下阕赞扬辛弃疾有文才武略，描写北方人民盼望统一的迫切心情，并激励老年的辛弃疾努力完成收复中原的重任，以此增强辛弃疾的信心。此词效法辛弃疾词而又不失自己特色，气势恢宏，表现了姜夔内心深处还是有着"豪放"的一面。

刘仙伦

念奴娇

感怀呈洪守

吴山青处，恨长安路断，黄尘如雾。荆楚西来行堑远，北过淮壖严扈①。九塞貔貅，三关虎豹，空作陪京固。天高难叫，若为得诉忠语。

追念江左英雄，中兴事业，枉被奸臣误②。不见翠华移跸处，枉负吾皇神武。击楫凭谁，问筹无计，何日宽忧顾。倚筇长叹，满怀清泪如雨。

【注释】

①淮壖严扈：淮河岸边戒备森严。

②"追念"三句：指岳飞被害、韩世忠投闲置散、北伐大计被秦桧等奸臣所阻挠。

【译文】

立在江南的青山上，向北望去，黄色的烽烟弥漫，去往汴京的道路已经不通。从荆楚往西能远远地看到防御的壕沟，往北的淮河岸边也是戒备森严。九塞和三关要塞的勇猛善战的壮士，只是徒劳地守卫这陪都建康。我与皇帝隔绝难通，没有机会向他诉说自己的忠心。

追念岳飞、韩世忠等英雄的不幸遭遇，中兴大业，都白白地被奸臣断送了。不见徽、钦二宗移跸的汴京，枉负吾皇神武的威名。有谁能像祖逖一样中流击楫，为国筹划的良策也无人可问，哪一天才能不再为国事而焦虑。我只能倚着竹杖叹息，任如雨的热泪打湿前襟。

【赏析】

这是刘仙伦（生卒年不详，一名刘儗，字叔儗）所作的一首爱国词。此

词主要是痛感中原沦丧、报国无门，并慨叹权奸误国，北伐又无祖逖般的击楫英雄，因而忧思难平，热泪如雨，表现出作者时刻不忘复国的豪情壮志。全词活用典故，视野开阔、境界宏大，感情深沉。

戴复古

满江红

赤壁怀古

赤壁矶头，一番过、一番怀古。想当时，周郎年少，气吞区宇①。万骑临江貔虎噪，千艘列炬鱼龙怒。卷长波、一鼓困曹瞒②，今如许？

江上渡，江边路。形胜地，兴亡处。览遗踪，胜读史书言语。几度东风吹世换，千年往事随潮去。问道傍、杨柳为谁春，摇金缕③。

【注释】

①区宇：天下，天地。

②曹瞒：对曹操（乳名阿瞒）的蔑称。

③金缕：指嫩黄色的柳条。

【译文】

我每一次经过赤壁矶，怀古的情绪都会涌上心头。遥想当年，周瑜青春年少，满腔豪气可吞天地。千军万马临江而立，壮士们喊杀声震天；上千艘燃烧的战船使江中的鱼龙怒不可遏。江面上卷起了长长的火龙，孙刘联军一鼓作气大败曹操。现在又如何呢？

无论是江上的渡口还是江边的小路，无一不是地势险要的战略要地，是决定兴亡之处。游览这样的遗迹，我感到胜过读历史书籍。东风吹，光景移，改朝换代之事不停息，几千年的往事都随着这江潮逝去。问路边的杨柳，你在为谁而春，为谁摇摆嫩黄的枝条。

【赏析】

这首豪放词是南宋著名江湖诗派诗人戴复古（1167—1248，字式之）所作。戴复古出生在一个穷书生之家，他的父亲戴敏才是一位"以诗自适，不肯作举子业，终穷而不悔"的硬骨头诗人。戴复古像他父亲一样，对诗很痴迷，曾从陆游学诗，而且也不肯作举子业，宁愿布衣终身。他曾三次漫游，时间长达四十年，一生的一半时间就是在全国各地游历中度过的。

宋宁宗嘉定十二年（1219）左右，戴复古正在鄂州、黄州一带漫游，黄城州外有赤壁矶，这里虽不是赤壁之战的战场，但时人可能有些传说，之前又有苏轼的名作《念奴娇·赤壁怀古》，戴复古过此，也难免生发怀旧的感慨，于是就写了这首词。

词的上阕缅怀三国赤壁之战，盛赞周瑜"气吞区宇"、火烧曹兵的雄才大略。下阕先通过赤壁矶附近的山川形胜，追怀遗迹，感叹兴亡，抒发忧时伤世之情以及面对美景无心观赏的感伤之情，表达了作者对时局的深深忧虑。全词风格豪迈，苍劲有力，在自然朴素的描写中，不时有浓重之笔与用力之笔出现，平淡之中见奇伟。虽然与苏轼的作品有些差距，不过也称得上是怀古词中的一篇佳作。

柳梢青

岳阳楼

袖剑飞吟①。洞庭青草，秋水深深。万顷波光，岳阳楼上，一快披襟②。
不须携酒登临。问有酒、何人共斟？变尽人间，君山③一点，自古如今。

【注释】

①袖剑飞吟：《唐才子传》载，吕洞宾尝饮岳阳楼，醉后留诗曰："朝游南浦暮苍梧，袖里青蛇胆气粗。三入岳阳人不识，朗吟飞过洞庭湖。"青蛇，指剑。袖剑即"袖里青蛇"之意。此处词人自比吕洞宾。

②一快披襟：出自宋玉《风赋》"楚襄王游于兰台之宫，宋玉、景差侍。有风飒然而至，王乃披襟而当之，曰：'快哉此风'"。

③君山：在岳阳市西南十五千米的洞庭湖中，古称洞庭山、湘山、有缘山，是八百里洞庭湖中的一个小岛，与千古名楼岳阳楼遥遥相对。因舜帝的两个妃子娥皇、女英葬于此，屈原在《九歌》中称为湘君和湘夫人，故后人将此山改名为君山。

【译文】

我如吕洞宾袖里青蛇朗吟飞过。洞庭湖和青草湖，在秋风之下显得更加深不可测。广阔无垠的湖面上波光粼粼，立于岳阳楼上，一阵阵秋风飒然而至，不禁让人披襟挡面的同时又赞"快哉此风"。

不必带着酒登临岳阳楼。请问若是有酒，谁能与我举杯共饮呢？这世间变幻无常，只有远处如一个黑点的君山，从古至今仍然在对面一直耸立着。

【赏析】

这首词写作者登临岳阳楼，远眺洞庭湖，望见秋水深深，波光万顷，楼头独立，吟诗朗朗，好不痛快；然而他流落江湖，知音难觅，只落得漂泊孤独，无人共饮；又念及国家危难，山河破碎，知音寥落，又不禁唏嘘感慨，心情沉痛。所以作者面对"自古如今"岿然不动的"一点"君山，难免要想起备受践踏的"偌大"中国。全词笔力雄劲，气势雄阔，境界阔大，豪放之中又有深深的沉郁，使人感到他那一颗强烈跳动着的忧国伤时之心。

水调歌头

题李季允侍郎鄂州吞云楼

轮奂①半天上，胜概压南楼②。筹边独坐，岂欲登览快双眸。浪说胸吞云梦③，直把气吞残虏，西北望神州。百载一机会，人事恨悠悠。

骑黄鹤④，赋鹦鹉⑤，谩风流。岳王祠⑥畔，杨柳烟锁古今愁。整顿乾坤手段，指授英雄方略，雅志⑦若为酬。杯酒不在手，双鬓恐惊秋。

【注释】

①轮奂：形容高大华美。

②南楼：楼名。在湖北鄂城县南。

③浪说胸吞云梦：司马相如《子虚赋》中，有位齐国乌有先生对楚国使者子虚夸说齐地广大："吞若云梦（楚地广阔的大泽）者八九，于其胸中曾不蒂芥。"

④骑黄鹤：出自崔颢诗"昔人已乘黄鹤去，此地空余黄鹤楼"。

⑤赋鹦鹉：祢衡曾在吞云楼附近的鹦鹉洲上作《鹦鹉赋》。

⑥岳王祠：宋宁宗时追封被害的岳飞鄂王，建立祠庙，人称"岳王祠"。

⑦雅志：平生的愿望。

【译文】

　　高大华美的吞云楼矗立在半空中，足以压倒武昌黄鹤山上的南楼。李植侍郎独坐吞云楼上，他是在筹策御边，而不是为了观景一饱眼福。别说胸中能吞纳云梦的幅员，李侍郎有气吞残剩的金虏的气概，向着西北眺望沦陷的中原。百年不遇的战机就在眼前，只可叹人事上令人又气又恨。

　　崔颢诗言骑鹤登仙，祢衡写下名篇《鹦鹉赋》，古人的流风遗韵已不可追寻。如烟的杨柳围绕岳王祠畔，深锁着他"十年之力废于一旦"及忠而见杀的遗恨。你有重整山河的智谋，有授传英雄豪杰的方略，然而你平生的愿望又如何实现？如果不举杯解忧，恐怕两鬓的白发会惊到这清秋。

【赏析】

　　宋宁宗嘉定十四年（1221），金兵侵扰黄州、蕲州一带，南宋军队一再击败来犯之敌，民心振奋，一度造成了"百载好机会"的有利形势。李埴（字季允）是一个有抱负的爱国者，曾任礼部侍郎，在这一年，他出任沿江制置副使兼知鄂州（今武昌），修建了吞云楼。此时戴复古正在武昌，登高楼而览胜，写下了这首与知心朋友倾吐心曲之作。

　　此词紧扣吞云楼的名字做文章，描写楼的"吞云"雄姿，是为了表现人的"气吞残虏"的凌云壮志；写登楼所见之景"骑黄鹤，赋鹦鹉""岳王祠畔杨柳"，也都和报国的壮志雄心联系在一起。楼与人、情与景，结合得很自然。全词写得正气浩然，气然雄浑，激昂沉郁，豪放悲壮，是词人追求"整顿乾坤"理想而不得的真实写照，颇有辛词之风。

刘克庄

忆秦娥

　　春醒①薄，梦中毵马②豪如昨。豪如昨。月明横笛，晓寒吹角。
　　古来成败难描摸③，而今却悔当时错。当时错，铁衣犹在，不堪重著④。

【注释】

①酲：醉酒似患病状。

②毬马：战袍和战马。

③描摸：即"描摹"。

④重著：重新穿上。

【译文】

春酒喝得微醉而进入梦乡，在梦中我和战士们骑马奔驰，豪气如昨。我似乎又听到军营里月下的笛声，还有清晨寒风中嘹亮的号角。

成败自古以来都是难以用言语描摹的，而今不由得感叹当年退出军幕的决定是错的。如果不退出军幕，我就有机会身披盔甲上阵，很难说就不能建立功勋。

【赏析】

这首词是宋末文坛领袖刘克庄（1187—1269，字潜夫）所作。刘克庄论词，推崇辛弃疾、陆游，对辛弃疾评价尤高。他的词以爱国思想内容与豪放的艺术风格见称于时，是辛派词人的重要代表。

刘克庄有报国的壮志，却在仕途上频遭波折，难以施展。宋宁宗嘉定十一年（1218），刘克庄出参江淮制置使李珏幕府。他到淮东后，见维扬（今扬州）兵不满数千，因而提出"抽减极边戍兵，使屯次边，以壮根本"，但他的建议没有被采纳。此年春，金兵果然乘虚而入，犯安濠，攻滁州，南宋朝野震动。刘克庄"在幕最久，得谤尤甚"。滁州围解之后，他就退出了幕府。这首小令就是作者后来回忆这段生活时而作。

此词上阕通过记梦引出对当年军幕生活的怀念，下阕因梦抒怀。词人通过今昔对比，抒发了他杀敌报国、建功立业的豪情和岁月空逝、壮志未酬的悲愤。全词感情豪迈，在表现手法上也不求曲折，而以平直见长，议论化倾向也较突出，很能体现出他的词作的主要特色。

贺新郎

送陈子华赴真州

北望神州路，试平章这场公事①，怎生分付？记得太行兵百万，曾入宗爷驾驭②。今把作握蛇骑虎。君去京东豪杰喜，想投戈、下拜真吾父③。谈笑里，定齐鲁。

两河萧瑟惟狐兔，问当年祖生④去后，有人来否？多少新亭挥泪客，谁梦中原块土？算事业须由人做。应笑书生心胆怯，向车中闭置如新妇。空目送，塞鸿去。

【注释】

①平章这场公事：平章，评论，筹划。这场公事，指对金作战的国家大事。

②"记得太行"两句：指"靖康之变"后农民起义军王善、杨进、王再兴等的抗金义军，其中有不少被宗泽收编。

③"想投戈"两句：用岳飞收编张用事。张用原是一支队伍的首领，岳飞给他写了一封劝谕信，他为大义所感动，说："真是父亲般的教诲啊。"于是就放下武器归顺了岳飞。

④祖生：即祖逖。此指宗泽、岳飞等抗金名将。

【译文】

向北眺望通往中原的路，试着讨论一下这场对金作战的大事，该怎么处置？记得当年太行山聚众百万，接受了东京留守宗泽的收编。现在朝廷对义军的态度就像手里捏了蛇、胯下骑着虎，左右为难。你这次到真州前线，京东坚持抗金的义军豪杰们肯定会高兴，料想在你的大义感化下，他们一定会放下武器拜你为父。这样你就可以在谈笑之中把山东、河北一带的失地收复了。

河南、河北一带在金人的践踏下成了狐兔横行的荒原，试问当年祖逖离开后，还有谁曾经打到过那里？逃到江南的晋宗室贵族每逢节日就在南京新亭聚会，谈到国土沦丧时也会流几滴眼泪，但谁真正梦见过中原那一大块国土？算起来恢复大业必须由适当的人来承担。像我这样心里胆怯的书生肯定是不行的，如同车中关闭起来的新媳妇。我只能空空地目送你像边塞的鸿雁一样向北方飞去。

【赏析】

南宋理宗宝庆三年（1227），刘克庄知建阳县（今属福建省）事，年四十一岁。这一年，他的友人陈鞾（字子华）赴真州（今江苏省仪征县）任职，那里地处长江北岸，是抗金的前线，刘克庄写这首词给他送行。

当时，在北方金人统治地区，仍有义军活动。其中红袄军力量最大，首领杨安儿被杀后，余众归附南宋，可惜朝廷不信任他们。作者主张积极招抚中原地区的义军。所以，词的上阕针对上述问题的如何处理提出看法，下阕通过对英雄的追念和对当下朝廷上空谈误国者的批判，表现了鲜明的爱憎和对友人的鼓励。全词气势磅礴，一气贯之，立意高远，大处落墨，曲折跌宕，雄健疏宕，读之令人鼓舞。词中用事带典很多，说理叙事，运用自由，在反映现实的深度与宽度上都超过了前人，有了新的拓展，对政治的批判性也有所加强。

满江红

夜雨凉甚忽动从戎之兴

金甲琱戈[①]，记当日辕门初立。磨盾鼻[②]，一挥千纸，龙蛇[③]犹湿。铁马晓嘶营壁冷，楼船夜渡风涛急。有谁怜、猿臂故将军，无功级[④]？

平戎策，从军什[⑤]；零落尽，慵收拾。把茶经香传[⑥]，时时温习。生怕客谈榆塞事，且教儿诵《花间集》[⑦]。叹臣之壮也不如人，今何及[⑧]！

【注释】

①金甲琱戈：镶金的铠甲，用彩绘装饰的戈。形容军队的壮丽。琱，同"雕"。

②磨盾鼻：在盾中间的纽上磨墨。齐梁之际荀济入此，说当在盾鼻上磨墨作檄讨伐梁武帝萧衍。后以"磨盾鼻"喻军中作檄。

③龙蛇：挥毫，笔墨。

④"有谁怜"三句：李广臂长如猿，人称猿臂，曾为骁骑将军，因事降为庶人，因称"故将军"。李广抗击匈奴，屡立战功，却不得封侯。

⑤从军什：指记录从军生涯的诗篇。

⑥茶经香传：记茶叶和熏香的品种及制作方法的书。

⑦《花间集》：五代十国时期编纂的一部词集，作品内容多写上层贵妇美人日常生活和装饰容貌，女人素以花比，写女人之媚的词集故称"花间"。

⑧"叹臣"两句：《左传》僖公三十年载，烛之武对郑文公说："臣之壮也，犹不如人；今老矣，无能为也已。"

【译文】

记得我在帅府开始担任军门的那日，穿金甲持雕戈。我在军中作檄，一挥千纸笔墨都还未干。天刚黎明，营壁带寒，战马嘶鸣，风涛怒吼，战船抢渡。可是，有谁会同情李广建功无数却被降为庶人呢？

那些平定外族的策略和记录从军生涯的诗篇，任它散失殆尽，我懒得收拾了。只能将《茶经》《天香传》之类的读物，拿来时时温习。现在最怕别人谈起边塞之事，姑且拿《花间集》来教下一代吧。叹自己壮年时就不如人，何况是现在呢！

【赏析】

南宋宝庆初年，诗坛上发生了"乌台诗案"的文字狱，刘克庄也受牵连被黜，直到绍定六年（1233）蒙古与南宋达成联兵灭金协议，宋师北上回河南，刘克庄尚闲置在家。这场战争激起他从军抗金的念头，所以此词的标题说"忽动从戎之兴"。

词的上阕写过去，从正面着笔回忆往日的军营生活，风格豪迈雄健；下阕写当时，纯用反笔，抒写的是作者愤郁塞胸时发出的悲凉深沉的哀叹，风格掩抑沉郁。上下两阕运用强制的对比手法，极富感染力。全词意境开阔，风格雄浑，结构严密而变化莫测，脉络分明，错综交织，慷慨而不消沉，悲壮而不衰颓，表现了英雄失意而不甘寂寞的思想，成为传世名篇。

一剪梅

余赴广东实之夜饯于风亭

束缊①宵行②十里强。挑得诗囊，抛了衣囊。天寒路滑马蹄僵，元③是王郎④，来送刘郎⑤。

酒酣耳热说文章⑥。惊倒邻墙，推倒胡床。旁观拍手笑疏狂。疏又何妨，狂又何妨？

【注释】

①束缊：把乱麻捆起来，做成照明的火把。

②宵行：由《诗经·召南·小星》"肃肃宵征，夙夜在公"转化而来，指远行劳苦。

③元：通"原"。

④王郎：指王迈（字实之），和刘克庄唱和之作很多。

⑤刘郎：唐代刘禹锡锐意改革，屡次被贬，自称"刘郎"。刘克庄以刘禹锡自比。他因"乌台诗案"被罢官，此前已三次被削职。

⑥说文章：评论时事，抒发理想和排遣苦闷。

【译文】

举着用乱麻捆成的火把，艰难地走了十里有余。行李过重，便把衣囊抛弃，只挑着诗囊。天寒路滑，忽听到冻得发僵的马蹄声，原来是王实之来送我来了。

酒喝到半酣，耳根子发热，我们指点江山，忘情的畅谈声惊倒了邻居的墙，推倒了胡床登。旁观的人拍手笑这二人太粗疏狂放。粗疏又怎样，狂放又怎样？

【赏析】

这是一首别具一格的告别词，作于宋理宗嘉熙三年（1239）冬。当时，刘克庄被贬去广东潮州做通判（州府行政长官的助理）。王实之是刘克庄的好朋友，秉性刚直，豪气干云。在刘克庄奔赴广东之际，他夜半相送。

此词把一次友人的饯别装点得很像一出动人的独幕剧，描写了两位饱受压抑而又不甘屈服的狂士的离别。在形象描写中，着重写人物的动态，从中表现感情的发展变化，始而愁苦，继而激愤，最后是慷慨奔放。全篇表达了作者傲视世俗的狂放个性，语极夸张，情极大胆，豪爽超迈，雄放恣肆，在刘克庄的词中，是很有特色的一篇。

沁园春

梦孚若

何处相逢？登宝钗楼①，访铜雀台。唤厨人斫就，东溟鲸脍②；围人③呈罢，西极龙媒④。天下英雄，使君⑤与操，余子谁堪共酒杯？车千乘，载燕南赵北，剑客奇才。

饮酣画鼓如雷，谁信⑥被晨鸡轻唤回。叹年光过尽，功名未立；书生老去，机会方来。使李将军，遇高皇帝，万户侯何足道哉！披衣起，但凄凉感旧，慷慨生哀。

【注释】

①宝钗楼：汉武帝时建造，故址在今陕西咸阳市，北宋时这里是著名的酒楼。

②脍：细切的肉、鱼。

③圉人：养马的官。

④龙媒：骏马名。

⑤使君：古时对州郡长官的称呼。此指刘备。

⑥谁信：谁想，谁料。

【译文】

这是在何处与你相逢？一起游览我们未曾到过的北方名胜宝钗楼和铜雀台。厨师切好东海长鲸之脍，马倌牵来西域极远之地的宝马龙媒。天下的英雄，除了如刘备、曹操一样的你我二人，还有谁好意思与我们一起煮酒论英雄？我们网罗天下的侠士奇才，数量之多须用上千辆马车装载。

当我们畅饮酣醉，精美的战鼓声如雷，正要奔赴战场时，谁料想竟然被晨鸡从梦境中唤回。我感慨年华已逝，还没有建功立业。难道非要等到书生苍老或死去，才有建功立业的机会。如果我们能如李广遇到汉高祖，万户侯又何足挂齿！我披衣起床，只有凄凉孤寂和对你的怀念，不由在感慨中心生哀愤。

【赏析】

这首词作于南宋理宗淳祐三年（1243），因梦到已故世二十一年的挚友方信孺（字孚若）而作。

据《宋史》记载：南宋宁宗开禧三年（1206），年仅三十岁、时任浙江萧山县丞的方信孺受命于国家危难之际，出使金国谈判"和议"之事。方信孺胸有谋略，胆识过人，能言善辩。谈判时，方信孺不畏强暴，据理力争，驳回金人的苛刻要求，金帅以囚或杀相威胁，他始终不屈，置生死于度外。后来，方信孺因被人陷害而遭弹劾，终归故里，家境窘迫，情绪消沉，英年早逝，享年四十五岁。方信孺是作者的同乡，又是志同道合的朋友，因而刘克庄通过悼念挚友，借以抒发怀才不遇、壮志难酬的悲愤。

词的上阕写的是梦中的景象和他同朋友方信孺的胸襟抱负，作者对于南宋小朝廷那种求和屈辱的政策之不满，洋溢在纸墨之上，闪烁着尖刻的讽刺。词的下阕写梦醒之后的现实景象，挚友已乘鹤西归，恢复国家统一的大业更难以实现，感旧生哀，与上阕形成强烈的对比。全词驰骋想象，梦境与现实虚实结合，巧妙地引用历史典故，将那种"拳拳君国""志在有为"的气概和怀才不遇的愤懑之情淋漓尽致地表达了出来。

玉楼春

戏林推

年年跃马长安①市，客舍似家家似寄②。青钱换酒日无何③，红烛呼卢④宵不寐。

易挑锦妇机中字⑤，难得玉人⑥心下事。男儿西北有神州，莫滴水西桥⑦畔泪。

【注释】

①长安：此指临安。

②寄：寄宿，客居。

③日无何：《汉书·袁盎传》："（袁盎）能日饮，无何。"无何，即再没有别的事情。

④呼卢：古时一种赌博，又叫樗蒲，共五个子，一子两面，一面涂黑，画牛犊，一面涂白，画雉。五子全黑叫"卢"，得头彩。所以赌博时争着喊"卢"。

⑤锦妇机中字：用窦滔妻苏氏织锦为回文诗以寄其夫的典故。前秦时，秦州刺史窦滔因得罪权贵被流放到流沙县。夫妻天各一方，其妻苏蕙特地在一块锦缎上绣上 841 字，纵横 29 字的方图，可以任意读，共能读出 3752 首诗，表达了她对丈夫的思念与关怀之情。

⑥玉人：此指妓女。

⑦水西桥：泛指妓女所居之处。

【译文】

年年驰马于临安街头，竟然把酒楼和妓馆当成了家，而家反像寄居之所。一天天拿着青铜大钱买酒狂饮无所事事，一宿宿燃烛掷骰赌博通宵不睡。

妻子的真情容易得到，风尘女子的心事不易捉摸。西北的神州还没有收复，大丈夫应当时刻牵挂失去的西北神州大地，切莫在青楼洒抛无谓的泪水。

【赏析】

刘克庄有一个好友兼老乡，姓林，是一个节度推官（宋代州郡的佐理官），整日沉迷于吃喝嫖赌。这种事原是文人津津乐道的快事，但时值国运衰颓，时势艰危，词人早已没有了心思，于是写了此词规劝。

229

词的上阕极力描写林推官的风流不羁、豪迈洒脱，看似是对友人洒脱性情的夸奖，实则是对林的放荡行为的惋惜。下阕针对上阕林推官的生活，规劝他珍惜妻子的真情，振作起来，有所作为，为恢复中原增添一份力量。词题虽为"戏"，词的口吻也幽默、诙谐，但戏笔中寓托庄重之意，在委婉批评中进行劝勉，"戏"而厚重。全词格调甚高，气劲辞婉，外柔内刚，字里行间充满了对声色犬马的糜烂生活之不屑和激昂慷慨的爱国主义热情。

贺新郎

端午

深院榴花吐。画帘开、练衣①纵扇，午风清暑。儿女纷纷夸结束②，新样钗符艾虎③。早已有、游人观渡。老大逢场慵作戏④，任陌头⑤、年少争旗鼓，溪雨急，浪花舞。

灵均标致⑥高如许。忆生平、既纫兰佩⑦，更怀椒醑⑧。谁信骚魂千载后，波底垂涎角黍⑨，又说是、蛟馋龙怒。把似而今醒到了，料当年、醉死差无苦。聊一笑，吊千古。

【注释】

①练衣：葛布衣，指平民衣着。

②结束：妆束。

③钗符艾虎：旧俗端午节头戴钗头符，用艾叶剪成虎形佩戴或挂在门头，以辟邪气。

④逢场慵作戏：懒得参加嬉游活动。逢场作戏原指艺人遇到合适的地方就表演，后指嬉游活动。

⑤陌头：裹着头巾。陌，头巾。

⑥灵均标致：屈原风度。灵均是屈原的字。

⑦纫兰佩：联缀秋兰而佩于身，意谓品德高雅。

⑧椒醑：香物和美酒，用以降神祭神。

⑨角黍：粽子。

【译文】

深深的庭院里石榴花刚刚吐艳。彩绘的帷帘卷起，我身穿葛衣摇着绢扇，午间的清风给已热的天气带来阵阵凉爽。少男少女们纷纷炫耀自己的节日装束，佩戴着式样新颖的钗符和艾虎。早已有游人们在江边观看龙舟竞渡。我年纪大了，懒于前去凑趣，只是站在远处看那些裹着头巾的年轻人摇旗擂鼓呐喊，船桨起伏打起水珠如急雨逬溅，浪花翻卷飞舞。

屈原的风度是如此高大。追想他生平带着兰草以示芳洁，又怀揣香酒礼神肃穆。谁信在千载之后，他在江底的灵魂还会贪食几只粽子；又传说是怕蛟龙发怒，才把粽子扔进江中给蛟龙解馋。假如屈原清醒地活到今天，我猜想还不如醉死在当年，反而省去许多痛苦。姑且以此作为笑谈，作为我对千古英灵的凭吊吧！

【赏析】

咸淳三年（1267）端午节，年近八十的刘克庄看到人们精心打扮，一片喜悦氛围。可是，国家危如累卵，自己仕途坎坷，屡遭挫折，刘克庄胸中有许多牢骚不平之气，便借屈原事一吐为快，创作此词。

本词上阕写节日的场景气氛及作者的感受，为下阕的抒情作铺垫。下阕写对屈原的怀念及歌颂，对投粽民俗表示不认同的态度，颇有众人皆醉我独醒的意味。末尾以"聊一笑，吊千古"昭示对南宋朝廷的绝望。全词从院内写到浪花，是一幅端午风俗图，但深有寄托，暗含着年华已逝、壮志未酬的抑郁不平之情。

吴 渊

念奴娇

我来牛渚①，聊登眺、客里襟怀如豁。谁著②危亭当此处，占断古今愁绝。江势鲸奔，山形虎踞，天险非人设。向来舟舰，曾扫百万胡羯③。

追念照水然犀，男儿当似此，英雄豪杰。岁月匆匆留不住，鬓已星星堪镒。云暗江天，烟昏淮地，是断魂时节。栏干捶碎，酒狂忠愤俱发。

豪放词全鉴 珍藏版

【注释】

①牛渚：采石矶。

②著：矗立。此指建造。

③"向来舟舰"两句：指绍兴三十一年（1161）冬的"采石矶大捷"。胡羯，匈奴族的一个分支，此指金兵。

【译文】

偶然来到牛渚山，姑且登高远眺一番吧，没想到胸怀竟然为之豁然开朗。是谁在此山顶高处建了燃犀亭，独占这一古往今来使人慷慨愁绝之地！采石矶畔的江面犹如巨鲸奔腾，岸上的山岩如猛虎盘踞，天然险峻，非人力所为。当年正是在这里，我军战舰将来犯的金兵击溃。

追想当年温峤在这里燃犀照水，大丈夫就应该像他那样，才算是真正的英雄豪杰。岁月匆匆流逝，鬓角的白发拔都拔不完。倚栏凝伫，但见江上乌云压顶，淮水流域也天昏地暗，这正是令人哀伤至极的时候。我只能在酒醉之后用拳头猛捶栏杆，宣泄满腔忠愤。

【赏析】

这是一首抒发爱国之情的词篇。作者吴渊（1190—1257，字道父，号退庵）在南宋时曾任兵部尚书、参知政事等军政要职，是一位抗金御侮的主战者。有一次他登临古代战地牛渚山，见山川形势如此险要，不禁感慨万千，遂作此词。

词的上阕写登眺牛渚危亭，览景动情，因景抒怀，抚念昔日抗金的英雄业绩，壮怀激烈。下阕追怀古代英雄人物，激发满腔豪气，继而叹惜流年，抒发作者对当今的感慨。纵观全篇，由景及情，情景交融，描写、抒情和议论相结合，内容丰富，风格豪迈悲壮，感情波动大起大落，有时慷慨激昂，有时沉郁顿挫，有时又义愤填膺，流露出了作者忧国伤时的一腔真情。

黄 机

霜天晓角

仪真江上夜泊

寒江夜宿，长啸江之曲。水底鱼龙惊动，风卷地，浪翻屋。

诗情吟未足，酒兴断还续。草草兴亡①休问，功名泪，欲盈掬②。

【注释】

①草草兴亡：指中原的匆匆沦丧。

②盈掬：意为满捧，两手合捧曰掬。满捧，形容泪水多。

【译文】

寒冷的夜晚，我在长江岸边留宿，伫立江边我不禁仰天长啸。心情就像翻滚的长江，水底的鱼龙惊动，卷地的狂风掀起冲天巨浪，江边的小屋都差点被冲翻了。

我吟诵了许多诗词，仍觉得诗情未尽，又断断续续地喝了许多酒。不能问为什么中原匆匆沦丧又偏安一隅。报国无路、壮志难酬，只能流下满捧泪。

【赏析】

这是一首抚时念乱的沉郁之作。作者黄机（生卒不详）曾仕州郡，词风沉郁苍凉，亦近辛派，有词寄辛弃疾。黄机爱国而且胸怀天下，但报国无门，空有济世之才，而无施展之处。此词是作者夜泊于仪真时所作。仪真，即现在的江苏省仪征市，位于长江北岸，是南宋的前方，多次被金兵侵占并经常受到骚扰。作者夜泊仪真江边，面对滔滔江水，环视南北江岸，北望中原，百感交集，借江景抒发了他壮志难酬的抑郁和悲愤之情。

词的上阕是一幅有声有色、令人惊心动魄的图画，气势磅礴，有雷霆万钧之力，排山倒海之势，形象地表现了作者的忧思和不平。下阕直抒胸臆，描绘了心中的愁苦，表现出作为小人物对改变国家形象的无可奈何。全词短小精悍，内涵丰富，韵味淳浓，起伏跌宕，富于变化。风格悲愤苍凉，雄阔浑厚。

满江红

万灶貔貅，便直欲、扫清关洛。长淮路、夜亭警燧①，晓营吹角。绿鬘将军思下马，黄头奴子惊闻鹤②。想中原、父老已心知，今非昨。

狂鲵剪③，於菟④缚。单于命，春冰薄。正人人自勇，翘关还槊⑤。旗帜倚风飞电影，戈铤射月明霜锷⑥。且莫令、榆柳塞门秋，悲摇落。

【注释】

①燧：烽火。

②"绿鬘将军"两句：意为敌兵毫无斗志。绿鬘，黑发。下马，即投降。黄头，戴黄色帽子的水军，此处泛指敌军。奴子，奴仆，对敌人的蔑称。鹤，风声鹤唳。

③狂鲵剪：敌人被消灭。鲵，大鱼名，借指残暴的敌人。剪，消灭。

④於菟：虎的别称，借指虎狼之国。

⑤翘关还槊：拿起武器。翘关，举关。还，同"旋"，盘弄。槊，中国古代的重型骑兵武器，远远长于普通的枪、矛的长度。

⑥锷：刀锋。

【译文】

千军万马，兵将骁勇善战，马上就要扫清盘踞在关中和洛水的敌寇。淮河一带的岗亭，整夜都有士兵瞭望，一有异常就点燃烽火，每天刚破晓时嘹亮的军号就响起。而金兵年轻的军官随时准备下马投降，黄头金兵风声鹤唳，准备逃跑。料想中原的百姓已经知道，今昔不同，金国即将覆亡。

狂鲵将被剪灭，虎狼将被擒缚；金国单于的命运如春冰一样，即将瓦解崩溃。宋国的将军与士兵则人人奋勇，正扛鼎举关，舞弄长槊。旌旗随风飘舞如雷电光影，兵器在月光的映照之下，刀锋显得明亮如霜。千万不要令边塞秋老，使沦陷区的人民伤心失望。

【赏析】

这是一首宣扬精忠报国、收复失土的爱国词篇，作于1233年。当时南宋与蒙古军合围蔡州（今河南汝南），第二年城陷金亡。

全篇采用对比手法，长自己志气，灭敌人威风，爱国之心，溢于言表。上阕写南宋精兵长驱北上，金兵毫无斗志，中原父老也都知道金国必然灭亡，形势与前大不相同。下阕生动地描写了击败金国入侵者的胜利前景，从金国写到南宋，进一步进行对比。最后，奉劝朝廷勿失时机，一举收复失地，不要使人民失望，流露出深深的担忧。全词慷慨激昂，发欲上指，词境虽不高，但在南宋后期士气消沉的形势下，这首壮志凌云的词作足以振奋人心。

卷三　宋词

方　岳

水调歌头

平山堂用东坡韵

秋雨一何碧，山色倚晴空。江南江北愁思，分付酒螺红①。芦叶篷舟千重，菰菜莼羹一梦，无语寄归鸿。醉眼渺河洛②，遗恨夕阳中。

蘋洲外，山欲暝，敛眉峰。人间俯仰陈迹，叹息两仙翁③。不见当时杨柳④，只是从前烟雨⑤，磨灭几英雄。天地一孤啸，匹马⑥又西风。

【注释】

①螺红：美酒名。
②河洛：黄河与洛水之间的地区。此处泛指沦陷区。
③两仙翁：指欧阳修与苏轼。
④当时杨柳：欧阳修《朝中措》词："手种堂前杨柳，别来几度春风。"人称此柳为"欧公柳"。

⑤从前烟雨：苏轼《水调歌头·黄州快哉亭》："长记平山堂上，敧枕江南烟雨，杳杳没孤鸿。"

⑥匹马：一匹马，后常指孤身一人，有作者自喻意。

【译文】

伫立在平山堂上，见秋雨放晴后的山色更加碧绿。我孤身漂泊于大江南北，积累起来的愁思都付之一醉。乘一叶小舟穿过重重芦叶漂泊于江湖，张翰那种思念莼菜莼羹就辞官归家的作为，对我来说只是一场梦，我只能默默地把思念寄托给南飞的大雁。醉眼蒙眬中北望渺不可及的沦落中原，遗恨沉浸在眼前的夕阳之中。

回眸蘋草萋萋的洲渚之外，远山在暮色里就要收敛它的眉峰。俯仰凭吊平山堂的人间遗迹，叹息欧、苏两位仙翁人寿难久。眼前没了欧阳修的杨柳，只是苏轼所描述的烟雨磨灭了几位英雄。茫茫天地之间，只有我一人如此长啸浩叹，又将迎着西风孤独地启程。

【赏析】

此词为江湖派诗人方岳（1199—1262，字巨山）所作。他少年飘荡江湖，中年以后，虽中了进士而宦游各地。欧阳修在扬州任知州时，建造了一座平山堂。一个世纪后方岳来到这里，俯仰江山，缅怀先贤，不禁思绪如潮，就以苏东坡《水调歌头·黄州快哉亭赠张偓佺》词的韵脚写下了这首词。

词的上阕从登平山堂所见景物写起，从山色写到自身经历、家国之悲，从横的方向驰骋思想。下阕又回到山色，然后再从纵的方向驰骋思想，除了怀念欧阳修、苏东坡两位"文章太守"以外，也抒发了对国土未被收复的愁恨。最后以匹马西风作结，留下了词人踽踽独行的形象。全词在怀古之中流露了沉重的家国之思，在感叹人生如寄的惆怅中，又渗透了个人挣扎的勇气。意境丰满，思路宽广，笔法灵活，虽沉郁而不失豪气。

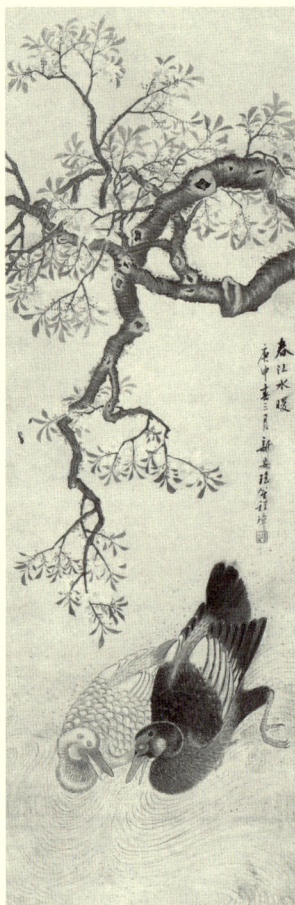

陈人杰

沁园春

问杜鹃

　　为问杜鹃，抵死催归，汝胡不归？似辽东白鹤，尚寻华表①；海中玄鸟②，犹记乌衣。吴蜀非遥，羽毛自好，合趁东风飞向西。何为者，却身羁荒树，血洒芳枝③。

　　兴亡常事休悲，算人世荣华都几时。看锦江④好在，卧龙已矣；玉山无恙，跃马何之⑤。不解自宽，徒然相劝，我辈行藏君岂知？闽山路⑥，待封侯事了，归去非迟。

【注释】

①"似辽东"两句：据《逍遥墟经》卷一记载，西汉时期辽东人丁令威，曾学道于灵墟山，成仙后化为仙鹤，飞回故里，站在城门前的石柱（华表）上高声唱："有鸟有鸟丁令威，去家千岁今来归，城郭如故人民非，何不学仙冢累累。"唐宋文人常用此典。

②海中玄鸟：玄鸟即燕子。传说燕子的家乡叫乌衣国。

③血洒芳枝：化用李山甫《闻子规》诗句"断肠思故国，啼血溅花枝"。

④锦江：指的是长江支流沅水的支流辰水上源。

⑤"玉山"两句：王莽末年，天下纷扰，群雄竞起，建武元年（25），公孙述称帝于蜀地玉山，国号成家（一作"大成"或"成"），年号龙兴。

⑥闽山路：指回乡之路。作者是福建人，故云。

【译文】

　　质问杜鹃，苦苦催人归去，你为什么不归去？像那去家千年的仙鹤，尚且知道重返辽东寻访城门的华表；远徙万里的燕子，犹能记得故乡乌衣国。

相比之下，从江南至四川并不遥远，你翅膀好好的，应该趁东风飞向西。到底为了什么你却要停留在这荒凉的地方"血洒芳枝"而滞留他乡呢？

国家的兴亡是很平常的事，不要为之悲痛。人间的荣华富贵能持续多久？看那锦江依旧好好地流淌，卧龙诸葛亮却早已逝去。玉山安然耸立，可跃马称帝的公孙述怎样了呢？杜鹃不懂得自我宽慰，反苦苦劝人"不如归去"，我们这类人的进退你怎么能理解呢！待我建功立业之后再踏上回乡之路，那时也为时不晚。

【赏析】

这首词是南宋词人陈人杰（1218—1243，一作陈经国，字刚父）的代表作。陈人杰曾以幕客身份浪游西淮、荆、湘等地，年仅二十六岁时卒于临安，是宋代词坛上最短命的词人，属辛派，词多慷慨忧国。

此词采用了一种别开生面的写作方法，借向杜鹃发问的方式，抒发词人期望建功立业、报效国家的壮伟胸怀，构思奇特，形式新颖，设问自答，生动传神，表现了作者在归乡与建功问题上内心深处的矛盾。但最后又表明还是以国事为重，先建功后归家，显得朝气蓬勃，是南宋后期词坛上一篇格调较高的佳作。

沁园春

丁酉岁感事

谁使神州，百年陆沉，青毡①未还？怅晨星残月，北州豪杰；西风斜日，东帝②江山。刘表坐谈③，深源④轻进，机会失之弹指间。伤心事，是年年冰合，在在风寒⑤。

说和说战都难，算未必江沱⑥堪宴安。叹封侯心在，鳣鲸失水；平戎策就，虎豹当关。渠自无谋，事犹可做，更剔残灯抽剑看。麒麟阁，岂中兴人物，不画儒冠⑦？

【注释】

①青毡：比喻中原故土，将敌人比作盗贼。某夜，东晋书法家王献之睡得正香，突被一阵响动惊醒，原来有三四个小偷正在书房偷东西。他静静地看着，当小偷从橱子里翻出一件陈旧的毡子时，王献之忍不住开口道："偷

儿，青毡吾家旧物，可特置之。"

②东帝：战国齐王称东帝。比喻穷途末路的南宋。

③刘表坐谈：刘备劝荆州牧刘表袭许昌，刘表不听，坐失良机。郭嘉说："（刘）表坐谈客耳！"

④深源：东晋殷浩，字深源，善高谈阔论。曾轻率北伐，结果大败。

⑤年年冰合，在在风寒：借用辛弃疾《贺新郎》"怅清江，天寒不渡，水深冰合"句，以气候的寒冷比喻局势的艰危。

⑥江沱：代指江南，沱是长江的支流。

⑦"麒麟阁"三句：汉宣帝号"中兴之主"，曾命画霍光等十一位功臣之像于未央宫麒麟阁上，表扬其功绩。这三句化用此典。

【译文】

是谁使得中原大片国土沦于敌手？北宋覆亡已百年有余，始终没有收复。北方有志之士，已寥若晨星；半壁江山，如西风中落日，已穷途末路；朝廷中的有些人，只是坐着空谈，有些人行事鲁莽轻率，这些都是在弹指间贻误战机。令人伤心的是，南宋年年遭到强敌的进攻，长期屈辱苟安，形势岌岌可危。

和不能安，战不能胜，朝廷偏安于江南，享乐安逸。可叹我虽有建功封侯之志，却像鳣鲸离开大海，不能施展；虽然怀揣平戎之策，却因奸佞弄权无人赏识。当权者虽然无能，但国事尚有可为，我深夜难眠，在灯下看剑。难道只有武将才能为中兴立功，读书人就不能被画在麒麟阁上吗？

【赏析】

金亡后，蒙古趁南宋收复西京洛阳时，发兵南侵攻宋，宋军败还。宋理宗嘉熙元年（1237），即此词标题中的"丁酉岁"，蒙古兵自光州、信阳进至合肥。战争使人民流离失所，宋廷惊惶失措，且朝廷腐败不堪。面对这一危急形势，时年二十岁的陈人杰不禁感慨万端，写下了这首激奋人心的词篇。在词中，他自比鳣鲸，自许以封侯，激越飞扬，尽述胸中抱负，抨击当权者的无能衰败，也表达了建功立业、为国杀敌的强烈愿望。慷慨悲凉，气势磅礴，其激越处颇近辛弃疾词。

文及翁

贺新凉

游西湖有感

一勺西湖水。渡江来，百年歌舞，百年醺醉。回首洛阳花石^①尽，烟渺黍离之地。更不复、新亭堕泪。簇乐^②红妆摇画舫，问中流、击楫何人是？千古恨，几时洗？

余生自负澄清志。更有谁、磻溪^③未遇，傅岩^④未起。国事如今谁倚仗，衣带一江而已！便都道、江神堪恃。借问孤山林处士^⑤，但掉头、笑指梅花蕊。天下事，可知矣！

【注释】

①洛阳花石：洛阳多名花奇石，此借指汴京，亦借以泛指中原。宋徽宗爱石，曾派人到南方大肆采集珍奇观赏石，在汴京造艮岳。

②簇乐：多种乐器一起演奏。

③磻溪：在今陕西宝鸡东南。相传姜太公在此垂钓遇周文王。

④傅岩：古地名，位于今山西平陆县东。殷商时期著名贤臣傅说，在此被武丁起用，天下大治，故以傅为姓。

⑤林处士：指林逋。

【译文】

西湖水只有一勺那么点儿。然而宋庭南渡一百余年来，这狭小的河山竟成为君臣上下歌舞醺醉的屏障。眺望北方，洛阳花石已化为灰烬，汴京宫殿亦已成为黍离之地，淹没于渺渺荒烟之中。甚至，连在新亭哀叹河山变色而一洒忧国忧时之泪的人也找不到了。湖上笙簧竞奏，仕女混杂，寻欢作乐，还有谁能像祖逖那样中流击楫、矢志北伐？"靖康之耻"的千古恨事，何时才能雪洗？

我天生就慨然有澄清天下之志。可是有报国之志和雄才大略的人，谁被重用了呢？现在有姜尚、傅岩那样的人，朝廷没有发现、没有起用。靠谁来拯救国势危殆，不过凭借如衣带的长江而已！有些人就可笑地说有江神保佑。若问他们救亡之事，他们却寄情于山水，学着林逋顾左右而言梅花已含苞待放。国家的命运，由此可知了。

【赏析】

据《古杭杂记》载，文及翁（生卒不详，字时学）是蜀人，宝祐元年（1253）中一甲第二名进士。他及第后在西湖游集，别人问他："西蜀有此景否？"引起了他的感触，赋此词作答。

这首词不遗余力地抨击当时苟安之风，词中多用设问和感叹句，形式多样，或通过对比提问，或自问自答，或通过发问表感慨，抒发了作者忠愤和忧国忧民的情怀，并且严厉斥责了南宋统治者歌舞升平、政治腐败和不图收复失地的现状，同时对其偏安一隅深感忧愿。南宋小朝廷的最终覆亡，其主要原因盖在于此。而词人处在宋亡之前，已料到这一历史悲剧的不可避免，可见他在政治上的预见性。全词直抒胸臆，纵横吟咏，酣畅恣肆，显示了议论风生、壮怀激烈的豪放特色。而且散文化、议论化倾向明显，具有辛词"以文为词"的特点。

周　密

高阳台

送陈君衡被召

照野旌旗，朝天①车马，平沙万里天低。宝带金章②，尊前茸帽风欹③。秦关汴水经行地，想登临、都付新诗。纵英游、叠鼓清笳，骏马名姬。

酒酣应对燕山雪，正冰河月冻，晓陇云飞④。投老残年，江南谁念方回。东风渐绿西湖柳，雁已还、人未南归。最关情，折尽梅花，难寄相思⑤。

【注释】

①朝天：朝见天子。

②宝带金章：指官服和官印。

③茸帽风欹：《北史·周书·独孤信传》："信在秦州，尝因猎，日暮，驰马入城，其帽微侧。诘旦，而吏民有戴帽者，咸慕信而侧帽焉。"陈师道《南乡子》词："侧帽独行斜照里，飔飔。"茸帽，皮帽。欹，侧。"风欹"，原本作"风欺"，据别本改。

④晓陇云飞：柳永《曲玉管》词："陇首云飞，江边日晚。"

⑤"最关情"三句：盛弘之《荆州记》："陆凯与范晔相善，自江南寄梅花一枝，诣长安与晔。并赠诗曰：折梅逢驿使，寄与陇头人。江南无所有，聊赠一枝春。"

【译文】

郊野之上移动的旌旗耀眼飞扬，朝见天子的车马浩浩荡荡，平沙万里，天空都显得低了。在饯别宴上，你佩官带，携金印，一阵风使你的蒙古式皮帽略有歪斜。你一路之上，会登秦关临汴水，吟诗作赋。你将在北国尽情游历，听叠鼓胡笳清脆；乘骏马，携名姬，纵情游乐。

当你酒酣时，你到任的燕山月光正照着一片冰雪与结冰大河，拂晓时陇头处有几朵白云在飞翔。我已是残年之岁，又有谁能常常记起像当年贺铸一样的我呢？当天气渐暖时，江南西湖的杨柳一片碧绿，大雁向北飞去了，而不见故人南归。最令人动情的是，我的相思之情即使折尽梅花也难以寄托我对你的思念。

【赏析】

观题面可知，这是一首送别之作。作者周密（1232—约1298，字公谨）是宋末文学家，爱国心强烈，曾任义乌（今属浙江）令等职，宋亡隐居不仕。他的好友陈允平（字君衡，一字衡仲）降元，并应元王朝征召，将要前往大都（今北京）做官。临别之际，词人感慨特深，写了这首送别词。

周密一向热爱宋朝，对陈允平仕元难以苟同。因此这首词较一般的送别诗词而言，在感情上自有一番特色。词中写送别而通篇贯穿着深切感人的故国之思，既写眼前实景，也写想象中的虚景，虚实相合，深沉婉转地表达了作者复杂难言的思想感情。其中既有送别友人的不舍和伤感，又有对其屈身仕元的不满，还有对南宋灭亡的怅恨。风格豪爽俊逸，萧瑟凄凉。

刘辰翁

柳梢青

春 感

铁马蒙毡，银花①洒泪，春入愁城。笛里番腔②，街头戏鼓，不是歌声。那堪独坐青灯，想故国，高台月明。辇下风光，山中岁月，海上心情③。

【注释】

①银花：指元宵的花灯。
②番腔：少数民族的腔调。

③ "辇下风光"三句：宋亡以后临安元宵光景，自己避乱山中，宋室漂流海上。

【译文】

满街都是披着毛毡的蒙古骑兵，花灯好像也伴人洒泪，春天来到这座充满哀愁的临安城。街头横笛中吹奏出来的是带有北方游牧民族情调的腔调，还有异族的鼓吹杂戏，听来根本不能称为"歌声"。

不堪忍受独对青灯神游故国的痛苦，这明月高悬的上元灯市，我更加留恋沦陷的高台宫殿。故都临安的元宵风光，隐居山林的寂寞岁月，那逃往海滨的小朝廷的君臣，怎么进行抗敌复国。

【赏析】

这首词是著名词人刘辰翁（1232—1297，字会孟）晚年隐居山中的作品。题名"春感"，实际上是元宵节有感而作。当时南宋已经灭亡，由于复国无望，他的词情调表现出一种英雄失落的悲壮感情。词的上阕，是想象故都元宵节的凄凉景象，下阕抒发了作者亡国之痛和故国之思的深沉感情，并留给读者想象和体味的空间。这种想象落笔、虚处见意的写法更有欲说还休之意。全词既不流于隐晦，也不假手雕琢，真挚自然，流畅生动，笔势劲直，于沉痛悲苦中透发出激越豪壮之气，余音袅袅不绝。

邓 剡

酹江月

驿中言别

水天空阔，恨东风不借①世间英物。蜀鸟吴花残照里，忍见荒城颓壁。铜雀春情，金人②秋泪，此恨凭谁雪。堂堂剑气，斗牛空认奇杰。

那信江海余生，南行万里，属扁舟齐发。正为鸥盟留醉眼，细看涛生云灭。睨柱吞嬴③，回旗走懿④，千古冲冠发。伴人无寐。秦淮应是孤月。

卷三　宋词

【注释】

①不借：不肯帮助。

②金人：汉武帝时铸造的捧露盘的仙人。因用铜铸，故称"金人"。汉亡以后，魏明帝迁"金人"时，据说"金人"潸然泪下。这里借指南宋文物宝器都被敌人劫掠一空。

③睨柱吞嬴：蔺相如持璧睨柱的壮气压倒了秦王。

④回旗走懿：指假诸葛吓退司马懿。

【译文】

看着水天相连的长江，我真恨帮助周瑜的东风不肯帮助文天祥这样的英雄人物。夕阳斜照着花朵，杜鹃鸟在哀啼，我怎么忍心去看被元军摧毁了的金陵城。想到我们的乔家两姊妹和珍贵文物被敌人掳掠一空，不知道靠谁才能报仇雪恨。空辜负了那把"上冲斗牛、得水化龙"的宝剑，它认定你是个奇伟的豪杰。

几年前你被元军扣留，乘机逃脱，绕道海上，到南方率领船队抗元。我跳海未死，这次又病而求医，为的是"留醉眼"，等你再起复宋大业，扫平贼寇。你会像蔺相如痛斥秦王、诸葛亮死后吓退司马懿那样，以千古冲冠发压倒强敌。这样想着，我难以入睡。你走了，只有秦淮何上的孤月陪伴我。

【赏析】

邓剡（1232—1303，字光荐，又字中甫）是文天祥门友，以诗名世，江万里屡荐不就，后随文天祥赞募勤王。宋亡被俘后投海自尽，被元兵打捞上来。元将张弘范很看重他，与文天祥同押北上大都。到金陵（今南京）时，邓剡因病留下，文天祥继续北上。临别之际，邓剡在驿馆作此词赠文天祥，为好友壮行。

词的上阕写亡国之痛，下阕写惜别之情。作者痛惜英雄失败，又悲叹山河破碎，追忆患难之情，激励友人坚持斗争，扭转乾坤。全词情景交融，用典颇多，构成了悲壮、沉雄的意境，写得气冲斗牛，感人肺腑。

文天祥

沁园春

题潮阳张许二公庙

为子死孝，为臣死忠，死又何妨。自光岳气分[1]，士无全节；君臣义缺，谁负[2]刚肠。骂贼张巡，爱君许远，留取声名万古香。后来者，无二公之操，百炼之钢。

人生翕歘[3]云亡。好烈烈轰轰做一场。使当时卖国，甘心降虏，受人唾骂，安得流芳。古庙[4]幽沉，仪容俨雅，枯木寒鸦几夕阳。邮亭[5]下，有奸雄过此，仔细思量。

【注释】

①光岳气分：指国土分裂，即亡国。光指日月星，岳指五岳，气为天地正气。

②负：具有。

③翕歘（xī xū）：倏忽，如火光之一现。

④古庙：指张巡、许远二位唐代著名爱国将领之庙。

⑤邮亭：古代设在沿途供给公家送文书及旅客歇宿的会馆。

【译文】

当儿子的为孝而死，当臣子的为忠而死，那就是死得其所。自宋室沦丧以来，士大夫不能保全节操，君臣之间欠缺大义，谁还具有凛然不屈、刚正不阿的品德。想当年，"安史之乱"中的张巡咬牙切齿骂贼寇，眦裂血面，嚼齿皆碎，许远温文尔雅爱君能守死节，他们都至死不降，留下万古芳名。后来的许多人并无他们那高尚的节操和坚强如钢的性格。

人生匆匆，转眼即逝，更应当轰轰烈烈做一场为国为民之事业！倘若他们当时贪生怕死，投降卖国，则必受人唾骂，焉能流芳百世。双庙幽邃深沉，张巡、许远二公塑像庄严典雅，仪容之栩栩如生。当夕阳西下，寒鸦在枯木间哀婉啼哭，古庙依然不改。邮亭下，若有奸雄路过双庙，恐怕也要仔细地想一想，为自己的可耻行为而感到无地自容。

【赏析】

这是一首借咏史来抒发爱国情怀的激昂词篇。词中通过咏史表达了文天祥（1236—1283，字宋瑞，一字履善）在南宋亡国前夕力挽狂澜、视死如归的豪迈情怀。

景炎三年（1278）十一月，文天祥以少保右丞相、信国公兼枢密使驻兵潮阳（今属广东省）。这里有著名的张许庙，是纪念唐代张巡和许远两位著名爱国将领的。在唐"安史之乱"时，张巡、许远在睢阳（今河南商丘）死拒叛兵，使江淮得一屏障，支援平叛战争；被俘后宁死不屈，英勇就义。文天祥很敬仰二人，特意去潮阳东郊东山山麓拜谒张许庙，并赋此词抒发其为国献身的雄心壮志。

此词借咏赞张、许二人的品格来表达作者的人生观，词中凝聚着儒家文化的精髓，洋溢着爱国者的豪情，表现出民族的尊严和英雄的志节，是一篇激越雄壮的正气歌。全词爱憎强烈、大义凛然。艺术上以议论立意，同抒情结体，既有具体形象之美，又有抽象之美；在抒情中蕴含从容娴雅和刚健之美。词中多用对句，句句整齐，笔笔精锐；情景交融，融景入情，极为优美。此词与他的坚贞不屈的爱国精神一样，可以与日月争辉，光照万代。

酹江月

和友驿中言别

乾坤能①大，算蛟龙、元不是池中物。风雨牢愁无着处，那更寒蛩四壁。横槊题诗②，登楼作赋③，万事空中雪。江流如此，方来还有英杰。

堪笑一叶漂零，重来淮水，正凉风新发。镜里朱颜都变尽，只有丹心难灭。去去龙沙④，江山回首，一线青如发⑤。故人应念，杜鹃枝上残月。

【注释】

①能：通"恁"。

②横槊题诗：曹操平定了北方割据势力，又准备渡江消灭孙权和刘备，

横槊赋诗，抒统一全国之志。

③登楼作赋：王粲南下投靠荆州刘表，却不被刘表重用，以致流寓襄阳十余年，心情郁闷。建安九年（204）秋，王粲登上当阳东南的麦城城楼，写下名作《登楼赋》。

④龙沙：指北方沙漠。

⑤一线青如发：化用苏轼《澄迈驿通潮阁》"青山一发是中原"诗意。

【译文】

世界如此广阔，你我都是胸怀大志的蛟龙，本来就不会被长久地困禁在池中。面对风雨无限忧愁无处寄托，再加上牢房的蟋蟀凄凄鸣叫，我愁肠百结。你我像曹操横槊赋诗、王粲登楼作赋，都成了空中雪花一般的往事。似这江流滚滚不尽，后浪推前浪，将来肯定还有英雄豪杰来完成事业。

可笑自己如一片孤叶飘零，又来到秦淮河畔，正是凉风初起的秋天。看着镜子里美好的面容全都改变，只是赤诚的心不会改变。我就要被放逐到沙漠之地，回头遥望祖国江山，中原像一丝头发在天边，离我越来越远。希望老朋友以后想起我的时候，就听听残月枝上杜鹃的悲啼吧！

【赏析】

这首词作于南宋祥兴二年（1279）八月。前一年年底，文天祥率兵继续与元军作战，因叛徒出卖兵败，在五坡岭（今广东海丰县北）被俘。1279年四月被押往大都（今北京），一起被押北行的还有其同乡好友邓剡。在途经金陵（今江苏南京）时，邓剡因病暂留天庆观就医，文天祥继续被解北上。临别之时邓剡写了一首《酹江月·驿中言别》赠文天祥，文天祥写此词酬答邓剡。

此词描写了作者的囚徒生活以及由此而产生的感慨，表明作者不但自己宁死不屈，而且深信未来将有更多的豪杰之士起来继续进行斗争。邓剡原词，已经是南宋壮词中的难得佳作，而文天祥此词虽然是其和作，却又更上一层楼。全词笔力精健、激昂慷慨、悲壮雄豪，无丝毫萎靡之色，忠义之气凛然纸上，充分表现出作者对南宋王朝的耿耿忠心以及高尚的民族气节，令人诵之热血沸腾、感奋向上、肃然起敬。

满江红

代王夫人作

试问琵琶，胡沙外怎生风色。最苦是，姚黄①一朵，移根仙阙。王母欢阑琼宴罢，仙人②泪满金盘侧。听行宫，半夜雨淋铃③，声声歇。

彩云散，香尘灭。铜驼恨④，那堪说！想男儿慷慨，嚼穿龈血⑤。回首昭阳辞落日，伤心铜雀迎秋月。算妾身，不愿似天家，金瓯⑥缺。

【注释】

①姚黄：名贵的牡丹。

②仙人：即铜仙人，又称金人。

③雨淋铃：唐玄宗在奔蜀途中，听到夜雨淋铃，思念贵妃，分外凄怆，采其声为《雨霖铃》。

④铜驼恨：晋索靖知天下将乱，指着洛阳宫门的铜驼说："就要看见你埋在荆棘里。"后来以宫门前的铜驼埋在荆棘里象征亡国。

⑤嚼穿龈血：安禄山叛乱时，张巡每次临战把牙咬碎，牙龈流血。

⑥金瓯：用金子做的盆盂。比喻疆土之完固。

【译文】

试问昭君式的哀怨凄婉的琵琶声，万里胡沙外除了黄沙还有什么风光。最痛苦是一朵名贵的牡丹，被人从仙宫里连根挖出。王母的盛宴已欢意消失，汉宫金铜仙人被拆迁而泪满金盘。半夜里行宫外雨淋风铃分外凄怆，一声响一声歇。

美丽的彩云已消散，宫中的香尘再也不见，亡国之恨，不能卒言！真思慕那慷慨赴国的男子汉，把牙咬碎，牙龈流血。回头看看，昭阳殿辞别了坠落的红日，最伤心铜雀台迎接凄冷的秋月。细思量，我定要坚持操守，绝不会进入当今帝王家，大好河山已经残缺不全。

【赏析】

王夫人名王清惠，宋末被选入宫为昭仪，宋亡被掳往大都。途中驿馆壁题《满江红》传诵中原，文天祥不满意结尾三句："问嫦娥，于我肯从容，同圆缺。"因以王清惠口气代作了这首词。代作，本意拟作、仿作，但这里主要是翻作的意思。文天祥寓自己的思想于其中翻填新词，校正王清惠的原作在内容上的不妥之处。词中文天祥改变王清惠原作中消极避祸的思想，激励她要洁身自爱，坚守操节。这实际上是文天祥借王夫人之口表达自己生死不渝的民族气节和顽强斗志，并与王夫人和众宫娥共勉。读了他的词，让人顿觉忍辱偷生的可耻和保全气节的光荣。词中蕴含的热情和血泪光辉夺目，使人激昂奋发。

张　炎

八声甘州

辛卯岁，沈尧道同余北归[1]，各处杭、越。逾岁，尧道来问寂寞，语笑数日。又复别去。赋此曲，并寄赵学舟[2]。

记玉关[3]踏雪事清游，寒气脆貂裘。傍枯林古道，长河[4]饮马，此意悠悠。短梦依然江表，老泪洒西州[5]。一字无题处，落叶都愁。

载取白云归去，问谁留楚佩，弄影中洲[6]？折芦花赠远，零落一身秋。向寻常、野桥流水，待招来、不是旧沙鸥。空怀感，有斜阳处，却怕登楼[7]。

【注释】

①"辛卯岁"两句：元世祖至元二十八年（1291），作者同沈尧道同游元大都燕京后，从北归来。沈尧道，名钦，作者之友。

②赵学舟：人名，张炎的词友。

③玉关：玉门关。此处泛指边地。

④长河：指黄河。

⑤西州：在今南京市西。此代指故国旧都。

⑥"问谁留楚佩"两句：化用《九歌·湘君》"捐余兮江中，遗余佩兮醴浦"及"君不行兮夷犹，蹇谁留兮中洲"之意。

⑦登楼：指王粲在荆州思归作《登楼赋》之事。

【译文】

至元二十八年，沈尧道和我从北方归来，各自住在杭州、越州。过了一年，沈尧道来看望我，谈笑数日，又离开了。我赋此曲相送，并寄给词友赵学舟。

还记得前年冬天，我们在北方边关冒着大雪一道清游，寒气都把貂裘冻脆了。在那枯林古道上艰难行走，到漫长的黄河边饮马暂休，内心的情意悠悠。这番经历如梦一般过去了，梦醒后此身依然在令人落泪的西州。给朋友寄封书信，却连一个字也无题写之处，连那落叶都忧愁不已。

重聚又别，你载着白云归去，试问谁将玉佩相留，顾盼水中倒影于中洲？折一枝芦花赠故友，零落的芦花正如我寒秋寂寞。向着平常的野桥流水漫步，附近也能招集到三朋二友，但终非沈尧道、赵学舟之类故交了。空怀着无限的情感，在斜阳夕照的时候，我却害怕登楼会使人为之肠断。

【赏析】

这首词为南宋最后一位著名词人张炎（1248—1319，字叔夏）所作。他是循王张俊六世孙，祖父张濡，父张枢，皆能词善音律。前半生富贵无忧。1276年元兵攻破临安，南宋亡，张炎祖父张濡被元人磔杀，家财被抄没。1290年，张炎和好友沈尧道应召为元政府写金字《藏经》而北游元大都一次。翌年，失意南归。此词即作于他南归后在越州居住时。

张炎把辛弃疾、刘过的豪放词看作"非雅词"。然而，他这首词写亡国之痛却声情激越之致。全词先悲后壮，先友情而后国恨，贯穿始终的是一股荡气回肠的"词气"，使读者能进入作者的感情世界之中。全篇气势较为开阔，起得峭劲，结得悠远，顿挫腾挪，声情并茂，颇有力度。但情调较为低沉。

高阳台

西湖春感

接叶巢莺①，平波卷絮，断桥②斜日归船。能几番游？看花又是明年。东

豪放词
全鉴
珍藏版

风且伴蔷薇住，到蔷薇、春已堪怜。更凄然，万绿西泠③，一抹荒烟。

当年燕子知何处？但苔深韦曲④，草暗斜川⑤。见说新愁，如今也到鸥边⑥。无心再续笙歌梦，掩重门、浅醉闲眠。莫开帘，怕见飞花，怕听啼鹃。

【注释】

①接叶巢莺：化用杜甫诗句"卑枝低结子，接叶暗巢莺"。

②断桥：一名段家桥，在西湖孤山侧面白沙堤东，里湖与外湖之间。其地多杨柳。

③西泠：即西泠桥。在孤山下，将里湖与后湖分开。

④韦曲：在长安南皇子陂西，唐代韦氏累世贵族居此地，因名韦曲。

⑤斜川：在江西庐山侧星子、都昌二县间，陶潜有游斜川诗。

⑥"见说"两句：沙鸥色白，因说系愁深而白，如人之白头。

【译文】

在茂密的碧叶丛里黄莺在筑巢，柳絮被湖面上的微波轻卷着，斜阳已近暗淡，断桥处有返家的归船。春暮时节还能够畅游几次？想赏花又要等到明年。东风啊，请暂陪蔷薇少住，而蔷薇花开，春光已少得可怜。更让人感到凄凉的是，万绿丛中昔日热闹喧闹的西泠桥畔，现在只剩一片荒寒的暮烟。

旧时王谢堂前的燕子如今飞向何处？只见当年的豪门繁华之地，风景幽胜的去处，都是一片青苔野草。就连那些悠闲的白鸥，也因新愁而白了发巅。我再也没有心思去重温笙歌旧梦，只把自家的门关起来，喝点闷酒独自闲眠。不想再掀开帘子，害怕看见百花衰落，也怕听见杜鹃的声声悲啼。

【赏析】

这首词是张炎在南宋灭亡后重游西湖时所作，借咏西湖抒发国破家亡的痛烈心情。上阕以景衬托国破家亡的凄凉，抒发朝不保夕的无限哀愁。下阕道出江山易主之恨，倾诉个人的满腔哀怨，再无心思追寻往日欢乐，听到杜鹃啼鸣，真叫人肝肠碎裂，痛苦难当。全词以景示情，以情带景，辽阔肃爽，耐人寻味，堪称"郁之至，厚之至"。只是词文过于蕴藉，在一定程度上反映了其思想的软弱性。

252

卷四　金词

吴 激

人月圆

宴北人张侍御家有感

南朝千古伤心事，犹唱后庭花。旧时王谢，堂前燕子，飞向谁家？

恍然一梦，仙肌胜雪，宫髻堆鸦①。江州司马，青衫泪湿，同是天涯②！

【注释】

①宫髻堆鸦：宫妆发式高梳，乌黑如鸦羽色。

②"江州司马"三句：化用唐白居易《琵琶行》中诗句："同是天涯沦落人，相逢何必曾相识。""座中泣下谁最多？江州司马青衫湿！"

【译文】

千百年来偏安江左的南方几个王朝，总是有伤心事发生，现在却仍然唱着亡国之音《玉树后庭花》。旧时王谢堂前的燕子，如今不知道飞到了何人家中。

恍惚如同做了一个梦，竟在他乡遇到肌肤胜雪、发式别致的故人。我就像当年贬于江州的司马白居易见到琵琶女，热泪打湿了衣衫，我们同是天涯沦落人啊！

【赏析】

这首词是金初词坛盟主吴激（1090—1142，字彦高）的作品。北宋钦宗靖康二年（1127），吴激奉命使金，次年金人攻破东京，金人慕其名，强留不遣，命为翰林待制，然总不能忘却怀念故国的情思。吴激词多作于留金以后，篇数虽不多，皆精微尽善。

据元好问《中州乐府》记载：一次吴激与宇文虚中等在张侍御家会饮，席间发现有一佐酒歌伎，原为宋宗室女，被掳北地，沦为歌伎，诸公感叹，皆作词一首。其中宇文虚中首作《念奴娇》："疏眉秀目，看来依旧是，宣和妆束。飞步盈盈姿媚巧，举世知非凡俗。宋室宗姬，秦王幼女，曾嫁钦慈族。

干戈浩荡，事随天地翻复。一笑邂逅相逢，劝人满饮，旋旋吹横竹。流落天涯俱是客，何必平生相熟。旧日黄华，如今憔悴，付与杯中醁。兴亡休问，为伊且尽船玉。"吴激则作了这首《人月圆》。

吴激有故国之思而终屈为臣虏。此词正表达了作者这种矛盾的心理，其故国之思、流落之感犹如长江大河，冲开隐藏心灵深处的感情之闸，奔泻而出。此词短短十一句话，有八句是化用前人诗句，但并无刻板之嫌，反觉空灵蕴藉。沉痛之情，尤为深挚，不尽之意，亦觉含蓄，非大手笔不能为此。难怪被后世研究者推为"有金第一名作"。宇文虚中虽也称金国词坛写手，然而他的《念奴娇》平铺直叙，无起无伏，平淡如水，不能与吴激的这首词同日而语。

邓千江

望海潮

上兰州守

云雷天堑，金汤地险，名藩自古皋兰。营屯绣错，山形米聚①，襟喉百二秦关。鏖战血犹殷。见阵云冷落，时有雕盘。静塞楼②头，晓月依旧玉弓弯。

看看，定远西还。有元戎阃命③，上将斋坛④。瓯脱⑤昼空，兜零⑥夕解，甘泉⑦又报平安。吹笛虎牙⑧闲。且宴陪朱履⑨，歌按云鬟。招取英灵毅魄，长绕贺兰山。

【注释】

①米聚：指山形陡峭。《后汉书·马援传》中说马援"聚米为山，指画形势"。

②静塞楼：指皋兰城楼。

③元戎阃命：《史记》载冯唐在汉文帝前替云中守魏尚辩解时说，古代帝王委将军以重任，将行，跪而推毂，曰："阃以内者，寡人制之；阃以外者，将军制之。"阃，指门槛，后指代领兵在外的将帅或外任的大臣。

④斋坛：拜将的高坛。

⑤瓯脱：匈奴语称边境屯戍或守望之处为"瓯脱"，此指西夏营垒。

⑥兜零：置薪草举烽火的用具，每夜初放烟一炬以报平安。

⑦甘泉：秦、汉宫名，汉文帝时匈奴入侵，烽火通于甘泉宫。

⑧虎牙：古时调动军队的虎符，两半之间常做成齿状。

⑨朱履：指高级门客。

【译文】

　　水气如云、水势如雷的黄河天堑，再加之金城汤池的古城，使皋兰（今兰州）自古以来就是著名的藩镇。军营借着山势自上而下排列，像锦绣一样错落有致，山势重峦叠嶂、异常险要，二人扼守可敌百人。惨烈的战争之后，沙场的血还是鲜红的。见战场烟云惨渗的天空，时而有食血肉的烈雕盘旋。夜晚的皋兰城楼非常寂静，拂晓的月亮依旧像弯弯的玉弓高挂天际。

　　看看，张六太尉守边的功绩如班超西还被封定远侯。你的责任之重像防御匈奴的魏尚、被登台拜将的韩信。现在敌军不敢入侵，边境上已经没有战事，平安火晚上都会燃起，甘泉宫也一次次的报平安。皋兰在悠悠羌笛声中歌舞升平，调动军队的虎符也闲下来了。大帅帐中宾客陪宴，美女献歌，欢声笑语。此时我们应当想起为守卫边陲而壮烈牺牲的英灵，他们的千古英名永远与贺兰山同存。

【赏析】

　　这是一篇投献之作，是邓千江（生卒不详）呈献给当时屯兵兰州、镇守边关的张六太尉的作品。《归潜志》记载：金国初，有张六太尉，镇西边。有一士人邓千江者献一乐章《望海潮》，太尉赠以白金百星，其人犹不惬意而去。

　　尽管邓千江生平事迹无可考证，也只有这一首词留传下来，但却以孤篇而为后世激赏，明代杨慎在《词品》中说："金人乐府，称邓千江《望海潮》为第一。"

　　这首诗气势磅礴，写景物赞叹了兰州的雄奇险峻，军营的雄伟豪壮；写战场，不见刀光剑影，但见战后英姿；写将帅，不言将帅英豪，而言可比魏韩；写激情，虽有举杯同庆，又有凛然豪情。作者运用了一系列的意象进行渲染，如云雷、金汤、营屯、阵云、玉弓等，并以名藩、鏖战将众多意象贯穿起来，显得完美浑成、繁复多变。全词瑰玮雄肆、大气磅礴、雄浑豪迈，不但展示了辽阔的场景、宽广的视界、强大的气场，而且遣词用字千锤百炼、十分精当，具有一种强烈的震撼力量，读来令人心潮澎湃，是一篇思想性、艺术性极高的传世佳作。

王 渥

水龙吟

从商帅①国器猎，同裕之②赋。

短衣匹马清秋，惯曾射虎南山下。西风白水，石鲸鳞甲③，山川图画。千古神州，一时胜业，宾僚儒雅。快长堤万弩④，平冈千骑，波涛卷，鱼龙夜⑤。

落日孤城鼓角，笑归来，长围初罢。风云惨淡，貔貅得意，旌旗闲暇。万里天河，更须一洗，中原兵马⑥。看鞬橐⑦呜咽，咸阳道左，拜西还驾。

【注释】

①商帅：当时镇商州的主帅完颜鼎，字国器。

②裕之：元好问，字裕之。

③石鲸鳞甲：语出杜甫《秋兴八首》之七"石鲸鳞甲动秋风"。《三辅故事》载："昆明池中刻石为鲸鱼，长三丈，每至雷雨，常鸣吼，鬐尾皆动。"

④长堤万弩：指吴越王钱镠射潮的典故。钱镠在两浙之地兴修水利，鼓励农耕，在杭州修建堤坝时，潮水波涛汹涌，他的部下一致认为是潮神在捣乱。于是钱镠在钱塘江前安排了一万名弓箭手，潮水再来时，钱镠下令万箭齐发，然后潮水消失。

⑤鱼龙夜：指深秋季节。古人认为鱼龙以秋为夜。

⑥"万里天河"三句：刘向《说苑》："武王伐纣，风霁，而乘以大雨。散宜生谏曰：'此非妖欤？'王曰：'非也，天洗兵也。'"杜甫《洗兵马》诗："安得壮士挽天河，净洗甲兵长不用。"

⑦鞬橐：古代马上装弓箭的设备。

【译文】

和商州主帅一起在南阳围猎，同元好问韵赋此词。

清秋时节，完颜鼎曾多次身着短衣，像李广那样骑着马去南山射虎。西风吹皱了南阳的白水河，就如石刻的鲸鱼摇动了尾巴，山川的景色宛如壮美的图画。如此盛大的射猎场面，真乃千古神州的一时胜业，商帅身边充满宾僚儒雅。射猎的队伍极度奔驰在旷野之上，就如波涛席卷深秋大地，野兽在"长堤万弩"之下荡然无存。

傍晚时分，长途围猎暂告一段落，我们谈笑风生地回到鼓角声中的孤城，猎杀之丰使风云惨淡，将士们十分自豪，这气势定能在战场上取得彻底胜利，使旌旗闲暇下来。商帅一定能像武王伐纣那样，率领大军，一洗兵马，使国家和平安定。到那时，商帅的鞬橐呼啸着凯旋金都，必将受到百姓的夹道欢迎。

【赏析】

这是金朝文学家王渥（1106—1232，字仲泽）所作的一首歌咏田猎之词。王渥是兴定二年（1218）进士。调管州司侯，不赴。连辟寿州、商州、武胜三帅府经历官，在军中十年。还入为尚书省掾，充枢密院经历官，权右司郎中。正大七年（1230）出使南宋，应对敏捷，有中州豪士之称。这首词描写了打猎场面的壮观和气势，盛赞金朝军事力量的强大，表现了一个春风得意的词人欲大展宏图的豪情壮志。全篇写得威武雄壮，一气贯通，用典化句浑然无迹，恰当地表达了作者的思想感情。

元好问

江月晃重山

初到嵩山时作

塞上秋风鼓角，城头落日旌旗。少年鞍马适相宜。从军乐，莫问所从谁。候骑①才通蓟北，先声已动辽西②。归期犹及③柳依依。春闺月，红袖不须啼。

【注释】

①候骑：侦察的骑兵。

②辽西：今辽宁辽河以西地区。

③犹及：还赶得上。

【译文】

边塞之上，萧瑟的秋风送来鼓角的悲鸣，夕阳照耀着城头的旌旗。一位威武的少年身跨战马，与这粗犷壮美的边塞正相宜。只要能够从军驰骋就十分快乐，不必问由谁来带兵。

侦察的骑兵才通过蓟北，而大军的威名已震动辽西。凯旋而归必定还能赶得上杨柳依依的春天。在春暖花开之际，守在闺中的红袖佳人就不必为思夫而悲啼了。

【赏析】

这首词是金末元初文学家元好问（1190—1257，字裕之）二十九岁时的作品。相传他的祖先是北魏太武帝拓跋焘的儿子（一说为秦王拓跋翰，另一说为南安王拓跋余）。其祖先又随北魏孝文帝由平城（今大同市）南迁河南，并在孝文帝的汉化改革中改姓元。元好问从十六岁起开始参加科举考试，但屡试不第。金宣宗兴定三年（1218），元好问因避战乱从三乡（河南省宜阳三乡镇）移家登封嵩山。此词即为他刚到嵩山时所作。

此词的词牌《江月晃重山》为元好问首创，它以边塞生活为题材，既无"将军白发征夫泪"的哀伤之气，也无"古来征战几人回"的悲慨之情。表现出了一种乐观与豪迈。全词襟怀开阔、意气风发、超旷绝俗，自始至终洋溢着报国从军、积极乐观的豪迈之情和浪漫气息，给人以鼓舞和向上的力量。

江城子

醉来长袖舞鸡鸣①，短歌行②，壮心惊。西北神州，依旧一新亭。三十六峰长剑在，星斗气，郁峥嵘。

古来豪侠数幽并③，鬓星星，竟何成！他日封侯，编简为谁青④？一掬钓鱼坛⑤上泪，风浩浩，雨冥冥。

【注释】

①舞鸡鸣：指祖逖闻鸡起舞的典故。比喻有志报国的人即时奋起。

②短歌行：曹操所作的乐府歌辞，抒写了求贤如渴的思想和统一天下的雄心壮志。

③幽并：幽州和并州的并称。约当今河北、山西北部和内蒙古、辽宁的一部分地方。其俗尚气任侠，因借指豪侠之气。

④编简为谁青：出自杜甫《故武卫将军挽歌》"封侯意疏阔，编简为谁青"诗句。编简，即书籍，此指史书。

⑤钓鱼坛：原指浙江桐庐富春江严光（字子陵）的钓坛，此处词人以严光自喻。

【译文】

醉酒之后，禁不住要闻鸡起舞，吟唱短歌行，壮怀激烈让人惊。金朝有志之士眼看西北神州被元兵掠夺，仍然只能像东晋名士一样聚会新亭，一洒忧国之泪。这嵩山三十六峰犹如三十六柄倚天长剑，宝剑精气上射斗牛，气象郁勃峥嵘。

自古幽州与并州多豪侠之士，然而我现在年届中年，鬓角已有星星白发，却一事无成，无法为国建功立业！他日封侯，被写入史书的人到底是谁呢？在这风浩浩、雨冥冥的末世，我只能如严子陵一样，含着热泪去隐逸垂钓了。

【赏析】

元好问移家嵩山之后，继续读书备考。兴定五年（1221），他进士及第，但因科场纠纷，被诬为"元氏党人"，便愤然不就选任。第二年，他又到中都（今河北省张北县境内）参加考试，未考中。这年正月，金国三十万大军被蒙古人击败，蒙古人已逼近中都。国家的危机，考试的失败，使他的情绪非常低沉忧虑。这首词大约就作于此期间。元好问游嵩山时，有感于自己用世无望，赋词抒志，一吐幽怀。词的上阕豪气贯虹，气势磅礴；下阕感慨遥深，悲歌宛转，从中可以窥见他内心深刻的痛苦和矛盾，以及社会政治给他造成的心灵创伤，读来荡气回肠。全篇挥洒豪放，在近乎绝望的境地里，作者的报国之情更显得悲壮凝重。

水调歌头

赋三门津

黄河九天上，人鬼①瞰重关。长风怒卷高浪，飞洒日光寒。峻似吕梁千仞，壮似钱塘八月，直下洗尘寰。万象入横溃，依旧一峰闲。

仰危巢，双鹄过，杳难攀。人间此险何用，万古祕神奸②。不用燃犀下照，未必佽飞③强射，有力障狂澜。唤取骑鲸客④，挝⑤鼓过银山。

【注释】

①人鬼：三门峡黄河河面有人门、鬼门、神门三道峡谷。仅人门可以通船。

②祕神奸：《左传·宣公三年》载夏禹将百物形象铸于鼎上"使民知神、奸"。

③佽飞：汉武帝时射士官名。春秋时楚国勇士佽飞曾仗剑飞入江中刺杀两蛟，故以此勇力之人命名西汉时的射士。

④骑鲸客：指李白式的豪勇之士。

⑤挝：敲击。

【译文】

黄河之水自九天之上飞泻而下，河水俯瞰着人鬼重关。大风起时，怒浪滔天，浪花溅日，寒光凛凛。黄河水浪之高胜过千仞的吕梁山，水浪声势之状可比那八月的钱塘潮，横空之下，具有冲洗整个人世间的豪壮气概。黄河水浪冲溃万象，只有一峰（即砥柱山，现已被炸毁）为中流砥柱，巍然屹立，面对急湍气定神闲。

砥柱山之高峻，除了鸟儿在上面筑巢、鸿鹄从那里飞过外，难以攀援。人世间要这等险要之地有什么用，自古以来都是为了测辨忠奸。无须"燃犀下照"洞察水下的妖物，也不必佽飞仗剑入江杀蛟，便可力挽狂澜。呼唤那个漫游江海的骑鲸豪客，击着鼓飞过波涛如银山般叠起的三门峡水。

【赏析】

这是一首赋写三门峡雄险气势的词篇。三门津即三门峡，在今河南省三门峡市东北黄河中，因峡中有三门山而得名。词中通过描写三门津的雄奇壮丽，让词人对大自然的美好和黄河的气势磅礴有感而生，其间也寓托了词人在国家危难之秋，以力挽狂澜为己任的豪情。

词的上阕写黄河的气势，写中流砥柱悠闲。一动一静，相映成趣。下阕转入感慨，以古典旧事，表达了词人昂扬奋发积极向上的斗志。全篇写景、抒情、议论融为一体，既写出了三门峡雄险的气势，又表达了自己的思想感情。从谋篇布局来说，上下呼应，环环相扣，气势作足。全词境界开阔，气势雄放、感情激迈、豪气纵横，最能显示元氏的豪放词风，也是有金一代悲郁苍凉词风的典型代表。

清平乐

泰山上作

江山残照，落落①舒清眺。涧壑风来号万窍②，尽入长松悲啸。

井蛙瀚海云涛③，醯鸡④日远天高。醉眼千峰顶上，世间多少秋毫⑤。

【注释】

①落落：清晰的样子。

②风来号万窍：大风吹来时树木的大小孔洞都发出号叫声。

③"井蛙"句：《庄子·秋水》："井蛙不可以语于海者，拘于虚也。"井蛙，作者谦称。

④醯鸡：即蠛蠓，酒瓮中一种微小的虫。常用以形容细小的东西。比喻眼界不广，见识浅薄。

⑤"世间"句：《庄子·齐物论》："天下莫大于秋毫之末，而大山为小。"

【译文】

一抹残阳照耀着秀丽的江山，一切景物都清晰了然，我放眼悠闲地远望。深涧幽壑间的山风吹来，万千孔穴呜呜作响，汇入悲壮的松涛呼啸声中。

我如井蛙不知道有个大海，更不可能去谈论它；似瓮中的醯鸡，揭去盖子才见到了远处的太阳和天空。我在千峰顶上醉眼蒙眬地望去，世间多少纷繁事原如此微不足道。

【赏析】

公元 1233 年，蒙古军占领金首都汴京，元好问随大批官员被俘，并被押往山东聊城看管两年，后居住冠氏县。元好问作为囚徒，与家人辗转于山东，并逐渐与蒙古国的汉军首领严实、赵天锡等接上关系，生活逐渐好转，行动较为自由。蒙古太宗八年（1236）三月，一位友人将赴泰安，约他同行。在三十天的旅行中，他游览了东岳泰山并写下了散文《东游略记》《游泰山》诗和这首词。

　　作者在本词中不再写世俗的政务、文人的郁郁不得志。上阕写登高所见、所闻，没有具体的事物和景观，但"落落舒清眺"已完全表达；听到的是疾风劲吹。下阕抒写登上泰山顶之后的所感所悟，在自然的宏大与自己的渺小的对比中产生自我渺小之感，由痛切的悲愤走向超脱和旷达。全词景象苍莽，境界阔大，雄放高远，充满着对自然伟观的赞叹，也表现了词人对世事得失的淡薄之情。

高　宪

三奠子

留襄州

　　上楚山①高处，回望襄州②。兴废事，古今愁。草封诸葛庙，烟锁仲宣楼③。英雄骨，繁华梦，几荒丘。

　　雁横别浦，鸥戏芳洲。花又老，水空流。昔人何处在？倦客若为留？习池④饮，庞陂钓⑤，鹿门⑥游。

【注释】

①楚山：古时襄州为楚地，故称附近的山为楚山。

②襄州：在今湖北襄阳市汉江南岸。

③仲宣楼：王粲（字仲宣）在襄阳作《登楼赋》，后人在襄阳修建了一座仲宣楼纪念他。

④习池：东汉初年，襄阳侯习郁在襄阳岘山南，依照范蠡养鱼法做鱼池，人称习家池。晋征南将军山简驻襄阳，常游憩于此，酒醉而归。李白、孟浩然、皮日休、贾岛等，均有诗描写习家池景色。

⑤庞陂钓：东汉庞德公垂钓之处。他躬耕于襄阳岘山之南，曾拒绝刘表的礼请，隐居鹿门山而终。后成为隐士的典故。

⑥鹿门：即鹿门山，在襄阳城东南约 15 千米处，因汉末名士庞德公、唐代著名诗人孟浩然、皮日休相继在此隐居而名闻遐迩，后人谓之"圣山"。

【译文】

登上楚山，回头观望山下的襄州城。历史上兴废大事，古今都让人忧愁。城西诸葛亮隐居的隆中，已被荒草封门，而为王粲修建的仲宣楼也被深锁烟雾中，不知去向。那些英雄豪杰，曾经多么让人炫目，但终究不过是一场梦，照样埋骨荒丘。

大雁飞别南浦，鸥鸟嬉戏于芳洲。红花枯萎老去，水白白地流去。昔日的风流人物如今在何处？我这个厌倦宦途的客居之人，又何必要留在襄州呢？既然留在这里，那就去习家池饮酒，到庞陂钓钓鱼，登鹿门山游览吧！

【赏析】

本词是高宪（？—1213，字仲常）留居襄州时登临怀古之作。高宪是辽东人，他天资聪颖，博学强记。金章宗泰和三年（1203）登进士乙科，为博州（今山东聊城一带）防御判官。后留居襄州。卫绍王崇庆元年（1213）十二月，蒙古军破东京（今辽宁辽阳）时失踪，可能死于乱军之中。

此词上阕写登山所见，触景生情联想到曾在襄州发生过的历史风云，以及许多著名人物和他们的经历与业绩，但最终只留下许多令人惆怅的古今之愁，引人感慨不已。下阕作者从历史的烟雾中又写回眼前之景，秋景本来美不胜收，但沉重的历史感、沧桑感，使作者的思绪又回到对历史和人生的审视上，情绪到了低谷。但结尾又振起，决定学习前贤的超脱。全词写景、抒情、议论融为一体，笔势纵横，颇有豪气，写出了作者登临怀古、厌恶官场的心情。

王予可

生查子

夜色明河①静，好风来千里。水殿谪仙人②，皓齿清歌起。
前声金罍③中，后声银河底。一夜岭头云，绕遍楼前水。

【注释】

①明河：指银河。

②谪仙人：此指下凡的仙女。

③金罍：古代盛酒的器具。

【译文】

夜色之中的银河很清静，好风从千里之外徐徐吹来。从临水的殿堂里传来如下凡的仙女般美丽女子的歌声，皓齿轻启，清歌悠扬。

那动听的歌声，前声溶化在金樽美酒之中，后声沉落于银河之底。整夜如岭头之云，一直萦绕在楼前的流水中。

【赏析】

这首词的作者是王予可（？—1232，字南云）。他少年时入军籍，在三十岁的时候，大病后忽发狂，可能是在兵乱中得了精神抑郁症。他寄情诗酒，希冀出世，作出的诗文，能够明白其诗词含义的，一百个人中不过两三个。不过此词倒是通俗易懂。全词极写词人的感动陶醉和心旷神怡，韵味悠长，意境开阔，笔势流动，空灵清超，想象丰富，传达出他听歌所获得的一种奇特感受。

段克己

满江红

过汴梁故宫城

塞马①南来，五陵②草树无颜色。云气黯，鼓鼙声震，天穿地裂。百二河山俱失险，将军束手无筹策。渐烟尘、飞度九重城，蒙金阙。

长戈袅，飞鸟绝。原厌③肉，川流血。叹人生此际，动成长别。回首玉津④春色早，雕栏犹挂当时月，更西来、流水绕城根，空呜咽。

豪放词
全鉴
珍藏版

【注释】

①塞马：指北方元蒙军队。

②五陵：本指长安城外五个皇帝的陵墓，此指汴梁。

③厌：此指堆积不下。

④玉津：玉津园，在汴梁南门外。

【译文】

凶残的蒙古军队向南奔袭，汴梁城草木失色。天昏地暗，战鼓震天，好像天穿地裂一般。二人扼守可敌百人的险要河山都失去了作用，因为朝廷昏庸，将帅无能。蒙军的扬尘弥漫，飞速占领全国的九重城，连金国的宫殿都成了元蒙的了。

蒙军长戈飞舞，空中的飞鸟都已绝迹。原野上尸体堆积不下，河中流淌的都是鲜血。可叹在亡国之际，亲朋动辄就会成永别。回想当初汴梁的春光总是早早的到来，到处草木飘香，莺歌燕舞；如今那轮明月虽然仍挂在雕栏的上空，但汴梁城已满目疮痍，寒风瑟瑟西来，护城河的流水无可奈何地呜咽。

【赏析】

本词是金代文学家段克己（1196—1254，字复之）在金亡之后重过金朝故都开封故宫时所作。他早年与弟段成己并负才名，被赵秉文誉为"二妙"。哀宗时与其弟段成己先后中进士，但入仕无门，在山村过着闲居生活。金亡，避乱龙门山中（今山西河津黄河边），时人赞为"儒林标榜"。蒙古汗国时期，与友人遨游山水，结社赋诗，自得其乐。

段克己是河汾诗派诗人，兼擅填词，存世作品中一些诗词，写故国之思，颇有感情。这首《满江红》是其中的代表。此词上阕写塞马南来的凶残与金朝君臣将帅的昏庸无能导致亡国，下阕写亡国之惨状和自己的心灵感受。全词直陈高歌，无所顾忌地抒发心中的愤怒和悲怆，骨力坚劲，意致苍凉，受苏、辛的影响比较明显。

卷五　元词

赵孟頫

虞美人

浙江舟中作

潮生潮落何时了？断送①行人老。消沉万古意无穷，尽在长空澹澹鸟飞中②。

海门③几点青山小，望极烟波渺。何当驾我以长风？便欲乘桴④浮到日华⑤东。

【注释】

①断送：消耗，消磨。

②"消沉"两句：化用杜牧《登乐游原》"长空澹澹孤鸟没，万古销沉向此中"诗句。

③海门：钱塘江的入海口。

④桴：小竹筏或小木筏。

⑤日华：太阳的光华，此指太阳。

【译文】

钱塘江的潮起潮落什么时候会终了？人们就这样把青春消耗殆尽直至终老。永恒与短暂的对比使人产生了强烈的悲慨。古时的遗迹在这里消失，天空广阔无边，鸟儿隐没天际。

极目远眺，远处的海门青山点点，烟波渺渺。我何日能驾着清风到天上去？乘着小竹筏，漂浮到太阳升起的东方仙境。

【赏析】

这首词的作者是赵孟頫（1254—1322，字子昂），为宋太祖十一世孙。赵孟頫颇为忽必烈赏识，历任集贤直学士、济南路总管府事、翰林学士承旨、荣禄大夫，知制诰、兼修国史，用一品例，推恩三代，名满天下。鉴于元廷内部矛盾重重，赵孟頫便借病乞归，隐居故里。这首词大约就作于他即将退隐时。题中的浙江指钱塘江。

这首词的上阕写舟中感怀。作者从潮起潮落的永无休止，联想到人生易老，易代之悲、兴亡之感都使他产生消沉万古的绵邈之思，进而发出强烈的感慨。下阕即景抒情，由远处的点点青山，不由得想起海上仙山，触发了他寻求仙境的愿望。全词境界开阔，感情深沉，味醇韵足。

张　埜

沁园春

泉南作

自入闽关[①]，形势山川，天开两边。见长溪漱玉，千瓴倒建；群峰泼黛，万马回旋。石磴盘空，天梯架壑，驿骑蹒跚鞭不前。心无那，恰鹧鸪声里，又听啼鹃。

区区仕宦谁怜。道有志、从来铁石坚。但长存一片，忠肝义胆；何愁半点，瘴雨蛮烟[②]。尽卷南溟，不供杯杓，得遂斯游岂偶然。天公意，要淋漓醉墨，海外流传。

【注释】

①闽关：福建泉州南蒲城北有梨关。闽关当指此。

②瘴雨蛮烟：形容边缘山中的瘴气。

【译文】

自从进入闽关之后，立刻置身于悬崖峭壁之间，高耸入云的山峰把天开成两边。长溪飞流直下，激石溅玉，如千瓶倾泻；千峰苍翠如泼黛，群山如万马奔旋。石蹬如悬于半空架在壑巅的梯通向天空，良马受到鞭子抽打都跟

269

卷五　元词

跑着不敢前进。正在无可奈何地感叹时，传来鹧鸪"行不得也哥哥"的啼叫和杜鹃"不如归去"的悲鸣。

没有谁在意我这个入闽的区区仕宦。但是我长存一片报国之志，忠肝义胆，坚如铁石，对瘴雨蛮烟没有半点畏惧。即使尽卷南溟之水，也不足供杯内之饮，能得此游绝非偶然。这定然是天公之意，让我一展淋漓醉墨，使此作流传海外。

【赏析】

这是元代词人张埜（生卒不详）的一篇词作。该词是词人从北方到南方做官，途经福建泉州南蒲时所作。词的上阕依行程写泉南山川形胜。下阕写知难而进，表现了词人不以险阻自馁的亢奋之气，表达了报国之心和济世之志。全词写景气势博大，开朗豁达，激荡纵横，夸张和浪漫之笔为全词增添了瑰丽的色彩，读来令人精神振奋。

许有壬

水龙吟

过黄河

浊波浩浩东倾，今来古往无终极。经天亘地，滔滔流出，昆仑东北。神浪狂飙，奔腾触裂，轰雷沃日。看中原形胜，千年王气。雄壮势，隆①今昔。

鼓枻②茫茫万里，棹歌声、响凝空碧。壮游汗漫③，山川绵邈④，飘飘吟迹。我欲乘槎⑤，直穷银汉，问津深入。唤君平一笑，谁夸汉客，取支机石⑥。

【注释】

①隆：兴盛。

②鼓枻（yì）：敲打船舷。屈原《渔父》："渔父莞尔而笑，鼓枻而去。"

③汗漫：广大，漫无边际。

④绵邈：辽远，悠远。

⑤乘槎：典出晋·张华《博物志》卷十。指乘坐竹、木筏。后用以比喻奉使或入朝做官，也指登上天宫。

⑥支机石：传说为天上织女用以支撑织布机的石头。

【译文】

浑浊的波涛浩浩荡荡，向东倾泻而去，古往今来永无休止。黄河从昆仑山东北发轫，横亘于天地之间。狂飙巨浪，激越澎湃，轰鸣震天。看这险要的地势，应使中原旺气长存，四方来拜。元朝现在的兴盛国势正如黄河之雄势。

我敲打船舷在茫茫万里的黄河上高歌，歌声响彻云霄。我要游遍这壮丽无边的山川，到处飘散着我吟唱的足迹。我要乘木筏追寻黄河源头，遨游银河。且唤严君平一笑，谁会夸汉代张骞取到了织女的支机石呢。

【赏析】

此词出自于元代文学家许有壬（1286—1364，字可用）之手。许有壬延祐二年（1315）进士及第，历事七朝，近五十年，担任集贤大学士、中书左丞等职，是元代中后期位居显位的汉人之一。许有壬写此词时，正是元朝鼎盛时期，作者由黄河的壮阔而想到国家的强大，因此在渡河时神采飞扬，慷慨激越，扣舷高歌，并想要历尽祖国名山大川，饱览天下胜境，还想象着乘木筏登上天宫，在壮游之中又融进浪漫成分。全词情景相融，把黄河雄壮的气势和自己的豪迈胸襟互相渗透，妙合无隙，风格雄浑阔肆，气势磅礴，是一篇风格豪放的妙词。

萨都剌

满江红

金陵怀古

　　六代豪华，春去也、更无消息。空怅望，山川形胜，已非畴昔①。王谢堂前双燕子，乌衣巷口曾相识。听夜深、寂寞打孤城，春潮②急。

　　思往事，愁如织。怀故国③，空陈迹。但荒烟衰草，乱鸦斜日④。玉树歌残⑤秋露冷，胭脂井⑥坏寒螀泣。到如今、只有蒋山⑦青，秦淮碧！

【注释】

①畴昔：往昔。

②春潮：暗指暮春季节。

③故国：指金陵。

④乱鸦斜日：纷乱的几只乌鸦在夕阳的余晖中落下。

⑤玉树歌残：指陈后主所作《玉树后庭花》。

⑥胭脂井：南朝陈国景阳殿之井，又名辱井、景阳井。隋兵攻入金陵时陈后主与妃子避入此井，被活捉。

⑦蒋山：即钟山。又名紫金山。

【译文】

　　在金陵建都的六个朝代的繁华景象，如春光般消失得无声无息。满怀惆怅向着远处眺望，金陵的优越地形没有改变，而繁华已非往昔。当年王谢两族的燕子，我曾在乌衣巷口见过它们。夜深了，春潮寂寞地拍打着金陵孤城，一声紧接着一声。

　　回忆往事，愁绪纷乱。这故都金陵，除了陈迹已没有什么了。只见夕阳里纷乱的几只乌鸦落入荒烟笼罩衰草中。《玉树后庭花》消失在残秋露冷中，坏了的胭脂井中传来寒蝉凄凉的哭泣声。到如今只有紫金山还青着，秦淮河还那么碧绿。

【赏析】

这是元代诗人、画家、书法家萨都剌（约 1272—1355，字天锡）所作的一首词。萨都剌出生于雁门（今山西代县），回族（一说蒙古族），泰定四年（1327）进士。他虽然官职低微（最高七品），但后人对他备极推崇，列为有元一代词人之冠。元文宗至顺三年（1332），萨都剌调任江南诸道行御史台掾史，移居金陵（今南京）。此时元帝国日渐衰落，眼看就要覆灭。作者抚今忆昔，感喟百端，于是写下了这首词。

此词借着咏怀金陵的故迹，抒发了青山常在、绿水长流，而兴衰成败、富贵荣华如过眼云烟的感慨，强调了人事与自然的对立，是对人生易逝、贵贱无常的感叹，也是对千古兴亡、古今沧桑巨变的概括。作者很善于化用前人的诗句和典故，而又点化自然，浑然天成，且糅入了新意，可与周邦彦、辛弃疾媲美。全词情景交融，意境深沉，苍凉豪迈，笔力遒劲，感情浓烈，发人深省，是作者怀古之作中的名篇。

念奴娇

登石头城次东坡韵

石头城^①上，望天低吴楚^②，眼空无物。指点六朝形胜地，唯有青山如壁。蔽日旌旗，连云樯橹，白骨纷如雪。一江南北，消磨多少豪杰。

寂寞避暑离宫^③，东风辇路，芳草年年发。落日无人松径里，鬼火高低明灭。歌舞尊前，繁华镜里，暗换青青发。伤心千古，秦淮一片明月！

【注释】

①石头城：即金陵城。

②吴楚：今江、浙一带地区。

③离宫：皇帝在京城以外的行宫。

【译文】

登上高高的金陵城，极目远眺，一直看到与吴楚两国连天边，都是一片空旷。昔日六朝胜地的繁华，如今只剩下陡峭如壁的山峰还是那么青翠。遥想当年，战火之下旌旗蔽日，战船连天，白骨遍野如雪。这大江南北，有多少英雄豪杰都被历史的洪流席卷而去。

寂寞的避暑行宫，东风吹过昔日皇帝车驾走的路，早已是每年都长出青草。每当日落天黑以后，松间小路上只见时隐时现的鬼火，不见一人。当年有多少对镜施粉理鬓的歌伎舞女，在酒樽前青丝悄悄变成了白发。回首千古往事，只有秦淮河上明月依旧，让人伤感无限。

【赏析】

这首词也是萨都剌在南京任职时所作。作者借助对"六朝形胜"及其历史遗迹的吟咏，抒发了吊古伤怀的情感。上阕主要写白日登眺时所见，重点写的是昔日在这里发生过无数次激烈的战争。下阕主要是月夜抒怀，写的是凄凉冷清的行宫，多少歌舞粉黛在这里送走了青春，抒发人生之感慨。全词采用苏东坡《念奴娇·赤壁怀古》的全部韵脚，思路开阔，境界宽广，格调苍凉，咏出了风云易逝、世事变迁、昔盛今衰、青山常在的感慨，也表现出对战争残酷惨烈的心痛，堪称豪放派之大作。

卷六　明词

刘 基

水龙吟

鸡鸣风雨潇潇①，侧身②天地无刘表③。啼鹃迸泪，落花飘恨，断魂飞绕。月暗云霄，星沉烟水，角声清袅。问登楼王粲，镜中白发，今宵又添多少。

极目乡关何处？渺青山、髻螺④低小。几回好梦，随风归去，被渠遮了。宝瑟弦僵，玉笙指冷，冥鸿天杪⑤。但侵阶莎草，满庭绿树，不知昏晓。

【注释】

①鸡鸣风雨潇潇：化用《诗经·郑风·风雨》"风雨潇潇，鸡鸣胶胶"。意谓风吹雨打多潇潇，雄鸡啼叫声不停。鸡鸣，象征君子不改其度。风雨，象征乱世。

②侧身：同"厕身"，即置身。

③刘表：当时中原战乱，刘表治下的荆州一隅较为安宁，很多人到那里避乱。

④髻螺：古代女子头上盘成螺形的发髻。此喻指山峰。

⑤天杪：即天边。杪，树木的末梢。

【译文】

在这风雨潇潇的乱世，君子的"择木而栖"之志没有改变，我置身天地连像刘表那样的避乱之处都找不到，更何况明主。哀啼的杜鹃流着泪，落花含恨飘落，伤心欲断魂在空中飞绕。拂晓前天色阴沉压抑，月亮昏暗，星星隐于薄雾，军中的号角声缥缈。想问问作《登楼赋》的王粲，滞留异地、壮志难酬的你，镜子中的白发今夜又增添了多少。

极目远望，家乡在何处？只见青山渺茫，如髻螺般的矮小山峰横于天边。几次美梦，都随着风儿离去了，被山峰遮住。想借音乐表哀思，谁想弦僵指冷，难以成调，只能遥望高飞的鸿雁消失在天边。没入台阶的莎草和蔽日的庭树，让人难辨晨昏。

【赏析】

这首词是明朝开国元勋刘基（1311—1375，字伯温）的早年作品，当时他尚未遇到朱元璋。刘基天资聪明且十分好学，十二岁考中秀才，二十三岁赴元朝京城大都参加会试，一举考中进士。在兵荒马乱、政治昏暗的元末，他杰出的政治才能无以施展，高远的政治理想也无法实现。在朱元璋请他赴金陵之前，刘基已经四次出仕而又四次辞官，但又一次次地隐而复出，虽不能为而又心有不甘，于是时常登楼远眺，感慨节序，看似流连光景，实是壮心不已。在这样的背景下，刘基写下了这首词。

此词上阕主要抒写怀才不遇的郁闷，作者以王粲自比，并用啼鹃、落花、断魂等意象的叠加与组合，将忧愤、哀怨、惆怅、彷徨融于一体。下阕抒写乡愁，以责怨之笔写青山遮梦，意境奇警，更觉深哀。全词既有失路之悲，又有思乡之情，节奏强烈快捷，如急风暴雨，风格深沉勃郁，沉郁苍凉，志深而笔长，出豪雄于婉约之中，堪称元明之际词坛的力作。

高 启

沁园春

寄内兄周思谊

忆昔初逢，意气相期，一何壮哉。拟献三千牍，叫开汉阙；蹑一双屩，走上燕台①。我劝君酬，君歌我舞，天地疏狂两秀才。惊回首，漫十年风月，四海尘埃。

摩挲旧剑生苔，叹同掩衡门②尽草莱。视黄金百镒③，已随手去；素丝几缕，欲上头来。莫厌栖栖，但存耿耿，得失区区何足哀。心惟愿，对尊中酒满，树上花开。

【注释】

①燕台：战国时燕昭王按郭隗建议筑的招贤台，上置千金，名黄金台。

②衡门：即横木为门，指贫士所居。

③黄金百镒：战国时，李兑赠苏秦黑貂之裘、黄金百镒（一镒为二十四两）入秦游说。苏秦黄金用光，潦倒而归。词人借此典说明他也陷入了困境。

【译文】

想当初我们刚刚相遇就意气相投，都充满豪情壮志。我们打算献上三千言的长疏，叫开皇帝的宫门；穿上一双草鞋，登上黄金台。你我互相勉励，开怀畅饮，你歌我舞，真是天地之间两个狂放的秀才。猛然回首，十年过去了，壮志未酬却战尘四海。

可叹，我们那时用来磨剑的石头如今已长满了苔藓，我们那简陋的居室也被野草所淹围。我们用光千金，陷入了困境，有几缕白发已经爬上头来。但是我们不能厌倦四处奔忙，只要心存耿耿之志，区区得失又有什么值得挂怀的。只希望我们以后杯中酒满，将来树上花开。

【赏析】

这是元末明初时期高启（1336—1374，字季迪）的一首词作。高启写词不多，且大多内容平泛，情调低沉，此词算是其中较为突出的一首。但他长于作诗，其诗清新超拔，雄健豪迈，尤擅长七言歌行。在文学史上，他与刘基、宋濂并称"明初诗文三大家"，又与杨基、张羽、徐贲被誉为"吴中四杰"。

这首赠言词从题目上来看，应是寄给他大舅子周思谊的。与一般的赠言词不同，本词没有吹捧之辞，主要叙事抒情。上阕回忆二人年轻时的远大抱负和疏狂不羁的性格，但事与愿违，十年过去了，使人不得不发出无限的感叹。下阕在回忆过去的基调上，笔锋一转，豁达地劝勉对方，鼓励对方，放眼未来。全词写得气势雄放，富有生气，造语新警，语意不凡，表现了他开阔的胸怀和非凡的志向。

杨 慎

临江仙

滚滚长江东逝水，浪花淘尽英雄。是非成败转头空。青山依旧在，几度夕阳红。

白发渔樵①江渚②上，惯看秋月春风③。一壶浊酒喜相逢。古今多少事，都付笑谈中④。

【注释】

①渔樵：渔父和樵夫。都是隐者的形象。

②江渚：江边。

③秋月春风：指美好的时光。

④都付笑谈中：一作"尽付笑谈中"。

【译文】

时间犹如这长江滚滚东流，多少英雄都像大浪淘沙一样随翻飞的浪花消逝了。是与非，成与败，到头来都是一场空。只有青山依然存在，日升日落依然循环往复。

边江上的白发隐士悠然自得，他早已看惯了世事的变迁。与故友相逢，自是喜不胜收。痛快地畅饮一壶酒，把古往今来的是非恩怨、成败荣辱都付于樽前的笑谈之中。

【赏析】

这首词是明代著名文学家杨慎（1488—1559，字用修）所作。杨慎于正德六年（1511）状元及第，官翰林院修撰，参与编修《武宗实录》。武宗微行出居庸关，上疏抗谏。世宗继位，复为翰林修撰，任经筵讲官。嘉靖三年（1524），因"大礼议"受廷杖，谪戍于云南永昌卫，并终老于此。

杨慎博闻广识，著述极丰，为明代第一。这首词是《廿一史弹词》第三段《说秦汉》开场词。清初毛宗岗父子评刻《三国演义》时将其移置于《三国演义》卷首。《廿一史弹词》是杨慎晚年所著历史通俗说唱之作，原名《历代史略十段锦词话》，一段相当于一回。

此词虽为《说秦汉》的"开场词"，但作者的视野并没有局限在秦汉两朝具体的史实上，而是高屋建瓴，借叙述历史兴亡抒发人生感慨。作者开篇从大处落笔，切入历史的洪流，综观历代兴亡盛衰，以英雄豪杰的成败得失抒发感慨，在景语中预示哲理，意境深邃。下阕则具体刻画了一个老隐士的形象，在其生活环境、生活情趣中寄托自己的人生理想，从而表现出一种大彻大悟的历史观和人生观。全词气度宏大，融情于景，意蕴深厚，豪放中有含蓄，高亢中有深沉，让读者感受苍凉悲壮的同时，又营造出一种淡泊宁静的气氛，并且折射出高远的意境和深邃的人生哲理。

陈子龙

点绛唇

春日风雨有感

满眼韶华①，东风惯是吹红去。几番烟雾②，只有花难护。

梦里相思，芳草王孙③路。春无语。杜鹃啼处，泪染胭脂雨。

【注释】

①韶华：美好的时光。多指春光。

②烟雾：此指风雨，暗指李自成起义后的一系列事变。

③王孙：对尊礼、思慕者的称呼，如淮南小山《招隐士》的"王孙游兮不归"。这里指明廷的宗室子弟。

【译文】

满眼都是美好的春光，东风却总是将春天的红花吹落。几番风吹雨打，只有这些娇弱的花朵难以呵护。

　　魂牵梦绕的是旧时布满芳草的王孙之路。国破家亡，报国之心无处诉说。在那杜鹃泣血的地方，血泪把雨染成了胭脂红。

【赏析】

　　此词原题为《点绛唇·春闺》，本是闺情词，后代编者王昶等人为拔高陈子龙（1608—1647，初名介，字人中、卧子、懋中）这首词的思想而作了一些修改。

　　崇祯十七年（1644），李自成起义军攻破北京，崇祯帝自缢身亡。紧接着吴三桂引清军入关，起义军溃败。陈子龙对明王朝怀有深厚感情。南明的鲁王朱以海曾命陈子龙为兵部尚书，节制七省军漕；唐王朱聿键授其兵部左侍郎、左都御史。可是清兵南下，"扬州十日""嘉定三屠"，犹如骤起狂风，将万紫千红摧残殆尽。他奔走呼号，多次起义，出生入死，力求挽救明朝的危亡，结果毫无效果。这首词，正是反映了陈子龙内心深处的亡国之痛。

　　此词全用比兴手法写景寄意。上阕通过春光被雨打风吹去、只留得落红无数的景象，暗寓明王朝的倾覆；下阕借怀人与杜鹃啼血的描写，实抒复国希望与亡国哀痛。全词一路写景，情景相生，象喻深广，层层呼应，比兴寄托，意旨遥深。作者将胸中汹涌之怒涛出之以绵邈淡宕之笔触，将剑拔弩张之势化之为缠绵伤痛之情，读来令人感动。

吴伟业

沁园春

观　潮

　　八月奔涛，千尺崔嵬[①]，砉然[②]欲惊。似灵妃顾笑，神鱼进舞；冯夷[③]击鼓，白马来迎。伍相[④]鸱夷，钱王羽箭，怒气强于十万兵。峥嵘甚，讶雪山中断，银汉西倾。

孤舟铁笛⑤风清，待万里乘槎⑥问客星。叹鲸鲵未剪，戈船满岸；蟾蜍⑦正吐，歌管倾城。狎浪儿童，横江士女，笑指渔翁一叶轻。谁知道，是观潮枚叟⑧，论水庄生⑨。

【注释】

①崔嵬：形容高大雄伟。

②砉然：象声词，形容迅速动作的声音。

③冯夷：古代传说中的江河之神。

④伍相：指伍员（字子胥）。传说钱塘江大潮乃伍子胥暴怒所致。

⑤铁笛：指隐者或道士所用乐器。

⑥槎：竹木筏子。

⑦蟾蜍：即金蟾，指月亮。

⑧枚叟：指西汉辞赋家枚乘（？—前140，字叔），官至弘农都尉，因非其所好，以患病为由罢官隐居。他在《七发》大赋中对观潮有详尽的记述。

⑨论水庄生：《庄子·秋水》中有论水的文字。

【译文】

八月的钱塘江之潮，浪高千尺，如雄伟的高山，潮声砉然使人心惊胆战。舒缓时，浪涛中仿佛江中女神在微笑，神鱼飞舞着逐浪前行；急骤时，像河伯冯夷擂鼓，潮头白浪如素车白马前来相迎。伍子胥的尸体被装进鸱夷革浮在江上而发怒，吴越国王钱镠曾命人用万箭射退潮头，那怒气强过十万兵。那气势，比使人惊讶的雪山崩断、天河向西倾泻更甚。

潮落之后，我孤身一人乘舟在清风中吹响铁笛。也许我还能乘筏浮游万里，问津仙境。可叹如鲸鲵般的强敌还未剪除，战船排满了江岸；然而南明王朝的人们已忘记了亡国之痛，月明之时杭州城歌舞升平。钱塘江上那些弄潮的少年，还有乘画舫观潮的男女游客，都笑指我这个乘一叶扁舟的渔翁。他们有谁能知道，我是记述观潮的枚乘，也是论水的庄子。

【赏析】

这是一首描写钱塘江大潮之词。作者是明末清初著名诗人吴伟业（1609—1672，字骏公），"江左三大家"之一，娄东诗派开创者。吴伟业是明崇祯四年（1631）进士，曾任翰林院编修、左庶子等职。清顺治十年（1653），他被迫应诏北上，次年被授予秘书院侍讲，后升国子监祭酒。顺治十三年（1656）底，他以奉嗣母之丧为由乞假南归，此后不复出仕。

此词上阕写钱塘江大潮胜景，有缓有急，纵横跌宕，生动传神，使人得窥潮之全貌。下阕感慨时事，讽刺了南明小朝廷的荒淫误国，表现了他对时局的忧患意识和兴亡之感，最后表达了归隐的思想。全词景语连绵奇绝，或摹景状物，或假以神话传说，想象新颖奇特，抒怀感事苍凉沉郁，用典自然贴切，全无斧斫痕迹；词风慷慨沉郁，纵横捭阖，洒脱不羁，其豪放雄壮之势颇有东坡遗风。

王夫之

更漏子

本　意

斜月横，疏星炯，不道①秋宵真永②。声缓缓，滴泠泠，双眸未易扃。
霜叶坠，幽虫絮③，薄酒何曾得醉！天下事，少年心，分明点点深。

【注释】

①不道：不奈，不堪。谓难以承受。

②永：漫长。

③絮：絮叨，状秋虫鸣声。

【译文】

西斜的弯月横挂天空，稀疏的星星闪烁着明亮的光辉，秋夜如此漫长，真是让人难以忍受。漏壶滴水的声音回荡在耳边，我辗转反侧，未曾闭上双眼入睡。

被寒霜摧残的叶子坠落下来，幽暗角落的虫子在不停地哀怨鸣叫，薄酒一杯，怎么能让我醉而忘记心中的忧愁！少年之时对国家大事的忧心，随着秋深夜深分明也在点点加深。

【赏析】

这是明代著名思想家、哲学家、史学家、文学家、美学家王夫之（1619—1692，字而农）的一首爱国词作。王夫之年轻时就有报国之志，为抗清事业奔走呐喊，晚年退隐山林，誓不仕清，以屈原自比，拳拳故国，不能去怀。秋夜漫漫，寒虫幽鸣，作者昔年亡国之悲，少时热血丹心，一下子涌上心头，写下了这首词。

此词上阕写景，下阕言志。作者秋宵长夜难眠，为更漏声所恼，以酒求醉、求眠不得，其根本原因在于忧国忧民的情怀。末三句感怀家国身世，平直中回旋郁勃之气，反观上阕则清丽缠绵之境顿觉峭然萧然，清劲见骨，表达了反清复明壮志未酬之情。全词格式工整对仗，写景自然灵动，婉曲多姿，抒情曲折跌宕，骨力刚健，情意深挚，含蕴不尽。

张煌言

柳梢青

锦样江山，何人坏了，雨瘴烟峦。故苑莺花，旧家燕子，一例阑珊①。

此身付与天顽②。休更问、秦关汉关。白发镜中，青萍③匣里，和泪相看。

【注释】

①阑珊：凄楚，衰落。

②天顽：天生愚钝。自谦词。

③青萍：宝剑名，又泛指剑。喻指兵柄，军权。

【译文】

如此锦绣的江山，是谁把它破坏了，导致遍地战火，满目疮痍。往昔草长莺飞、花红柳绿的皇家御苑，还有那燕子曾经居住的王谢堂，全都已经衰落颓败，萧索荒凉。

虽然我天生愚顽，但是我甘愿为故国付出一切。不必问秦关还是汉关，我都会争战到底。对着镜中的白发，壮志未酬，我只能眼含热泪看着剑匣再的青萍宝剑。

【赏析】

本词是南明爱国儒将、诗人张煌言（1620—1664，字玄著）所作的一首词。张煌言崇祯时中举，明末清兵入关时，他投笔从戎，与钱肃乐等人起兵抗清。后来投靠鲁王，官至南明兵部尚书。他联络十三家农民军，并与郑成功配合，亲率部队连下安徽二十余城，坚持抗清斗争近二十年，是著名的抗清英雄。四十五岁时，张煌言被清军所杀。

张煌言的诗文多是在战斗生涯里写成，质朴悲壮，表现出诗人忧国忧民的爱国热情。这首词也是如此。词的上阕写国破之后的满腔悲愤和深沉的沧桑之感，下阕表达作者雄心壮志和坚持抗战到底的决心。全词悲壮沉郁，慷慨激昂，表现了一个抗清英雄的忠愤情怀和崇高的思想境界。

满江红

怀岳忠武

萧瑟风云，埋没尽、英雄本色。最发指，驼酥羊酪①，故宫旧阙。青山未筑祁连冢②，沧海犹衔精卫石③。又谁知、铁马也郎当④，雕弓折。

谁讨贼？颜卿檄⑤。谁抗虏？苏卿节⑥。拚三台坠紫⑦，九京藏碧。燕语呢喃新旧雨，雁声嘹呖兴亡月。怕他年、西台⑧恸哭人，泪成血。

【注释】

①驼酥羊酪：指清军。

②祁连冢：西汉名将霍去病的墓。霍去病死后，汉武帝将霍去病的墓建成祁连山的样子，表示对他打击匈奴的褒奖。

③精卫石：精卫填海的石头。

④郎当：破败；紊乱；衣服宽大不称身。

⑤颜卿檄：颜杲卿讨伐安禄山的檄文。"安史之乱"时，颜杲卿守卫常山，任太守，领兵抗击，传檄四方。后来常山为史思明所破，颜杲卿被押到

洛阳，见到安禄山，瞋目怒骂安禄山，被处死。

⑥苏卿节：西汉大臣苏武（字子卿）出使匈奴被扣留。匈奴贵族多次威逼利诱，欲使其投降，未果；后将他迁到北海（今贝加尔湖）边牧羊，扬言要公羊生子方可放他。苏武历尽艰辛，留居匈奴十九年持节不屈。

⑦三台坠紫：比喻重臣之死。汉因秦制，以尚书为中台，御史为宪台，谒者为外台，合称"三台"，也称"三公"。

⑧西台：谢翱曾任文天祥幕下咨议参军，在文天祥就义后，登上严子陵钓鱼西台，设位祭奠，并作《登西台恸哭记》。

【译文】

在冷清凄凉的大海上，海上的风云把我的英雄本色埋没殆尽。最可恨的是，满清占据我故国皇城。青山下还没筑起纪念我的祁连冢，沧海上精卫仍在衔石填海。可是又有谁知道，铁马已经破败，雕弓已经折断。

谁讨贼？应像颜杲卿那样传檄四方。谁抗虏？应有苏武那样的气节。就算我这个南明重臣生命陨落，碧血流满九原的墓地，也要抗争到底。燕语呢喃，雁声嘹呖，这世间的风雨变换和朝代兴亡。恐怕将来会有人像谢翱登西台祭奠文天祥一样，为我恸哭泪成血。

【赏析】

康熙三年（1664）六月，由于清廷强迫舟山岛居民全部撤离，再加上对沿海的封锁，使张煌言面临绝粮断炊的新困难。为了保存力量，他决定化整为零，让部卒散入民间，传播抗清火种，自己则匿居浙东距南田岛三十千米的悬嶴岛，等待时机。这首词即作于岛上。

词的上阕写对外族入主中原的切齿痛恨，表示只要一息尚存，便坚持抗清到底，可是现实也很残酷，因而作者透露出无奈的感叹。下阕写作者不甘心大势已去的结局，又重新抖擞精神，列举出历史上的抗敌名将，盛赞他们坚持民族气节的可贵精神，表示自己要像他们一样不惜流血、不怕牺牲、保持气节，他坚信有西台恸哭之人，一定会有许多和他一样的爱国志士前赴后继。这是对自己为之献身的正义事业的坚信。全词愁苦激愤，跌宕起伏，感情深沉，表达了在改朝易代之际，亡国臣子的悲愤之情和为国献身的坚定意志。

屈大均

长亭怨

与李天生冬夜宿雁门关作

记烧烛、雁门高处。积雪封城，冻云迷路。添尽香煤，紫貂相拥夜深语。苦寒如许。难和尔、凄凉句①。一片望乡愁，饮不醉、垆②头驼乳③。

无处。问长城旧主④，但见武灵遗墓。沙飞似箭，乱穿向、草中狐兔。那能使、口北关南⑤，更重作、并州⑥门户。且莫吊沙场，收拾秦弓⑦归去。

【注释】

①凄凉句：指李因笃（字天生）写的诗词。

②垆：旧时酒店里安放酒瓮的土台子，亦指酒店。

③驼乳：驼奶酒。

④长城旧主：战国时赵武灵王赵雍推行变法，使赵国迅速强大，成为"长城之主"。赵雍率将士攻击匈奴，占领今内蒙古南部黄河两岸之地，又在阴山筑赵长城以抵御胡人，公元前296年吞并中山国。下句"武灵"亦指赵武灵王赵雍。

⑤口北关南：指张家口以北、雁门关以南的地区。

⑥并州：古州名。相传禹治洪水，划分域内为九州，并州是其中之一，大约包括现在的山西大部和内蒙古、河北的部分地区。

⑦秦弓：指良弓。秦以出产良弓而著名。

【译文】

记得我们在雁门关高处，燃起大蜡烛。那里积雪封住城郭，连阴云好像都冻僵了，不知往哪里飘。我们在火炉中添完取暖的煤炭，裹紧貂裘衣，彻夜长谈。你所作的诗词如此苦寒，我难以唱和你的惨戚凄凉句。本想借酒消除亡国望乡之愁，怎奈酒馆只有异族的驼奶酒，久喝不醉。

无处问赵国武灵王，你是怎样在这里起家成为长城之主的。我反复问，却蓦然发现只能看见他沙丘上的陵墓。残存的抗清力量如飞沙之箭，乱穿向狐兔似的清军。这哪能阻挡口北关南作为清王朝进一步巩固其统治并州的门户。不要再空吊沙场了，收拾好良弓，南归另图良谋抗清吧。

【赏析】

1646年，清军陷广州，次年，十八岁的屈大均（1630—1696，字骚余，又字翁山、介子）参加其师陈邦彦以及陈子壮、张家玉等人的反清斗争，同年失败。屈大均为避祸，出家为僧，避地以居。此后，他开始远游各地，交结天下名流。1666年，屈大均北游山西，与李因笃、朱彝尊、王士禛、王渔洋、毛奇龄等人会于太原。而后，出雁门关，会晤正在雁北誓不事清的遗民顾炎武等人。这首词是记述此行与李因笃夜宿雁门关的情况。李因笃也曾参加抗清活动，因此屈大均与他意气相投。

这首词的上阕写夜宿雁门，与李因笃寒夜拥炉饮驼奶酒的情形，当时室内室外景物凄寒凌厉，悲愁怨苦，但字里行间，时有雄肆奔放之气。下阕转入对国事的抒发，他对大明帝国抗清力量薄弱表示十分失望，流露出九死不悔、誓死抗清的坚毅精神。全词沉郁顿挫，激越起伏，风格豪爽粗犷，格调悲凉，气势纵横。叶恭绰《广箧中词》评曰："纵横排荡，稼轩神髓。"

卷七 清词

陈维崧

醉落魄

咏 鹰

寒山几堵，风低削碎中原路①。秋空一碧无今古，醉袒貂裘，略记寻呼处。

男儿身手和谁赌，老来猛气还轩举②。人间多少闲狐兔，月黑沙黄，此际偏思汝。

【注释】

①削碎中原路：形容鹰掠地飞过。

②轩举：高扬，意气飞扬。

【译文】

深秋之际，眼前是几座高墙般陡峭的山峰，雄健的苍鹰迅猛地掠地而飞，好像能把这中原的路削碎。澄澈静谧的秋空古今不变，隐约记得当年我醉酣敞开貂裘，呼鹰逐兽的出猎场面。

男儿空有一身武功绝技，除了打猎与谁一比高低呢？就算现在上了年纪仍然猛气飞扬。因为人间还有多少狐兔般的奸佞之辈！月黑沙黄的时候，正是鹰出猎的时机，此时我特别想像你一样搏击狐兔。

【赏析】

这首词是阳羡词派创始人陈维崧（1625—1682，字其年）的作品。陈维崧是江苏宜兴人，而宜兴古称阳羡，故世称"阳羡派"。阳羡词人崇尚苏轼、辛弃疾，词风雄浑粗豪，悲慨健举，尤以陈维崧最为突出，被誉为"清初词坛第一人"。当时在陈的周围还聚集了一批与之风格相近的词人，一时颇具声势，为清词的中兴作出了重要贡献。

陈维崧早年生活较优裕，再加上他是个同性恋者，所以作品也多是风月旖旎之作。中年之后，词风转向豪放。陈维崧仕途不畅，入清后虽补为诸生，但未中举人，到四五十岁，仍未谋得一官半职，兼家道中落，生活贫困不堪。这首词大概写于他流寓河南之时。

此词抒发了作者渴望搏击长空，惩奸除弊的人格风范与人生理想。词的上阕先以粗犷的笔墨刻画了苍鹰的高傲、威武的形象；接着由鹰及人，写到自己对出猎场面的追忆。下阕顺上阕驱鹰逐兽的场景直抒发胸臆，表达了自己的牢骚不平和壮心不已的决心，体现了作者渴望施展抱负、建功立业的人生理想。全词以鹰自比，慷慨悲壮，骨力劲挺，气势浑茫磅礴，神思飞扬腾跃，情致酣畅淋漓，有一种独异的霸悍之气和巨大的冲击力。

点绛唇

夜宿临洺驿

晴髻离离，太行山势如蝌蚪。稗花①盈亩，一寸霜皮厚。

赵魏燕韩②，历历堪回首。悲风吼，临洺驿③口，黄叶中原走。

【注释】

①稗花：稗是一种形状似稻的野草，稗草抽穗时远望如花开。

②赵魏燕韩：战国七雄中的四个诸侯国，位于太行山脉一带。

③临洺驿：即临洺关的驿站，在今河北省永年县西，为古时冀晋豫地区交通要道。

【译文】

晴朗的夜空之下，远望太行山，逶迤如蝌蚪游动，排列密集的群峰静蠹犹如发髻。田中开满的稗草花，在月光下堆积得如一寸厚的凝霜般清冷。

当年这太行山下的赵魏燕韩四国连年兵祸，还历历在目，让人不堪回首。悲风怒号着，临洺驿站口的黄叶向中原飘飞。

【赏析】

此词为陈维崧的名作。清顺治十五年（1658）至康熙七年（1668）十年间，陈维崧寄居如皋冒襄水绘园，与他的同性恋人徐紫云亲近。1668年夏，陈维崧离开水绘园，携徐紫云入京谋职，虽得到龚鼎孳等大僚的激赏，仍失意而归，去河南商丘探望入赘的四弟陈宗石。初冬日，途经临洺驿投宿，在苍茫夜色中观赏太行山，感慨万端，故国之痛与身世之悲一并涌上心头，于是写下了这首词。

在这首小令里，陈维崧把极大的山景看得像蝌蚪那样细小，反把细小的稗花看得很大；远在千年的往事他看得很清楚，而近在咫尺的风物却一片模糊。这种异常的表现手法，所揭示的正是作者那种强烈的忧郁和茫然。全词写得波澜壮阔，腾跃激扬，慷慨沉雄。现代词曲大师卢前《望江南·饮虹簃论清词百家》论陈维崧云："中原走，黄叶称豪风。小令已参青兕意，慢词千首尽能雄。哀乐不言中。"就是以此词为焦点的，可见这首词在清词中的地位。

顾贞观

青玉案

天然一帧荆关①画，谁打稿，斜阳下？历历水残山剩②也。乱鸦千点③，落鸿孤咽，中有渔樵话。

登临我亦悲秋者，向蔓草、平原泪盈把。自古有情终不化。青娥冢④上，东风野火，烧出鸳鸯瓦⑤。

【注释】

①荆关：五代画家荆浩、关仝师徒以擅画山水齐名，故并称"荆关"。

②水残山剩：化用杜甫《游何将军山林》诗句"剩水沧江破，残山碣石开"。

③乱鸦千点：化用杨广诗"寒鸦千万点，流水绕孤村"。

④青娥冢：王昭君墓。

⑤鸳鸯瓦：化用温庭筠《懊恼曲》诗句"野土千年怨不平，至今烧作鸳鸯瓦"。

【译文】

斜阳之下，这简直就是一幅天然的荆关画，如此美丽的画面出自何人之手？可惜历经兵燹破坏的山河，只是残山剩水。上千只乌鸦胡乱地飞停，落单的孤雁在凄凉地哀鸣。在这苍茫孤寂的画面中，还有渔夫和樵夫在闲话家常。

登临高处，我也成了和一般人一样的悲秋人，面对莽莽如平原的荒草，不禁泪洒胸前。爱国的真挚感情自古都不会消散。在王昭君的坟墓上，东风终会使星星之火燎原，愿我死后化作尘土，被烧成鸳鸯瓦与故国相守。

【赏析】

这是一首登临抒怀之作。作者顾贞观（1637—1714，原名华文，字远平、华峰，亦作华封）为清代文学家，与陈维嵩、朱彝尊并称明末清初"词家三绝"。明末东林党人顾宪成四世孙。康熙五年举人，擢秘书院典籍。与相国明珠之子纳兰性德交契，康熙二十三年（1684）致仕，读书终老。顾贞观工诗文，词名尤著，著有《弹指词》《积书岩集》等，多缠绵幽艳。

此词应是顾贞观早年的作品。明清易代之际顾贞观只有七岁，战乱时期的清兵行径给他留下了难以磨灭的印象。加上他出生于一个遗民家族，又在无锡这个遗民集中的地方长大。明朝灭亡后江南一带的文人纷纷结社，以此来抒写怀旧之感，顾贞观十八岁时就加入其中。

这首词上阕先推出自己对眼前之景由衷的赞美，然后写历经兵燹破坏的山水，只能是残山剩水，乱鸦、落鸿加上隐居山村的野老，使画面更显沉寂。下阕由景入情，兴亡之感和身世之悲交织在一起的悲秋来得更为深沉悲哀。最后以青冢、野火、鸳鸯瓦表达江山易主的家国之悲和恢复故国的愿望。全词大开大合，疏朗厚实，寥廓凝重，放到苏东坡、辛弃疾面前也不怯场。

邓廷桢

酷相思

寄怀少穆

百五①佳期过也未？但笳吹，催千骑。看珠澥②盈盈分两地。君住也，缘何意？侬③去也，缘何意？

召缓征和④医并至。眼下病，肩头事，怕愁重如春担不起。侬去也，心应碎！君住也，心应碎！

【注释】

①百五：指冬至后一百零五日的寒食节，按规定禁火三天。此处以寒食节禁烟火暗喻禁烟抗英。

②澥：伸入陆地的海湾。

③侬：吴地方言。本意是人，在古吴语和现代吴语中有四种意思：你、我、他、人。此处指我。

④召缓征和：召来缓、征来和。二人是《左传》中所记载的秦国良医。此指虎门销烟后清政府派琦善、伊里布与侵略者谈判，暗中讽刺清政府病急乱投医。

【译文】

禁烟抗英的佳期过去了吗？只听得胡笳声起，仪仗队催促我离开。我们分驻福建与广东两地，被水光轻盈的海湾隔开，互相无法来往。让你住到这里，是为了什么？我被调走，又是什么缘由？

清政府所派的琦善、伊里布两个良医都来了，和侵略者谈怎么投降。眼下投降派屈辱求和之病，我无法担当肩头抗击侵略者得寸进尺危急事态的责任了，心中的忧愁恐怕如那一江春水让人无法承受。我已经离开了，心已经碎了；你留了下来，心大概也要愁碎的。

【赏析】

这是清代民族英雄邓廷桢（1776—1846，字维周，号嶰筠）写的一首赠别词。道光十六年（1836），时任两广总督的邓廷桢弛禁鸦片，自1837年春由弛禁转为严厉禁烟，并整顿了海防。1838年，道光皇帝决定采取禁烟政策，令邓廷桢和钦差大臣林则徐协同办理。二人同心协力，收缴了大量鸦片，在虎门海滩销毁。1839年，在他主持下先后多次在广州海面击退英舰挑衅。然而，国内投降派和鸦片贩子却到处散布流言蜚语。这年年底，邓廷桢被调离两江，任闽浙总督。次年初，他作了这首词寄赠林则徐。

此词貌写男女分别之事，实指忧时伤世之情。上阕抒写调任的惆怅。尽管接任的是好友林则徐，但自己失去了与敌对垒的机会，因而仍感到十分气恼和惆怅。下阕抒写自己对国事的忧虑。当时朝廷由于惧怕英帝国，徘徊于战与和之间，如急病乱投医，举棋不定，使自己担心。果然，1840年9月，在投降派的陷害下，道光皇帝下令革了林则徐和邓廷桢的职。全词气势寥廓，情韵高健，充满了豪壮的阳刚之气。

林则徐

高阳台

和嶰筠前辈韵

玉粟①收余，金丝②种后，蕃航别有蛮烟。双管横陈，何人对拥无眠。不知呼吸成滋味，爱挑灯、夜永如年。最堪怜，是一泥丸，捐万缗钱。

春雷欻③破零丁穴④，笑蜃楼气尽，无复灰燃。沙角台高，乱帆收向天边。浮槎漫许陪霓节⑤，看澄波、似镜长圆。更应传，绝岛重洋，取次回舷。

【注释】

①玉粟：苍玉粟，即罂粟。

②金丝：作者自注："吕宋烟草曰金丝。"吕宋即今菲律宾群岛中的吕宋岛。

③歘（xū）：忽然。

④零丁穴：指零丁洋，亦作"伶仃洋"。在广东省珠江口，域内有内伶仃岛和外伶仃岛。鸦片战争前，伶仃洋和伶仃岛曾被英美侵略者的鸦片贩子强占，成为对我国进行鸦片走私的跳板。

⑤霓节：本指玉帝的仪仗，后指代使臣所持符节。

【译文】

英国人在吕宋岛种植罂粟，收获后制成鸦片，用船运来中国贩卖给中国人。中国人染上毒瘾，摆起了烟枪、烟灯，不分白天黑夜地吸食。岂不知他们呼吸都有鸦片的气味，总是夜里挑灯不断吸食，觉得一夜如一年那么长。最可怜的是，这一点如泥丸的烟土，他们却得用万缗钱换取。

禁烟的诏令如一声春雷，打破了零丁洋的沉寂，可笑那些海上来客发财的美梦如海市蜃楼，顿时烟消云散，他们气数已尽，不可能死灰复燃。沙头角炮台高耸，敌舰向天边逃去。只要我们加强海防，就不必派使臣乘船万里去和英帝国谈判，我沿海就能保持一片"似镜长圆"的澄波。不过还要让大家知道，应在绝岛严阵以待，返航要有序，以防来犯之敌。

【赏析】

道光十八年（1838），道光皇帝从封建统治的利益考虑，特别是看到林则徐（1785—1850，字元抚，又字少穆、石麟）在他的禁烟奏折里一针见血地击中要害以后，便决定采取严禁政策，任命林则徐为钦差大臣，赴广东查办鸦片。两广总督邓廷桢比林则徐大十岁，早林则徐十年考取进士，林则徐尊称邓廷桢为前辈。他们二人有着共同的爱国情怀，很快成为志同道合、休戚与共的挚友。

1839年6月3日至25日，林则徐和邓廷桢坐船一起到虎门销毁鸦片，向全世界宣布中国禁烟的正义性。这是中国人民扬眉吐气的日子，邓廷桢于激奋之余，填词《高阳台》一阙："鸦度冥冥，花飞片片，春城何处轻烟？膏腻铜盘，枉猜绣榻闲眠。九微夜爇星星火，误瑶窗多少华年。更谁堪，一道银潢，长贷天钱。星槎恰到牵牛渚，叹十三楼上，暝色凄然。望断红墙，青鸾消息谁边？珊瑚网结千丝密，乍收来万斛珠圆。指沧波，细雨归帆，明月空舷。"林则徐依韵和作了这首词，嶰筠是邓廷桢的号。

词的上阕痛陈英帝国处心积虑地用鸦片毒害中国人民，造成国民羸弱、国力空虚的严重危害。下阕写禁烟战后，海面风平浪静，英舰仓皇溃逃，表现了作者谈笑破敌的豪壮风采和蔑视敌寇、大义凛然的英雄气概。最后提出看法，表现了他的冷静和才略。全词雄健苍劲、豪气干云，章法取疏淡格局，字字形断而意连，整幅作品刚劲俊拔，有一种铮铮铁骨之韵。

龚自珍

湘　月

壬申①夏，泛舟西湖，述怀有赋，时予别杭州盖十年矣。

天风吹我，堕湖山一角，果然清丽。曾是东华②生小客，回首苍茫无际。屠狗功名③，雕龙文卷④，岂是平生意。乡亲苏小⑤，定应笑我非计。

才见一抹斜阳，半堤香草，顿惹清愁起。罗袜音尘⑥何处觅，渺渺予怀孤寄。怨去吹箫，狂来说剑，两样销魂味。两般春梦，橹声荡入云水。

【注释】

①壬申：嘉庆十七年（1812）。

②东华：指东华门，在清代内阁附近。

③屠狗功名：指功名鄙贱。《史记·樊哙传》："舞阳侯樊哙者，沛人也。以屠狗为事。"《后汉书》亦载中兴二十八将中有屠狗者。

④雕龙文卷：指寻章摘句，写作诗文。

⑤乡亲苏小：化用韩翃《送王少府归杭州》"钱塘苏小是乡亲"句意。苏小，即南齐时钱塘名妓苏小小，西湖有其墓。

⑥罗袜音尘：化用曹植《洛神赋》"凌波微步，罗袜生尘"句意，指美人步履优美轻盈。

【译文】

嘉庆十七年夏，我泛舟西湖时述怀此词，这时我已阔别杭州十年了。

我如飞来峰一般被天风吹堕而出生在这湖山的一角，此地果然清雅秀丽。曾经跟随父亲在内阁所在的东华门附近客居，回首十年，一事无成，内心缥缈迷惘。无论是像樊哙那样在卑贱中得来的功名，还是寻章摘句，在故纸文字之间度过余生，岂是我平生的志向。若为此雕虫小技浪费青春，即使是杭州乡亲苏小小也会嘲笑我无能无为。

才看见一抹夕阳照在苏堤的半边芳草上，顿时就惹起了我内心深处的清愁。到哪里才能找到步履优美轻盈的超凡女子，情思悠远茫茫无人可以寄托。当心中幽怨哀伤的时候去吹箫，当内心狂热的时候就去论剑，这两样都能使我体味到销魂。在别人眼里"屠狗功名"与"雕龙文卷"那两种春梦，随着我的桨橹摇曳声荡进连天湖水中。

【赏析】

龚自珍（1792—1841，字璱人）是清代思想家、诗人、文学家和改良主义的先驱者。嘉庆八年（1802），十一岁的龚自珍随父龚丽正入京，居于横街全浙新馆。嘉庆十七年（1812），龚自珍由副榜贡生考充武英殿校录，三月，侍父南下就任徽州知府。四月，他陪同母亲到苏州看望外祖父段玉裁，并在舅家与表妹段美贞结为伉俪。其后携新婚夫人返回杭州，泛舟西湖时，念及十年契阔，乃作此词抒怀。

词的上阕由出身说起，接下来回首往事，怅然于力挽狂澜、拯救苍生人生理想未能变成现实。下阕将抒情的笔墨又融入对景致的刻画上，穿插着词人"清愁""销魂"的主体感受；然后岔开笔墨，表面上写思慕心中的恋人，实质却是在抒写自己的人生理想。"怨去吹箫，狂来说剑，两样消魂味"是全词的主题句，也是龚词中的名句，集中地道出了作者性格特征中极为矛盾又和谐统一的两面。结句照应词序的"泛舟"的同时，表明在那个年代作者无法找到符合人生理想的政治出路。

全词意象雄奇，构思新颖独特，气魄不同凡响。章法上不是一气写完所见之景后再写主体的感受，而是情、景穿插描写，这种跳跃跌宕的章法体现了作者的勃郁不平之气。

文廷式

浣溪沙

旅 情

畏路风波不自难，绳床聊借一宵安，鸡鸣风雨曙光寒^①。
秋草黄迷前日渡，夕阳红入隔江山。人生何事马蹄间^②？

【注释】

①"鸡鸣"句：化用唐代岑参的《奉和中书舍人贾至早朝大明宫》"鸡鸣紫陌曙光寒"句意。

②"人生"句：作者自注云："用山巨源语。"山涛（字巨源）是三国曹魏及西晋时期名士、政治家，"竹林七贤"之一。他对曹爽谋夺司马懿权之前已有所察觉，夜间惊起，劝友人不要继续在外旅行（"无事马蹄间也"）。

【译文】

大丈夫何惧前行的路上风波险阻，只要有一张小小的绳床，就能安然睡到天亮，任凭夜间狂风骤雨，鸡叫天亮，曙光还会略带微寒地到来。

泛黄的秋草模糊了前日的渡口，夕阳映红了隔江之山。家乡渐近，人生在世，何必要在兵荒马乱的时候骑着马到处漂泊为客呢？

【赏析】

此词的作者文廷式（1857—1904，字道希）是我国晚清重要思想家、史学家、文学家、诗人。光绪十六年（1890）甲榜获殿试一甲二名，1894年大考翰詹，光绪帝钦定廷式一等头名，拔为翰林院侍读学士，兼日讲起居注官。

文廷式志在救世，遇事敢言，与黄绍箕、盛昱等人列名"清流"，与汪鸣銮、张謇等人被称为"翁（同龢）门六子"，是帝党重要人物。中日甲午战争，他力主抗击，上疏请罢慈禧生日"庆典"；奏劾李鸿章"昏庸骄蹇、丧心误国"；谏阻和议，反对签约割让台湾，出面赞助康有为，组织"强学会"，推动"公车上书"，成为后党的眼中钉，被慈禧革职驱逐出京，永不复用。"戊戌政变"后，清廷密电访拿，"可就地正法"，遂出走日本。1900 年，他从日本回国，准备到家乡江西萍乡养老，在途中作了这首词。

文廷式的绝大多数诗词都是与时代风云和个人抱负紧密结合在一起的，他的作品豪放大气，词风远继苏辛，近接陈维崧。这首词即是其中的代表。词的开篇即表明他在风波险恶的政治畏途上不惧艰险，表现出可敬的勇气，充满乐观、自信的精神。下阕以景衬情，写归乡的愉快心情，在归途中他不仅释去重负，如羁鸟归林，而且还悟出了"人生何事马蹄间"的道理。风格旷达超迈，襟怀开阔，气度不凡。语意显豁而尤有韵致，充分显示了作者深厚的格律功力和遣词造境的娴熟技艺。

谭嗣同

望海潮

自题小影

曾经沧海，又来沙漠，四千里外关河。骨相①空谈，肠轮自转，回头十八年过。春梦醒来么？对春帆细雨，独自吟哦。唯有瓶花，数枝相伴不须多。

寒江才脱渔蓑。剩风尘面貌，自看如何？鉴②不因人，形还问影，岂缘醉后颜酡③？拔剑欲高歌。有几根侠骨，禁得揉搓？忽说此人是我，睁眼细瞧科④。

【注释】

①骨相：头盖骨的形状，据说能以此判断人的今生来世。

②鉴：镜子。

③颜酡：也称酡红。饮酒脸红的样子。

④科：古典戏剧本中指示角色表演动作时的用语。

【译文】

我曾经到过大海边，现在又来到四千里之外的边塞沙漠。他人看我骨相必成大业，但岁月匆匆已虚度十八载，却只有肠轮自转。我的美梦醒来吗？那些我曾经对着春帆细雨独自吟哦的豪情壮志。只有面前的瓶花与我相伴，不过有这几枝足矣。

从南方略带寒意的江边才脱去钓鱼的蓑衣，来到这西北边塞之地，对着镜子看自己如何了？只剩风尘满面。这镜子不随我意，我问镜中人，这哪里有一点醉后的红颜？我拔出宝剑想慷慨高歌。但我还有几根侠骨，禁得起现实的揉搓？忽然好像有人说镜中之人是我，我睁大眼睛仔细端详，几乎不能相信那真的是我。

【赏析】

谭嗣同（1865—1898，字复生）是中国近代著名政治家、思想家，维新派人士。谭嗣同是一个顶天立地的伟丈夫，他可以为了国家不顾一切，甚至是失去自己的生命。"戊戌变法"失败时，他明明可以避难，却毅然站上了断头台，成为近代中国第一个为变法而死的人。

谭嗣同不屑为词，"以其靡也"，仅存于世的只有这一首，因为他觉得唯这一首还"微有骨气"。填此词时，他十八岁，正在甘肃兰州一带。

词中作者略交代了一下他的经历：小时居京师，十三岁随其父外放甘肃，十五岁回湖南浏阳拜师读书，再返西北，天南海北，道路遥远，故颇多感慨。然后抒发少有壮志却一事无成的感叹。他想到国事日非，外侮迭至，欲拔剑高歌，现实却如此残酷。面对镜中的自己几乎认不出来，于是更加郁塞难抑。全词借题小影而抒壮志难酬、梦想难成的感慨，表现了作者从青少年时期就有怀抱的雄心壮志和壮志难酬的抑塞之感，慷慨激昂，磊落昂扬。

秋　瑾

满江红

小住京华①，早又是、中秋佳节。为篱下、黄花开遍②，秋容如拭。四面歌残终破楚③，八年风味徒思浙④。苦将侬⑤、强派作娥眉⑥，殊未屑！

身不得，男儿列，心却比，男儿烈。算平生肝胆，因人常热⑦。俗子胸襟谁识我？英雄末路当磨折。莽红尘，何处觅知音？青衫湿！

【注释】

①京华：京城的美称，因京城是文物、人才汇集之地，故称为京华。此指北京。

②"为篱下"两句：化用陶渊明"采菊东篱下"和李清照"人比黄花瘦"的诗句。

③四面歌残终破楚：用《史记·项羽本纪》中汉军破楚的故事，来说明自己终于冲破家庭牢笼。

④八年风味徒思浙：八年来空想着故乡浙江的风味。作者于光绪二十二年（1896）结婚后即到北京居住，到作这首词时，已过八年。

⑤苦将侬：苦苦地让我。

⑥娥眉：美女。指作者当时的贵妇人身份。

⑦因人常热：为别人而屡屡激动。指好打抱不平、乐于助人等等。

【译文】

在京城暂时居住，转眼间就又到了中秋佳节。篱笆下面的菊花都已盛开，秋天的天空像被擦拭过一样明净。在家庭的牢笼中，虽然四面楚歌，但我终能冲出来，八年来徒然思念故乡浙江的风味。他们苦苦强迫我做一个所谓的贵妇人，我对此很是不屑！

我虽然身不在男儿的行列，但是我的心比男儿的心还要刚烈。我平生对人肝胆相照，常为别人而屡屡激动。那些凡夫俗子的胸襟怎么能懂我呢？英雄在无路可走的时候，难免要经受磨难挫折。在这莽莽红尘之中，何处去找知音？想到这儿，热泪沾湿了衣襟。

【赏析】

这首词是近代女英雄秋瑾（1875—1907，初名闺瑾，字璇卿，改瑾，字竞雄）所作。秋瑾是中国女权和女学思想的倡导者，近代民主革命志士。她出生在福建厦门，生长在浙江绍兴。1896年，秋瑾被迫嫁给了湖南省湘潭首富、曾国藩的表弟王殿丞的儿子王廷钧为妻。王家虽锦衣玉食，但志趣高尚、性格刚烈的秋瑾并不喜欢过养尊处优的生活，更受不了封建家庭的种种束缚。夫妻二人在志趣、爱好上也少有共同之处，秋瑾内心十分痛苦。

王家花大钱为王廷钧捐了个户部主事的官职，1900年，王廷钧在北京上任，秋瑾也随丈夫迁到了北京。在寓京期间，她接受了新思想、新文化，并在当时的革命形势影响下，立志要挽救国家民族的危亡，要求妇女独立与解放。1903年中秋节，秋瑾与丈夫再次发生冲突。她离开住所，寓居北京阜成门外泰顺客栈，后虽由吴芝瑛出面调解，但秋瑾下决心冲破家庭牢笼，投身革命。不久即东渡日本。这首词是她在中秋节的述怀之作。

此词反映了她在封建婚姻家庭和旧礼教的束缚中，走向革命道路前夕的苦闷彷徨和雄心壮志。上阕描写作者离家后的矛盾心情。在旧式封建家庭里的八年贵妇人生活，其实是对自己的摧残和折磨，现在终于得以解脱，作者心情愉悦，看见满地的菊花、如拭的秋容，心中清爽而明净。但是，一个人在异乡的中秋节，欢欣之余还是很思念自己故乡浙江的美好风光。下阕写作者虽有一腔豪情但知音难觅的迷茫。作者先把自己的身、心与男儿对比，表达自己的凌云壮志；接着笔锋一转，说在世俗的人间，谁又能理解我一个从家庭中出走的女子呢？知音难觅，不觉泪湿衣襟。担心与忧虑之情溢于言表。这种担心和忧虑，真实地反映了一个女子刚踏上革命征途的思想状况。全词基调高昂，波澜起伏，跌宕有致，语言刚健清新，颇有一些大丈夫的气魄，显示着她不甘雌伏的巾帼英雄的本色。

鹧鸪天

祖国沉沦感不禁，闲来海外①觅知音。金瓯②已缺总须补，为国牺牲敢惜身！

嗟险阻，叹飘零。关山万里作雄行③。休言女子非英物，夜夜龙泉壁上鸣。

【注释】

①海外：指日本。秋瑾于1904年赴日留学。

②金瓯：指疆土。

③作雄行：着男装出行。

【译文】

祖国沦为帝国主义列强的殖民地令人悲愤难禁，我来到日本寻觅志同道合的同志。残缺的疆土终究需要人来修补。为了它的完整，我敢于献身，为国牺牲！

可叹革命的道路上艰难险阻，独自飘零太孤苦。我把艰苦的斗争当作关山万里之行的男装。莫说女子中没有英雄人物，墙壁上我的龙泉宝剑每夜都在低鸣！

【赏析】

1904年，秋瑾冲破封建的束缚，离开了共同生活八年的丈夫，把儿女送回绍兴的娘家母亲照养，自费东渡日本留学。在日本她结识了周树人（鲁迅）、陶成章、黄兴、宋教仁、陈天华等进步人士，并先后加入光复会、同盟会，得到孙中山的器重，被推为同盟会评议员、同盟会浙江分会会长。这首词就是她在日本留学期间所写。秋瑾被捕时，此词被清绍兴府搜去作"罪状"公布。

词的上阕点出了国内的政治局势，也点明此行日本的缘由，表明自己为国献身的坚定意志和大无畏精神。下阕写自己不怕艰险报国的志向，以高昂的斗志向世俗社会对女子的陈腐观念提出挑战，突出了她的凌云壮志和斗争热情，表达了舍身救国的愿望。全词慷慨激昂，掷地有声，将秋瑾特立独行、豪气并喷的性格和以身许国的决心、敢做雄飞的魄力展现得淋漓尽致。

参考文献

［1］刘筑琴. 豪放词三百首［M］. 西安：三秦出版社，1997.

［2］彭国忠. 豪放词百首［M］. 合肥：安徽文艺出版社，2004.

［3］陈芝国. 豪放词赏读［M］. 北京：中国华侨出版社，2008.

［4］周笃文. 豪放词典评［M］. 沈阳：辽宁教育出版社，2009.

［5］李新纯. 豪放词·婉约词［M］. 昆明：云南人民出版社，2011.

［6］刘扬忠. 豪放词选［M］. 南京：凤凰出版社，2012.

［7］王张三. 中国最美古典诗词·豪放卷［M］. 北京：中国华侨出版社，2013.

［8］罗立刚. 倚天万里须长剑（豪放词）［M］. 济南：山东文艺出版社，2014.

［9］王紫微. 古代怀古诗词三百首［M］. 北京：中国国际广播出版社，2014.

［10］李楠. 唐诗宋词元曲［M］. 沈阳：辽海出版社，2015.

［11］徐文德. 中国古词精品［M］. 北京：中国国际广播出版社，2015.